Sarah M. Kempen

AKADEMIE
FORTUNA
WENN WAHRSAGEN SO EINFACH WÄRE

Mit Illustrationen
von Alica Räth

SCHNEIDERBUCH

Für meine Mama,
die auch ohne Wahrsagen
immer genau weiß,
wie es mir geht

Natürlich hatte Sorry gewusst, dass ihre Mutter sich den Lippenstift über die Wange schmieren würde. Sie hatte es schließlich vorausgesehen, noch ehe diese ihren Handspiegel aus der Tasche gezogen hatte. Aber Sorry war still geblieben, denn ihr war klar, dass diese Vorhersage ihre Mutter noch wütender gemacht hätte als die Schmiererei an sich.

Und Euphoria Fortune WAR wütend! Fluchend rubbelte sie mit ihrem bestickten Taschentuch auf dem grellpinken Streifen herum, der ihr so makellos geschminktes Gesicht nun verunstaltete. »So ein Unglück!«, jammerte sie und betrachtete den Fleck auf dem Tuch, der exakt die gleiche Farbe hatte wie ihr Blazer. »Linus, hätten Sie das Schlagloch nicht umfahren können?«

Linus, der das Auto durch die schmalen und steilen Straßen von Horror's Cope lenkte, brummte etwas Unverständliches. Der Fahrer der Fortunes brauchte all seine Konzentration, um auf den Verkehr zu achten, da konnte er doch nicht jede Unebenheit ausmachen.

Horror's Cope war entstanden, als es noch keine Autos gab. Auf beiden Seiten waren die Straßen gesäumt von

hohen Gebäuden mit verschnörkelten Verzierungen, kleinen Türmchen und verspielten Statuen von Tieren, die den Eindruck erweckten, als würden sie die Fußgänger unten beobachten. Der helle Stein der alten Häuser wirkte genauso freundlich wie die Menschen am Straßenrand, die dem pinkfarbenen Wagen jetzt zuwinkten. Sie wussten, wer sich darin befand.

»Einfach fantastisch, dass immer mehr Nichtseher Gefallen am Einschulungstag finden«, sagte Euphoria Fortune, während sie zurückwinkte.

»Es ist eben auch für sie ein großes Ereignis, wenn die neuen Wahrsager ihre Ausbildung beginnen«, sagte Merry, die hinten auf dem Platz neben Sorry saß, ohne von der Rede aufzusehen, die sie gleich halten würde. Sie sprach die traditionellen Worte leise vor sich hin, um später auf der Bühne auch ja keinen Fehler zu machen. Ihre roten Haare wippten auf und ab und bissen sich leicht mit ihrem pinkfarbenen Gürtel und den dazu passenden Pumps. Pink war die Familienfarbe der Fortunes, und heute, am Einschulungstag, waren sie wie alle anderen Familien verpflichtet, sie zu tragen. Auch wenn Sorrys drei Jahre älterer Schwester Pink absolut nicht stand, trug sie es mit Stolz. Merry war im vergangenen Schuljahr zum dritten Mal in Folge Schulbeste der Akademie Fortuna geworden und hatte somit eine besondere Vorbildfunktion.

»Zu Recht!«, rief Euphoria. Dann drehte sie sich um und lächelte Sorry an. »Sie erleben mit, wie mein kleines Äuglein in die Akademie Fortuna eintritt.«

Sorry unterdrückte ein Stöhnen und schob die pink-farbene Haarspange zurecht, die an dem kleinen Haar-knoten auf ihrem Kopf steckte. Auch wenn sie, wie ihre Mutter sagte, hervorragend zu ihren schwarzen Haaren passte, hätte Sorry lieber darauf verzichtet. Aber das Auge war nun mal ihr Familiensymbol.

Nachdem sie in den vergangenen sechs Jahren bei einer Privatlehrerin grundlegende Dinge wie Schreiben und Rech-nen gelernt hatte, würde sie heute an der Akademie Fortuna mit den anderen Zwölfjährigen aus den hochrangigen Fami-lien ihre Ausbildung zur Wahrsagerin beginnen. Sterndeuter waren darunter, Handleserinnen, Kartenleger und Kinder mit anderen seherischen Fähigkeiten. Und eben sie – Anni-versary Fortune, genannt Sorry, der jüngste Spross der ein-zigen Visionisten-Familie.

Manche behaupteten, Visionen seien die seltenste und herausragendste aller Wahrsagedisziplinen. Somit wurde auch von Sorry Großes erwartet. Dabei war an ihr absolut nichts Großartiges, wie sich gerade wieder zeigte. Denn noch während ihre Mutter sie ansah, den Lippenstift erneut in die Höhe haltend, verschwamm Sorrys Sicht wieder, und es war, als hätte sich ein pinkfarbener Filter vor ihre Augen gelegt. Alles schien für eine Sekunde einzufrieren – das eindeutige Zeichen, dass nun eine Vision begann. Schon sah Sorry, dass gleich ein Vogel gegen die Frontscheibe fliegen und Linus erschreckt einen Schlenker fahren würde. Euphoria würde das Gleichgewicht verlieren und ihr Lippenstift genau auf ihre weiße Bluse zuhalten.

Sorrys Blick klarte wieder auf und sie war zurück im Jetzt. Durch das Fenster sah Sorry den Vogel auf das Auto zufliegen. Ihr blieben nur Sekunden, um zu entscheiden, ob sie etwas tun wollte. Sie konnte die Zukunft zwar nicht verändern, aber zumindest die Folgen abschwächen. Linus riss das Lenkrad herum, und Euphoria kippte zur Seite. Blitzschnell zog Sorry ihrer Mutter das Taschentuch aus der Hand und vor die weiße Bluse. Der Wagen machte einen Schlenker, und der Lippenstift schmierte über das Taschentuch. Dann blieb das Auto stehen. Euphoria blickte überrascht an sich herunter. Dann sah sie Sorry an – und ihre Miene verdunkelte sich. Sie spitzte die Lippen und zog die Stirn kraus. »Du hast es vorhergesehen, Sorry, nicht wahr?!«, stieß Euphoria hervor, weniger fragend als anklagend.

»Ich wollte nur, dass deine Bluse nicht schmutzig wird«, erklärte Sorry, aber sie wusste, dass es nicht half. Ihre Mutter war fuchsteufelswild.

»Seit Generationen machen Fortunes bedeutende, weitreichende Voraussagen für die einflussreichsten Menschen der Welt. Für Könige und Kaiser, Politiker und Staatslenker, Künstler und Idole!« Sorry hatte diesen Vortrag schon so oft gehört, dass sie ihn im Kopf mitsprechen konnte.

»Visionen sind die einzige Wahrsagekraft, die keine Hilfsmittel braucht, keine Tarotkarten, keinen Kaffeesatz, keinen Blick in die Hand eines Menschen. Visionisten machen ihre Voraussagen allein mit dieser außergewöhnlichen Fähigkeit. Über die wahre Liebe, gewonnene Kriege und Entscheidungen über Leben und Tod.« Jetzt begann der Teil, auf den die Rede immer zusteuerte. »Es ist unsere Aufgabe, diesem Ruf gerecht zu werden. Und du ruinierst ihn, indem du voraussagst, dass ich mir Lippenstift auf die Bluse schmiere! Eine Vision, die an Banalität kaum zu übertreffen ist!«

Obwohl Sorry sie schon so oft gehört hatte, schmerzten diese Vorwürfe sie immer wieder. Es stimmte, dass sie noch nie vorausgesehen hatte, dass jemand seine große Liebe unter einem Birnenbaum finden, sondern höchstens, dass ihm gleich eine Birne auf den Kopf fallen würde. In den Augen ihrer Mutter konnte eine so unmittelbare Vorhersage nur unbedeutend sein und würde Sorry zweifelsohne zum Gespött der anderen Wahrsager machen. Als würde sie nicht auch lieber bedeutende Visionen haben! Aber egal, wie sehr sie sich bemühte – sie konnte nicht weiter als fünf Minuten in die Zukunft blicken. Sorry stiegen Tränen in die Augen. Hätte sie doch nur nichts gesagt!

Merry merkte sofort, was in ihrer kleinen Schwester vorging, und sah auf. »Genau deswegen geht Sorry ja jetzt an die Akademie – um zu lernen, wie man ganz bewusst Visionen hervorruft, die bedeutend sind und weiter in die Zukunft reichen.« Die Fünfzehnjährige lächelte schelmisch. »Außerdem wäre deine Bluse ohne sie jetzt ruiniert.«

Euphoria sah ein, dass Merry recht hatte, und richtete sich wieder an Sorry: »Aber bitte behalte deine Anfängervisionen an der Akademie für dich! Schlimm genug, dass du nicht steuern kannst, wann du sie hast. Das Letzte, was wir brauchen, ist, dass die anderen Wahrsager über uns tuscheln und an unserer Kraft zweifeln. Ich sehe das überhebliche Lächeln von Taurus Astra schon vor mir!«

Sorry nickte. Das Oberhaupt der Sterndeuter-Familie und ihre Mutter führten seit Jahren einen Machtkampf, den Euphoria bisher immer für sich hatte entscheiden können. Und das sollte auch so bleiben. Aber wenn Taurus Astra das mit Sorrys Kräften erfahren würde, hätte das Ansehen ihrer Mutter und der ganzen Fortune-Familie darunter zu leiden.

»Keine Sorge«, antwortete Merry und drückte Sorrys Hand. »Bei der Demonstration der Fähigkeiten während der Einschulung wird Sorry sicher eine hervorragende Voraussage machen.« Merrys Blick trübte sich, auch bei ihr das Zeichen für eine beginnende Vision. »Ich sehe dich auf der Bühne, über dir das Banner unserer Familie«, murmelte sie. »Alle halten erstaunt den Atem an«, ihr Blick klärte sich

wieder und sie strahlte, »und sind offenbar von dir beeindruckt.«

Sorry versuchte zurückzulächeln. Das Problem an den
Visionen anderer Wahrsager war, dass sie auf alle möglichen
Arten gedeutet werden konnten. Dass alle den Atem anhiel-
ten, musste also nicht unbedingt etwas Gutes heißen.

Die Akademie Fortuna war schon von Weitem zu erkennen, denn sie war mit Abstand das größte und eindrucksvollste Gebäude von Horror's Cope. Erbaut auf einem Hügel etwas abseits vom Zentrum der kleinen Stadt, reckte sie ihre Türme weit in den Himmel. Sie war gesäumt von Grünflächen und sorgfältig gepflegten Hecken, sodass die Weite der ganzen Anlage in starkem Kontrast zu den dichten Häuserreihen von Horror's Cope stand.

Jetzt strömten Menschen durch das große violette Tor mit der verschnörkelten goldenen Aufschrift *Akademie Fortuna – Gemeinsam in die Zukunft blicken*. Auch der Wagen der Fortunes fuhr langsam hindurch und über den Vorplatz, wobei der weiße Kies unter den Reifen knirschte.

Sie passierten einen großen, runden Springbrunnen, in dessen Mitte sich die imposante, achtarmige Bronzestatue der Schulpatronin Fortuna befand. Sie repräsentierte die neun Arten des Wahrsagens. Das Teleskop in der Hand ganz oben rechts stand für die Astrologie, das Sterndeuten, und ein Satz aufgefächerter Karten in der Hand oben links für das Tarotkartenlegen. Die Handfläche darunter war nach

vorne gerichtet und übersät mit Linien. Sie symbolisierte die Chiromantie, die Kunst des Handlesens. Auf gleicher Höhe rechts hielt eine weitere eine glänzende Kugel, das Hilfsmittel, mit dem die Kristallomanten in die Zukunft schauten. Eine Ansammlung von Hölzern, Knochen und Münzen lag für die Orakel in der Hand darunter, und um die dieser gegenüber wand sich der Zweig eines Baums – Symbol für das Deuten von Naturzeichen. Die untere linke Hand war von kleinen Wolken umgeben. Sie stand für die Oneirologie, die Traumdeutung. Die achte Hand hielt ein Pendel, das neben der Fortuna herabhing. Es war das Symbol der Nekromanten, der Wahrsager, die mit Geistern kommunizierten. Obwohl die Statue gehegt und gepflegt wurde, war zu sehen, dass die Zuständigen es bei dieser Hand nicht so genau nahmen: Ihr fehlte der kleine Finger, sie war grün angelaufen und übersäht mit Kerben und Rissen. Das war kein Zufall, denn die Nekromantie war eine geächtete Kraft, die heute niemand mehr beherrschte. Als Sorry zum Gesicht der Fortuna blickte, spürte sie, wie ihr Herz schneller schlug. Auf der Stirn der Statue leuchtete ein großes Auge aus pinkfarbenen Edelsteinen, das Symbol für die Kraft der Visionen, die Königsdisziplin des Wahrsagens – das Symbol ihrer Familie.

Linus stoppte den Wagen vor der großen Treppe, die zum Eingang der Akademie hinaufführte. Euphoria drehte sich zu ihren Töchtern um. »Und vergesst nicht: Ihr seid Fortunes, also zeigt es auch.« Noch einmal sprühte sie sich mit ihrem Rosenparfüm ein, das bereits den ganzen Wagen erfüllte. Dann setzte sie das strahlende Lächeln auf, das sie für öffentliche Auftritte reserviert hatte, und stieg aus.

Sorry starrte auf ihre pink lackierten Fingernägel. Zeigen, dass sie eine Fortune war. Aus dem Mund ihrer Mutter hörte sich das so einfach an.

Merry faltete das Blatt mit der Rede zusammen und stupste Sorry an. »Sei einfach du selbst und lass dich nicht von deinen Klassenkameraden einschüchtern. Die haben genauso viel Angst wie du und sind auch nicht perfekt. Sonst wären sie doch nicht hier!« Damit schaffte sie es tatsächlich, ihrer kleinen Schwester ein Lächeln auf die Lippen zu zaubern.

Auch Sorry stieg aus, was in ihrem eng anliegenden kurzen Kleid nicht ganz einfach war. Es ließ sie älter erscheinen als zwölf Jahre und war furchtbar unbequem. Unauffällig schob sie den Stoff wieder nach unten, während ihre Mutter bereits mit ein paar Besuchern sprach. »Sie werden einen zauberhaften Tag haben!«, grüßte Euphoria. »Und Sie auch!«

»Schulleiterin Fortune, voll in ihrem Element«, zischte Merry Sorry zu. Diese unterdrückte ein Kichern. »Hättest du letztes Jahr ausnahmsweise mal nicht Schulbeste werden können? Dann müssten wir das jetzt nicht ertragen.«

Merry zog die Augenbrauen hoch. »Ich glaube, dann wäre es jetzt noch schlimmer.«

Wahrscheinlich hatte ihre Schwester recht. Euphoria Fortune liebte es, Schulleiterin zu sein, und würde es nicht verkraften, das Amt abzugeben. Obwohl die Akademieordnung eigentlich einen regelmäßigen Wechsel möglich machte. Am Ende des Schuljahres traten die besten Schülerinnen und Schüler jeder Wahrsagedisziplin in einer Prüfung gegeneinander an. Wer am besten abschnitt, dessen Familie übernahm im folgenden Jahr die Schulleitung. Da das die letzten drei Male Merry gewesen war, davor Sorrys Cousin Jubilant, der nach seinem Abschluss Hauswahrsager eines Präsidenten geworden war, und davor viele andere Fortune-Sprösslinge, war der Wechsel bis heute reine Theorie.

Merry und Sorry folgten ihrer Mutter die Treppenstufen hinauf, vorbei an ein paar Nichtsehern, die sich staunend umsahen. Der Einschulungstag war der einzige Tag im Jahr, an dem die Akademie auch für sie geöffnet war. Plötzlich verschwamm Sorrys Sicht erneut, und sie sah, wie ein Besucher, der neben ihr die Stufen hinaufging, stolperte. Ihre Sicht klarte auf, und schnell schob sie sich an dem Mann vorbei, den Blick fest auf den Boden gerichtet. Sie durfte nichts sagen! Sorry zuckte zusammen, als sie kurz darauf seinen Aufschrei hörte. Merry warf ihr einen mitleidigen Blick zu. Sie wusste, dass Sorry sich schuldig fühlte.

Fast hatten sie die Eingangstür erreicht, als eine dröhnende Stimme rief: »Einen schönen Tag wirst du haben, Euphoria!«

Beinahe wäre Sorry in ihre Mutter hineingelaufen, so abrupt blieb diese stehen. Gleich neben der Tür stand Taurus Astra, gehüllt in eine weiße Robe, die mit Tausenden im Sonnenlicht funkelnden Sternen besetzt war. Auch sein weißer Vollbart glitzerte. An einem Ohrläppchen trug er einen mit Brillanten besetzten Anhänger in Form eines Teleskops. Das Oberhaupt der Sternendeuter strahlte wie ein heller Planet in der Mitte des Universums.

Euphorias Augen funkelten frostig. »Taurus, wie schön, dich zu sehen.« Obwohl zu spüren war, dass sie einander lieber erwürgen würden, begrüßten sie sich mit einem Wangenkuss.

»Ich sehe deinen Sohn nirgendwo. Treibt er sich immer noch in der Weltgeschichte herum?« Die Stimme der Schulleiterin war messerscharf. Es war Taurus Astras wunder Punkt, dass sein Sohn Polar sich im vergangenen Jahr kurz vor den Abschlussprüfungen aus dem Staub gemacht hatte. Bis heute wusste niemand, wo er war. Für einen kurzen Moment zitterte Taurus' Lächeln.

Dann nahm er Sorry in den Blick. »Ich hatte fast vergessen, dass Anniversary heute auch eingeschult wird.«

Natürlich hatte er es nicht vergessen, denn Taurus kannte Sorry, seit sie ein Baby war. Sorry überlegte noch, wie sie ähnlich schnippisch antworten konnte, da legte ihre Mutter schon ihre Arme um ihre beiden Töchter und drückte sie an sich. »Ja, ganz richtig. Eine neue Anwärterin für die Schulbeste. Ich hoffe nur, meine Mädchen kommen sich jetzt nicht in die Quere.« Sie lachte schrill auf und bedeutete ihren Töchtern mit einem Drücken, ihr zuzustimmen. Sorry nickte gequält.

Taurus' Lächeln verzog sich. »Keine Sorge, Euphoria. Jeder weiß doch, dass euer gutes Abschneiden mit Können nichts zu tun hat.« Sorry spürte, wie sich die Fingernägel ihrer Mutter in ihren Arm bohrten. Euphoria hielt dagegen. »Nun, Taurus, vermutlich liegt es eher daran, dass euren Kandidaten für den Sieg einfach das letzte Quäntchen Begabung fehlt – wenn sie nicht schon vorher verschwunden sind.«

»Warten wir einfach dieses Jahr ab, meine Liebe.« Taurus winkte einem Mädchen zu, das ein wenig abseits stand und sich mit einer Gleichaltrigen unterhielt, an deren silberner Jacke eine handförmige Brosche steckte.

Sorry kannte Estrella Astra lange, aber nicht besonders gut. Zwar hatte ihre frühere Privatlehrerin, die auch Estrellas gewesen war, sie manchmal erwähnt. Aber wie gut die Wahrsagefähigkeiten von Taurus' Tochter waren, wusste Sorry nicht.

Estrellas Haare waren fast weiß und ihre Gesichtszüge elfenhaft, aber sie hatte auch den kalten Blick ihres Vaters. Ein weißes Kleid umwehte ihren Körper, ein mit Glitzersternen besetzter Gürtel funkelte an ihrer Taille und an den Ohren baumelten ebenfalls kleine weiße Teleskope. Sie trug eine große Brille mit weißem Rand, die sich perfekt an ihre hellen Gesichtszüge anpasste und ihre Zartheit noch unterstrich. Beim Anblick der Sterndeuterin fühlte Sorry sich in ihrem kurzen Etwas und mit der glotzenden Haarspange noch unwohler als zuvor.

Als Estrella nun neben ihren Vater trat, legte dieser ihr seine Hand um die Schulter und blickte Euphoria triumphierend an. Fassungslos starrte diese auf das weißhaarige Mädchen. Falsch lächelnd wandte Estrella sich an Sorry. »Ist es nicht großartig, dass wir uns endlich vollkommen auf die Entwicklung unserer Wahrsagekräfte konzentrieren dürfen? Dieser lästige Mathematik- und Naturwissenschaftsunterricht war doch wirklich überflüssig! Die Sterne sagen mir voraus, dass es ein ganz bezauberndes Jahr wird, mit einigen unerwarteten Wendungen. Für uns beide.«

Ihre Stimme war glockenhell und ihre Zähne strahlend weiß. Sorry konnte das Mädchen nicht ausstehen. Gequält lächelte sie zurück.

Estrella wandte sich an Taurus. »Wir sollten hineingehen, Mutter wartet sicher schon.« Siegessicher nickte Taurus Euphoria zu und betrat mit seiner Tochter das Gebäude.

Die Schulleiterin kochte. »So ein unverschämter alter…« Sie atmete tief ein und schloss die Augen. Als sie sie wieder öffnete, hatte sie den verklärten Blick einer Vision. »Ich sehe einen stolzen weißen Stier, der über seine eigenen Füße stolpert, weil er die Nase sehr hoch trägt, statt auf den Weg zu achten.« Euphorias Blick klarte auf. »So, jetzt geht es mir besser. Kommt, Mädchen!« Sie schob Merry und Sorry in die Akademie.

Die Eingangshalle war so hoch, dass es unmöglich war, alle Details der Deckenmalereien zu erkennen. Sorry fragte sich, wie die Kunstwerke in so schwindelerregender Höhe entstanden waren. Von nun an würde sie diese Halle jeden Tag durchwandern. Die Menschen schnatterten und lachten miteinander, während sie über die breite hölzerne Treppe am Ende der Eingangshalle zum Saal im ersten Stockwerk strömten, in dem die Einschulungszeremonie stattfinden würde. Die ausgetretenen Stufen erinnerten an die zahllosen Menschen, die sie seit der Gründung der Akademie erklommen hatten. An den Außenseiten des Treppengeländers links und rechts befanden sich kunstvoll verzierte Holzvertäfelungen, und in regelmäßigen Abständen unterbrachen unterschiedlich große hölzerne Miniaturausgaben der Fortuna-Statue vor dem Gebäude die beiden Handläufe.

Sorry sah Kristallomanten, die in Hellblau gekleidet waren, und in schlammiges Grünbraun gehüllte Naturdeuter. Auch viele Nichtseher waren festlich gekleidet.

Die Fortunes waren gerade an der Treppe angekommen, als Sorry ein Mädchen erblickte, das sich deutlich von allen anderen unterschied. Es trug eine abgenutzte, orangefarbene Latzhose und um seine Hüften war ein Gürtel gebunden, an dem allerlei nützliches Zeug baumelte. Ein Hammer, ein Schraubenzieher, Klebeband. Das Gesicht des Mädchens war über und über mit Sommersprossen bedeckt. Dazu hatte es die wildesten orangeroten Haare, die Sorry jemals gesehen hatte, gebändigt in zwei Zöpfen. Auf dem Kopf saß eine Schutzbrille und auf dem Rücken hing ein leuchtend orangefarbener Bauhelm. Das Mädchen schlenderte entspannt unterhalb des rechten Treppengeländers entlang und schaute sich interessiert um. Sorry blieb stehen, als eine Vision sie so plötzlich erwischte, dass sie taumelte. Sie sah, wie ein Mann oben auf der Treppe genau dort gegen das Geländer stieß, wo sich eine Fortuna-Statue befand. Die hölzerne Figur riss am Hals ein, der Kopf brach ab und stürzte auf das Mädchen unter dem Geländer zu. Das konnte Sorry nun wirklich nicht zulassen!

Sie schielte zu ihrer Mutter, die gerade mit Karo Pentacle, dem Familienoberhaupt der Tarotkartenleger, sprach und sie nicht weiter beachtete. Schnell huschte Sorry zu dem Mädchen. »Psst! Hey, du!«

Das Mädchen drehte sich überrascht um – und strahlte Sorry an, wobei eine große Zahnlücke zwischen den beiden oberen Schneidezähnen sichtbar wurde. »Oh, hi! Du gehörst zu den Fortunes, oder?!« Obwohl das Mädchen ein ganzes Stück kleiner war als Sorry, mussten sie in etwa gleich alt sein. »Dein Kleid ist ja megaschick! Auch wenn es ein bisschen eng ist. Und Pink wäre auch nicht so meins.«

Kaum jemand hätte sich getraut, das Kleid einer Fortune zu kritisieren. Irgendwie mochte Sorry das Mädchen.

Dann hörte sie ein tiefes Lachen über sich und erblickte den Mann, der gleich die Fortuna köpfen würde. »Du solltest dir den Helm aufsetzen«, sagte sie. Das Mädchen sah Sorry verwirrt an. »Warum das denn?«

Mist, wie sollte Sorry es erklären, ohne ihre Vision zu erwähnen? Wer wusste schon, ob das Mädchen das Geheimnis der jüngsten Fortune-Tochter nicht verraten würde? »Man kann nie wissen.« Sorry schielte nach oben, der Mann war der Fortuna verdächtig nahe. »Am besten tust du es JETZT!«

Der Befehlston ließ das Lächeln des Mädchens verschwinden, es nahm die Schutzbrille vom Kopf und setzte den Helm auf. Sorry nickte ihr zu und lief zurück zu ihrer Mutter und Merry, die ihre kurze Abwesenheit nicht bemerkt hatten. Als Sorry die Treppe hinaufschaute, sah sie, dass Estrella Astra sie anstarrte. Ihr lief ein Schauer über den Rücken. Was hatte Taurus' Tochter mitbekommen?

In diesem Moment hörte Sorry einen Schrei, dem ein dumpfes Poltern und ein vorwurfsvolles »Autsch!« folgten. Alle Gespräche im Raum verstummten. Wie still so viele Menschen plötzlich sein konnten. Alle, auch Estrella, blickten zur Treppe.

»Die Fortuna«, stammelte der Mann und starrte die kopflose Holzstatue an.

Eine Frau beugte sich über das Geländer. »Ach du liebes bisschen! Bist du verletzt?«

»Nichts passiert!« Das Mädchen trat aus dem Schatten der Treppe hervor. Der Helm hatte eine kleine Delle, doch ansonsten schien es dem Mädchen gut zu gehen. Es hielt stolz den Kopf der Fortuna in die Höhe und strahlte in die Menge. »Keine Sorge, mein Vater kriegt die in null Komma nichts wieder repariert! Der ist ja nicht umsonst der Hausmeister.«

Die Tochter des Hausmeisters! Das erklärte zumindest die merkwürdigen Klamotten und den Werkzeuggürtel, dachte Sorry, als sie spürte, wie das Mädchen sie anblickte.

O nein! Schnell wandte Sorry sich an ihre Mutter. »Wir sollten weitergehen. Es geht gleich los.« Euphoria riss sich vom Anblick der geköpften Statue los und nickte. Eilig stiegen sie die Treppe hinauf. Sorry versuchte, in der Menge unterzutauchen, bevor das Mädchen sie einholen und ihr weitere Fragen stellen konnte.

Bevor Sorry von der Treppe auf den Flur in Richtung Festsaal abbog, schaute sie zurück. Das Mädchen folgte ihr nicht! Dafür blieb ihr rechter Schuh mit dem Absatz im Teppich hängen. Sorry fluchte und hob ihn auf.

»Du hast es vorausgesehen, nicht wahr?«

Sorry wirbelte herum. Vor ihr stand das Hausmeistermädchen und sah sie mit festem Blick an. Wie, zur Fortuna, war es so schnell heraufgekommen?

»Ich weiß nicht, was du meinst«, murmelte Sorry.

»Das mit der Statue«, sagte das Mädchen und klopfte sich auf den Helm. »Du wusstest, dass sie mir auf den Kopf fallen würde. Ohne dich wäre ich jetzt Matsch. Dass du das gesehen hast, ist ja wohl voll cool!«

»Das ist überhaupt nicht cool!«, rief Sorry lauter, als sie wollte. »Und wehe, du erzählst jemandem davon!« Sie pfefferte den Schuh zu Boden und spürte, wie ihr Wuttränen in die Augen stiegen. Das fehlte gerade noch!

»Also ich finde deine Gabe ziemlich fantastisch.« Das Mädchen bückte sich, hob den Schuh auf und reichte ihn Sorry. »Also dann, vielen Dank!« Es drehte sich um und hüpfte davon, wobei das Werkzeug am Gürtel leise klimperte. Sorry sah, wie es die letzten Gäste, die noch die Treppe hochkamen, passierte und schließlich verschwand. Noch nie hatte jemand so etwas zu ihr gesagt. Aber es stimmte. Sie hatte dem Mädchen wahrscheinlich gerade das Leben gerettet.

Euphoria und Merry hatten ihre Plätze in der ersten Reihe schon eingenommen, als Sorry sich zu ihnen setzte. Weil sie die einzigen Visionisten waren, stach ihr Pink in der Masse grell hervor. Die wenigen Fortunes, die es gab, waren auf der ganzen Welt gefragt und beschäftigt, sodass nur die engste Fortune-Familie an der Einschulung teilnahm. Sorry sah zu ihrer Mutter und spürte einen Kloß im Hals. Eigentlich würde auch ihr Vater bei ihnen sitzen. Sie war erst sieben Jahre alt gewesen, als er bei der Reise zu einem Wahrsageauftrag tödlich verunglückt war, und an Tagen wie diesem vermisste sie ihn besonders.

Alle anderen Familien waren zahlreich vertreten. Neben den Schülern aus den höheren Jahrgängen saßen dort Akademieabgänger, Eltern und angereiste Verwandte. Die große und in Rot gekleidete Familie der Orakel beanspruchte gleich mehrere Sitzreihen. Die jeweiligen Familienoberhäupter saßen am Anfang einer Reihe. Sie bildeten den Schulrat, der den Schulleiter stellte.

Rechts von Sorry saßen die Lehrer, die sie ab heute unterrichten würden. Mr Relic, der Geschichte der Hellseherei unterrichtete, und Madame Demain, Lehrerin für Rhetorik und Präsentation von Vorhersagen, kannte Sorry bereits.

Auf der Bühne hingen die farbigen Banner der neun Wahrsagedisziplinen von der Decke herab. Darunter würden sich Sorry und ihre künftigen Klassenkameraden gleich, der jeweiligen Disziplin entsprechend, nach und nach versammeln. Das pinkfarbene Banner mit dem geöffneten Auge befand sich in der Mitte, am rechten Rand und mit einem etwas größeren Abstand als zwischen den übrigen acht, das Banner der Nekromanten. Mit dem goldenen Pendel auf schwarzem Grund wirkte es seltsam bedroh-

lich. Wie jedes Jahr würde der Platz darunter auch heute leer bleiben.

Plötzlich ertönte ein Gong, und die beiden Flügel der großen Eichentür wurden mit lautem Donnern geschlossen. Als Euphoria Fortune sich erhob und mit durchgestrecktem Rücken und erhobenem Haupt auf die Bühne schritt, erstarb das allgemeine Getuschel. Sie stellte sich hinter das Rednerpult in der Mitte, strahlte in die Menge und breitete die Arme aus. »Liebe Wahrsager und Wahrsagerinnen, liebe Nichtseherinnen und Nichtseher, liebe Familien und liebe Menschen von Horror's Cope! Als diesjährige Schulleiterin heiße ich, Euphoria Fortune, Sie herzlich willkommen zum Empfang unserer neuen Schülerinnen und Schüler an der Akademie Fortuna!«

Nach einem kurzen Applaus schaute Euphoria zu Merry, und ihr Lächeln wurde breiter: »Bevor ich die neuen Schüler und Schülerinnen heraufbitte, damit sie uns einen Einblick in ihre schon vorhandenen Fähigkeiten geben, übergebe ich das Wort an unsere amtierende Schulsprecherin und Schulbeste des vergangenen Jahrs: meine Tochter Merry Fortune!«

Erneut gab es Beifall. Sorry sah, wie ihre Mutter mit einer Spur Überheblichkeit zu Taurus schielte, der auf der anderen Seite des Mittelgangs mit seiner Familie ebenfalls in der ersten Reihe saß. Sein Blick verfinsterte sich.

Merry strich noch einmal über das Blatt mit der Rede, und Sorry sah, dass ihre Hände zitterten.

Dann rückte ihre Schwester entschlossen ihre Brille zurecht und marschierte, ebenfalls kerzengerade, auf die Bühne. Sie nickte ihrer Mutter kurz zu und stellte sich lächelnd hinter das Rednerpult. Dann holte sie tief Luft – und begann, als Schulbeste die traditionelle Rede für die neuen Schülerinnen und Schüler der Akademie vorzutragen. Diese Rede hatte die erste Schulleiterin Fatema Fortune zur Eröffnung der Akademie Fortuna gehalten – nachdem die Nekromanten beinahe alle Wahrsager ausgelöscht hatten. Seitdem war sie fester Bestandteil der jährlichen Einschulungszeremonie.

»Die Zukunft ist gerettet, denn das Dunkel ist fort!«

Dieser erste Satz ließ Sorry erschauern, und sie ahnte, dass es vielen so ging. »So lang schon ist es her, seit als Freunde wir uns sahen. Wo wir in all den bunten Farben unserer Gewände uns als Brüder und Schwestern umarmten, statt die Klingen zu kreuzen. In jedem von uns lebt der Wunsch auf eine bessere, friedliche Zukunft. Und bei Fortuna – wir sind stark genug, das Böse zurückzuschlagen!«

Die Leute jubelten und klatschten, als hätten sich die einzelnen Wahrsagerfamilien erst gestern noch bekämpft, als wären die Nekromanten erst heute besiegt worden, nachdem ihr machthungriges Familienoberhaupt Nevil Chievous sie gegeneinander aufgebracht hatte.

»Waren es unser Hochmut, unser Stolz und unser fehlendes Vertrauen, die uns schwächten, waren es unsere Stärke, unser Wille und vor allem unsere Gemeinschaft, die uns retteten. Drum möge uns nie wieder ein Pendel entzweien, ein Hexenbrett zweifeln lassen und ein gerücktes Glas Zwietracht säen. Die Nekromanten sind fort und sollen es für immer bleiben.«

Es war eine mutige Vorhersage, die Sorrys Vorfahrin damals getroffen hatte. Und sie hatte sich bis heute bewahrheitet! Einst die mächtigste Macht, waren die Nekromanten nach ihrer Niederlage verschwunden. Als hätte die Kraft der Geisterkommunikation niemals existiert. Warum das schwarze Banner dennoch jedes Jahr aufgehängt wurde, hatte Sorry nie verstanden.

»Und sollten sie doch wiederkehren, wird ihre tückische Saat nicht auf fruchtbaren Boden fallen. Denn unter der Schutzpatronin Fortuna mögen wir vereint sein, um jene an diesem Ort zu lehren, die das Geschenk des Vorhersehens besitzen. Ein jeder Wahrsager möge hier Bildung finden. Eine jede Prophetin möge hier die gleichen Chancen erhalten, egal welcher Art ihre Kunst auch sei.«

Sorry sah, wie Taurus' Mund sich spöttisch verzog, während er Merry anfunkelte. Er zweifelte diese Chancengleichheit an und ließ keine Gelegenheit aus, dies kundzutun. Sterndeuter hatten Horror's Cope einst gegründet und nach ihrer wichtigsten Vorhersage benannt: dem Horoskop. Sie hatten auch die Gründung der Akademie Fortuna zur Wahrung des Friedens vorgeschlagen – angetrieben von dem Wunsch, dort einmal eine machtvolle Position zu bekleiden.

Dass dies bis jetzt unerfüllt war, verbitterte nicht nur Taurus Astra. Wer die Schulleitung innehatte, war im Prinzip die mächtigste Person der Stadt. Die Astras hatten also bei der Gründung der Akademie auf ganzer Linie verloren.

»Denn das sind wir – Wahrsager, Propheten und Seher. Uns gehört die Zukunft. Es ist unsere Aufgabe, den Menschen zu dienen, nicht, uns über sie zu erheben.«

Genau das hatten Nevil Chievous und seine Anhänger damals geglaubt: dass Wahrsager besser seien als Menschen, die nicht in die Zukunft blicken konnten. Sorry war sich sicher, dass einige Wahrsager auch heute noch daran glaubten. Jedoch würde sich niemals mehr jemand trauen, es laut auszusprechen.

Merry setzte nun zum Finale der Rede an, und ihre Stimme zitterte vor Freude und Ergriffenheit. »Lasset uns eine Brücke sein für eines jeden Menschen Glück. Lasset uns den Weg weisen, wenn die Menschen keinen sehen. Lasset die Zukunft gülden leuchten, wenn wir ihr entgegenblicken. Und lasset es uns gemeinsam tun, hier, an der Akademie Fortuna!«

Euphoria trat wieder ans Rednerpult, nachdem Merry sich unter tosendem Applaus gesetzt hatte. »Kommen wir nun zu den neuen Schülerinnen und Schülern!«

Merry drückte Sorrys Hand. »Keine Sorge, du wirst es fantastisch machen. Außerdem bist du als Letzte dran, da schaut niemand mehr genau hin.« Die neuen Schüler würden wie immer in der Reihenfolge der Prüfungsergebnisse des Vorjahres aufgerufen werden, beginnend mit dem schlechtesten. Wie gern wäre Sorry genauso zuversichtlich wie ihre Schwester. Doch ihr ging der Zwischenfall mit dem Hausmeistermädchen nicht aus dem Kopf. Das durfte ihr auf der Bühne nicht passieren!

»Als Erster: Phil Chlore!«

Das Publikum klatschte und von den Naturlesern kamen Jubelrufe. Hände legten sich einem rundlichen Jungen mit strubbelig-braunen Haaren auf die Schultern, bevor er zur Bühne ging und sich unter das grünbraune Banner mit dem Baum stellte. Er holte tief Luft und begann, mit dem nackten Fuß auf dem Holzboden entlangzufahren. Dabei summte er erst, dann pfiff er. Schließlich wandte er sich ans Publikum. »Die Winde bringen fröhliche Kunde, dass die Gemeinschaft der Wahrsager heute um einiges reicher sein wird als gestern.«

Das Publikum klatschte verhalten, nur die Chlores johlten laut. Einige sprangen auf, um zu tanzen.

»Da ist noch Luft nach oben«, murmelte Madame Demain neben Sorry. Worte, spitz wie Nadelstiche. Natürlich! Die Lehrer beobachteten alles genau und erkannten den kleinsten Ausrutscher, jede Unsicherheit. Sorrys Herz raste. Als wäre der Druck nicht schon groß genug, überhaupt eine Vorhersage hinzubekommen.

Bevor sie sich weiter ausmalen konnte, was alles schiefgehen würde, begann die rote Fraktion der Orakel ohrenbetäubend laut zu klatschen. Gleich drei ihrer Schützlinge betraten nacheinander die Bühne. Zuerst Thea Leaf, ein grinsendes blondes Mädchen, an dessen Halskette eine kleine Tasse hing. Die ganze Zeit hüpfend, sah Thea aus aufgekochten Teeblättern einem Jungen viel Glück bei einer bevorstehenden Reise vorher. Gemurmeltes Fazit von Madame Demain: gutes Detailwissen, aber viel zu hibbelig vorgetragen.

Waxine Lead, ein Mädchen mit unzähligen geflochtenen Zöpfen, war die Nächste. Mit einem genervten Gesichtsausdruck schmolz sie in einem Pfännchen über einer Kerze etwas Zinn, kippte die zähe Flüssigkeit in eine Wasserschale, um in dem entstandenen Klumpen eine Blume zu erkennen und sie als entstehende Freundschaften zu deuten. Urteil Mr Relic: eine bei einer Einschulung nicht überraschende Aussage, aber solide erklärt.

Dann verbrannte ein langhaariger Junge namens Rune Smoke mit ernster Miene ein paar Zweige und Blätter, um aus dem dabei entstehenden Rauch zu lesen, dass jemandem im Raum heute ein sehnlichster Wunsch erfüllt wird. Gemurmeltes Urteil von der Lehrerin: »Gut, aber zu distanziert präsentiert.«

Den drei Orakel-Kindern folgte ein Junge namens Morpheus Night. Der blasse Traumdeuter bat sichtlich nervös eine Freiwillige, von ihrem letzten Traum zu berichten. Seine Deutung: Sie wird sich überraschend in einen Mann verlieben. Anschließend lief Morpheus rot an und ergänzte mit brüchiger Stimme, dass dieser Mann stets besonders farbenfrohe Socken trug. Einige Traumdeuter im Publikum lachten laut, als ein recht beleibter Mann der Frau zuwinkte und auf seine grell lilafarbenen Socken zeigte. Die Frau kicherte – und alle klatschten laut Beifall. Auch die Lehrer waren begeistert. »Eine hervorragende Vorhersage mit genau dem richtigen Grad an Information«, flüsterte Mr Relic Madame Demain zu. Sie nickte. »Aber an seinem Stil müssen wir dringend arbeiten! Die Präsentation war eine Katastrophe!«

Chiara Mantik, die Handleserin, mit der sich Estrella zuvor unterhalten hatte, sagte einem weiteren Freiwilligen voraus, dass er es zu großem Reichtum bringen würde, was ihn sehr freute und für ein anerkennendes Nicken der Lehrer sorgte.

Als Nächsten rief Euphoria Magnus Divine nach vorne. Ein Junge in einem mit Silberfäden durchwirkten Hemd erhob sich. Offensichtlich überrascht, einen unbekannten Handleser zu sehen, beobachteten die Mitglieder der Mantik-Familie den hellblonden Jungen äußerst skeptisch. Nicht einmal eine Brosche mit dem Handsymbol trug er!

Die meisten Schüler stammten aus den traditionellen Wahrsagerfamilien. Ihr Name reichte, um an der Akademie aufgenommen zu werden. Aber hin und wieder tauchten Wahrsagefähigkeiten auch in Familien auf, in denen es solche nie oder jahrzehntelang nicht gegeben hatte. Diese Kinder mussten einen Test bestehen, bevor sie aufgenommen wurden. Hätte sie selbst diesen Test machen müssen, da war Sorry sich sicher, säße sie heute nicht hier.

»Brauchst du auch einen Freiwilligen?«, fragte Euphoria.

Magnus schüttelte den Kopf und grinste, wobei er eine silberne Zahnspange enthüllte. »Ich dachte, ich könnte aus Ihrer Hand lesen.«

Ein Raunen ging durch die Zuschauerreihen. Magnus Divine hatte Mut! Kein anderer Wahrsager hätte sich getraut, der großen Euphoria Fortune die Zukunft vorherzusagen. Zu groß war die Gefahr, dass man etwas Ungehöriges oder Unangenehmes sah. Aber nicht unter Wahrsagern groß geworden, war er sich dieser Konsequenzen offensichtlich nicht bewusst.

Sorry sah, dass ihre Mutter alles lieber getan hätte, als sich von dem jungen Chiromanten die Zukunft voraussagen zu lassen. Aber wenn sie Magnus' Bitte ablehnte, würde das kein gutes Licht auf sie werfen. Gerade Taurus Astra würde es so darstellen, als würde Euphoria Wahrsager benachteiligen, die nicht aus großen Familien stammten.

Also reichte Euphoria Magnus ihre rechte Hand. »Jetzt bin ich aber gespannt.« Auch wenn sie amüsiert lächelte, lag eine Drohung in ihrer Stimme. Er sollte es bloß nicht wagen, sie zu blamieren.

Magnus studierte Euphorias Handlinien und sah dann höchst zufrieden auf. »Ihr derzeitiger Erfolg wird noch sehr lange anhalten – aber nicht so lange, wie Ihr fantastisches Aussehen.« Euphoria entwich ein erstauntes »Oh!«. Dann begann sie zu klatschen, und die Zuschauer fielen ein. Magnus verbeugte sich. Vitali Mantik, das Familienoberhaupt der Handleser, sah sich im Publikum um. Als er bemerkte, wie begeistert alle waren, applaudierten auch er und die übrigen Mantiks. Nur die Lehrer schüttelten die Köpfe und tuschelten so leise miteinander, dass Sorry sie nicht verstand.

»Das war zwar eher ein Kompliment als eine Vorhersage«, flüsterte Merry, »aber was für eine geniale Idee!« Die Gunst der Schulleiterin war Magnus von nun an sicher.

Nun wurde Crystal Glass aufgerufen. Sie erhob sich schweigend. Die Kristallleser nickten ihr wortlos zu. Crystal guckte zu Boden, schob sich ein paar wellige schwarze Haare aus dem Gesicht und griff nach einer ausgebeulten Tasche, aus der sie, auf der Bühne angekommen, behutsam eine Kristallkugel hob. Diese leuchtete hellblau – und erinnerte Sorry an eine Kristallkugel, die sie einmal im Büro ihres Vaters entdeckt hatte und die ihre Mutter daraufhin umgehend an sich genommen hatte. Die Kraft der Visionisten war eng mit der der Kristallkugelleser verwandt, nur hatten sich die Visionisten mit der Zeit auf hilfsmittelfreie Vorhersagen spezialisiert. Die meisten von ihnen, ganz besonders Euphoria Fortune, wollten von der ursprünglichen Verwandtschaft der beiden Disziplinen heute nichts mehr hören.

Crystal starrte in die Kugel. »Etwas Dunkles wird kommen«, verkündete sie, ohne den Kopf zu heben. »Unerwartetes und Unerfreuliches wird noch heute hier über uns hereinbrechen.« Im Saal erstarb jedes Geräusch. Eine Vorhersage über ein Unglück hatte niemand erwartet, war es doch ein ungeschriebenes Gesetz, bei der Einschulung nichts Düsteres zu verkünden. Sorry beschlich das ungute Gefühl, dass Crystal damit ihre Vision meinte.

Die junge Kristallkugelleserin blickte ins Publikum, als würde sie sich gerade erst daran erinnern, wo sie sich befand. »Aber das muss nichts Schlechtes bedeuten!«, fügte sie schnell hinzu. Dann hob sie ihre Kugel wieder in die Tasche und stellte sich unter das hellblaue Banner, den Blick wieder auf ihre Füße gerichtet.

Nur vereinzelt war Klatschen zu hören. Die Lehrer starrten Crystal fassungslos an. Merry schüttelte den Kopf und Euphoria rang sichtlich um Fassung, als sie wieder ans Pult trat. »Wirklich sehr interessant. Aber kommen wir nun zu unserer nächsten Schülerin: Arkana Pentacle.«

Die Pentacles wedelten mit den Händen. Ein Mädchen in familiengemäß gelber Hose und mit kurzen Haaren, in die bunte Strähnen gefärbt waren, hatte sich erhoben. Es ließ ein Kartendeck zwischen seinen Händen hin- und hersausen.

Neben Arkana stand ein Junge in einem ausladenden gelben Umhang auf. Er sah ihr sehr ähnlich. »Frau Schulleiterin!«, rief er. »Ich bin Baton Pentacle, Arkanas Zwillingsbruder. Könnte ich gleich mit ihr auf die Bühne kommen?« Sorry bemerkte, dass er beim Reden seine Hände auf ihr unbekannte Art bewegte.

Arkana steckte die Karten in eine dafür vorgesehene Halterung an ihrem Gürtel, dessen Schnalle ebenfalls wie eine Karte geformt war, und funkelte ihren Bruder wütend an. Dann begann sie, heftig zu gestikulieren. Baton antwortete, ebenfalls mit Handzeichen.

»Ich glaube, Arkana Pentacle kann nicht hören«, flüsterte Merry. Natürlich, die Geschwister unterhielten sich in Gebärdensprache! Und vermutlich waren wedelnde Hände die Gebärde für Applaus.

Euphoria nickte und gefolgt von ihrem Bruder stapfte Arkana auf die Bühne. Offenbar hätte sie lieber alleine etwas vorhergesagt. Dort angekommen, begann sie, ihr Kartendeck so schnell zu mischen, dass es vor Sorrys Augen verschwamm. Schließlich zog sie eine Karte und hielt sie hoch. Sorry musste die Augen zusammenkneifen. Sie erkannte eine Figur mit einer Laterne. War es ein Mann oder eine Frau? Arkana legte die Karte auf den Boden. Dann zog sie weitere Karten, die sie, diesmal, ohne sie dem Publikum zu zeigen, zur ersten legte. Nun folgten zahlreiche Gebärden, die Baton übersetzte. »Es ist wichtig, Neuem offen zu begegnen. Dann wird es uns die Weisheit bringen, die wir längst verloren glaubten. Doch es kann auch unser Verderben sein.« Er hielt inne. »Nein, das ist doch …« Es folgte ein wildes Hin und Her zwischen den beiden jungen Kartenlesern. Obwohl es absolut still war, hatte Sorry das Gefühl, als würden die beiden sich anbrüllen. Schließlich räusperte Euphoria sich und winkte den Zwillingen zu. »Ähm, die Vorhersage?«

Baton und Arkana starrten sie an. Dann holte Arkana ein Smartphone hervor. Die meisten Wahrsager hielten nicht viel von solcher Technik. Aber die Pentacles, dafür bekannt, dass sie bestens integriert unter den Menschen lebten, waren ihr gegenüber aufgeschlossen. Arkana tippte etwas hinein und hielt das Smartphone in die Höhe. Eine metallene Frauenstimme sprach: »Neuem offen begegnen, dann kehrt verlorenes Wissen zurück. Oder aber Verderben.« Sie warf ihrem Bruder einen Blick zu, der jedes weitere Einmischen in ihre Vorhersage verbot.

Baton zuckte mit den Schultern. Dann zog er eine Karte aus seinem Kartendeck und hielt sie ebenfalls hoch. Sie zeigte einen lachenden Jungen, der ihm verblüffend ähnlich sah. Der Tarotkartenleger zwinkerte, während er mit der freien Hand gebärdete. »Und das sagt der Narr: Nicht alles so ernst nehmen.« Er legte die Karte zu den anderen.

Arkana verdrehte die Augen, konnte sich aber ein Grinsen nicht verkneifen. Dann begaben die Zwillinge sich zu ihrem Platz unter dem gelben Banner. Das Publikum lachte und klatschte.

»Sie kann gut vorhersehen«, meinte Mr Relic, »aber er ist gut in der Präsentation. Als Team funktionieren sie.«

»Das Streiten dabei sollten sie sich aber dringend abgewöhnen«, fügte Madame Demain hinzu.

Als Estrellas Name aufgerufen wurde, erhoben sich alle anwesenden Astras und umarmten sie nacheinander. Sorry sah, wie Euphoria ungeduldig wurde.

»Die Sterne sagen unser Schicksal voraus«, verkündete Estrella mit ihrer glockenhellen Stimme, während sie, eine längliche Papierrolle unter dem Arm, in die Mitte der Bühne schritt. Sie sprach langsam und kostete ihren Moment im Rampenlicht voll aus, als hätte sie ihr Leben lang auf großen Bühnen die Zukunft vorhergesagt. »Die Sterne, unter denen wir geboren wurden, sind verknüpft mit unserer Zukunft.« Sie breitete die eben noch zusammengerollte Sternenkarte auf dem Boden aus. »Ich sehe, dass vor allem Waagen heute Harmonie und Freude erleben. Es ist ein guter Tag, um lange aufgeschobene Gespräche zu führen.«

Estrella hob den Kopf und fixierte Sorry. »Fische dagegen sollten sich in den nächsten Wochen nicht auf ihrem Erfolg ausruhen. Denn sonst werden andere sie schnell überflügeln.« Sorry bekam eine Gänsehaut. Diese Vorhersage galt ihr, und die Drohung darin war eindeutig. Euphoria warf dem hochzufriedenen Taurus einen vernichtenden Blick zu, als Estrella sich mit einem engelhaften Lächeln und unter tosendem Applaus unter das weiße Banner mit dem goldenen Teleskop stellte.

»Perfekt«, hauchte Madame Demain.

»Und nun zu guter Letzt: Anniversary Fortune.«

Sorrys Herz begann wieder zu rasen, ihre Ohren dröhnten. Wie von selbst trugen ihre Füße sie zur Bühne. Sorry begegnete dem Blick ihrer Mutter und sah ihren Mund die lautlosen Worte »Mach mich stolz« formen.

Sorry nahm einen tiefen Atemzug. Eine einzige echte Vorhersage würde reichen. Sie sah das ermunternde Nicken von Merry und das skeptische Lächeln von Taurus Astra. Sie fixierte die Menschen in den hinteren Reihen. Und da, endlich, verschwamm ihr Blick. Einem Mann schmolz ein Schokoriegel in der Jackentasche. O nein! Sie hob die Hand und wischte einmal zur Seite. Diese kleine Bewegung half Sorry meist, aus einer Vision aufzutauchen. Da kam schon die nächste: Ein Mann würde sich verschlucken und furchtbar husten, ein Kind sich so sehr erschrecken, dass es in die Hose machte. Auf keinen Fall! Sie wischte die Visionen eine nach der anderen weg und blickte sich fieberhaft um. Eine Frau trat einer anderen auf den Fuß und eine weitere ließ ihre Handtasche fallen. Nein, nein, nein! Sorrys Mund wurde trocken. Was sollte sie nur tun?

In diesem Moment flog die Eichentür donnernd auf. Sorry sah, wie der Frau die Handtasche runterfiel, der Mann sich verschluckte und das Kind sich in die Hose machte. Ihre Visionen traten ein, als alle sich umdrehten und ihnen, wie Merry es vorhergesagt hatte, der Atem stockte.

Ein schlanker, hochgewachsener Junge marschierte zielstrebig den Mittelgang entlang und auf die Bühne zu. Er trug einen schwarzen Anzug mit goldglänzenden Verzierungen und goldfarbene Schuhe, in seine dunkelbraunen Haare war eine hellblonde Strähne gefärbt. Doch nichts an ihm glänzte so sehr wie das goldene Pendel, das in seiner rechten Hand hin- und herschwang. Einige Gäste schlugen sich die Hand vor den Mund, und Sorry hörte, wie ihre Mutter nach Luft schnappte.

Der Junge blieb vor der Bühne stehen und sah Euphoria fest in die Augen. »Mein Name ist Ben Dulum«, sagte er mit tiefer, samtiger und sicherer Stimme. »Ich bin Nekromant und verlange, heute meine Ausbildung an der Akademie Fortuna zu beginnen.«

Sorry starrte den Jungen an. Als sich ihre Blicke trafen, zwinkerte er ihr zu. Als hätte er es mit seinem Auftritt darauf abgesehen, jetzt vor ihr zu stehen. Aber das war albern! Klar sah er sie an, sie stand doch genau in der Mitte der Bühne. Das Zwinkern hatte sie sich bestimmt nur eingebildet. Leise surrend schwang das goldene Pendel hin und her.

»WAS willst du?« Euphorias Stimme war deutlich höher als sonst.

»Ich will an die Akademie Fortuna. Ich bin Nekromant.«

Die Schulleiterin lachte nervös auf. »Das ist Unsinn! Es gibt keine Nekromanten mehr.«

Im Publikum wurde getuschelt, einige Zuschauer nickten, andere lachten sogar. Das musste ein Witz sein!

Ben zog die Augenbrauen hoch. »Wollen Sie damit sagen, dass ich nicht existiere?«

Mit diesen Worten brachte er Euphoria aus der Fassung. Ihr Gesicht verzog sich zu einer merkwürdigen Grimasse. »Natürlich nicht!« Sie wischte sich mit ihrem verschmierten Taschentuch den Schweiß von der Stirn, dann räusperte sie sich. »Wie auch immer. Wir sind mitten in der Einschulungs-

zeremonie. Nimm bitte Platz, damit wir fortfahren können.«
Sie krallte sich ans Rednerpult, streckte ihren Rücken und
nickte Sorry zu, damit sie fortfuhr.

Aber Ben setzte sich nicht. »Wollen Sie mir nicht zuhören,
weil ich Nekromant bin?«

Sorry sah, wie die Handknöchel ihrer Mutter weiß wur-
den. »Damit hat das nichts zu tun«, presste sie durch ihre
Zähne hervor. »Und wenn du Fortuna selbst wärst – ich
dulde keine Unterbrechung. Die Anmeldefrist für das neue
Schuljahr ist längst verstrichen, und deshalb lehne ich dein
Gesuch ab. Also, setz dich bitte!«

Sorry bewunderte ihre Mutter für ihre Beherrschung. In
einem weniger offiziellen Rahmen wäre sie längst ausgerastet.
Aber in diesem Moment war Euphoria Fortune die Schulleiterin. Sie durfte niemanden wegen seiner Herkunft diskriminie-
ren, auch nicht, wenn er behauptete, Nekromant zu sein.

Jeder andere wäre ihrer strengen Anweisung gefolgt.
Doch Ben seufzte nur. Und als das Pendel zum Stillstand
kam, wusste Sorry, dass Ben Dulum die Wahrheit gesagt
hatte. Eine tiefe, zuvor nie gespürte Angst ergriff sie.

Ruhig zog der Junge ein Blatt Papier aus der Tasche
und hielt es in die Höhe. »Ich berufe mich auf Paragraf 16,
Abschnitt 5 der Schulordnung.« Euphorias Gesichtszüge
verkrampften sich erneut. Taurus' Gesicht wurde weiß, und
Madame Demain entfuhr ein spitzer Schrei.

»Der Repräsentanzabsatz«, flüsterte Estrella, die schräg
hinter Sorry unter dem weißen Banner stand. Es hätte sie
auch verwundert, wenn diese Streberin die Schulordnung
NICHT auswendig gekannt hätte.

Ben Dulum kostete diesen Moment aus. »Paragraf 16 besagt, dass jeder, der eine Wahrsagedisziplin beherrscht, Anspruch auf einen Platz an der Akademie Fortuna hat. Und unter Abschnitt 5 heißt es weiter: Jede Disziplin muss jedes Jahr mit mindestens einem Schüler oder einer Schülerin besetzt werden, sofern es berechtigte Anwärter gibt.« Er faltete das Papier zusammen und steckte es zurück in seine Jacke. Dann richtete er sich wieder an Euphoria. »Ich bin ein Anwärter für die Nekromantie, und offensichtlich ist der Platz unter dem schwarzen Banner noch leer.«

Aufgeregtes Gerede setzte ein, jeder diskutierte mit jedem. Was hatte das zu bedeuten? War dieser Absatz schon einmal zum Einsatz gekommen? Und vor allem: Warum hatte das niemand vorausgesehen? Aber jemand hatte genau das getan – Crystal. Nur hatte niemand es hören wollen.

»Aber das schließt doch sicher keine Nekromanten ein!«, murmelte Madame Demain neben Sorry. »Ich meine, wir haben doch die Rede von Fatema Fortune gehört!«

»Die Regel spricht aber nur von Wahrsagedisziplinen«, gab Mr Relic zu bedenken. »Nicht, dass es eine der acht anerkannten sein muss.«

»Du hast etwas Wichtiges vergessen.« Euphoria sprach seltsam ruhig, und das Gemurmel erstarb. »Es muss ein berechtigter Anwärter sein. Und das ist man durch einen Bürgen der Familie oder nach einem bestandenen Test. Du hast weder das eine noch das andere, nicht wahr?!«

»Nun, da ich meine Eltern nicht kenne und annehme, dass sie tot sind, kann ich mit einer Bürgschaft leider nicht dienen. Aber den Test könnte ich sofort machen. In Ordnung?«

Sorry spürte, wie die Angst ein wenig schwand. Wenn Ben Dulum seine Familie nicht kannte, dann bestand die Chance, dass er nicht so böse war wie die Nekromanten aus den Geschichten. Euphoria zögerte, nickte dann aber schwach.

Der junge Nekromant betrat die Bühne. Erst als er neben Sorry stand, wurde ihr bewusst, dass sie sich immer noch vor allen anderen befand. Schnell ging sie einen Schritt zurück.

»Unfassbar«, flüsterte Estrella nun.

Euphoria räusperte sich. »Für einen Aufnahmetest ist es üblich, nicht in die Zukunft zu sehen, sondern etwas über eine gegenwärtige Situation auszusagen«, erklärte sie an den Saal gewandt. »Die zu testende Person kann die Antwort nicht wissen, aber es gibt jemanden im Raum, der die Aussage bestätigen kann. Auf diese Weise wird klar, ob der Getestete über seherische Fähigkeiten verfügt oder uns nur etwas vorgaukelt.«

Eine solche Vorhersage war viel schwieriger, als in die Zukunft zu blicken. Sorry hatte es noch nie geschafft. Allerdings war sie auch kein Maßstab.

»Hat jemand eine Frage für Mr Dulum?«, fragte Euphoria in den Saal. Keiner rührte sich. Die einzige Bewegung, die Sorry aus dem Augenwinkel wahrnahm, war Baton, der Arkana das Gesagte in Gebärdensprache übersetzte.

»Niemand?«, fragte Euphoria.

Sorry zuckte zusammen, als Estrella wütend vortrat. »Ich fasse es nicht! Jeder kann hier reinlaufen und behaupten, er sei Wahrsager. Und Sie als Schulleiterin wollen unsere Einschulung ins Lächerliche ziehen, indem Sie ihm einen Test gestatten?« Estrella deutete mit ausgestrecktem Arm auf Ben, es schien, als wollte sie ihn geradewegs mit ihrem spitzen Fingernagel erstechen. »Jeder weiß, dass es keine Nekromanten mehr gibt. Wer glaubt denn ernsthaft, dass er einer ist?« Keiner im Saal rührte sich.

Ben Dulum sah Estrella an. Dann nickte er. »Gut, mit dieser Frage kann ich arbeiten.«

Estrella ließ perplex die Hand sinken. »Bitte was?«

Ben zog ein Stück weiße Kreide aus seiner Hosentasche. »Wer in diesem Saal glaubt, dass ich ein Nekromant bin? Das sollte doch zu beantworten und nachzuprüfen sein, oder?« Er sah Euphoria fragend an.

Die runzelte die Stirn. Aber dann nickte sie. »Warum nicht?«

Die Frage konnte funktionieren, denn Ben musste sich nur auf die Personen hier im Saal konzentrieren. Allerdings waren das ziemlich viele.

»Sehr gut.« Ben wandte sich an Estrella, die noch immer neben ihm stand. »Kannst du bitte einen Schritt zur Seite gehen? Ich brauche den Platz.«

Estrella lief so rot an, dass ihre weiße Brille sich deutlich von ihrem Gesicht abhob, wie eine Stelle, die nach einem Tag am Strand als Einzige unbeschienen geblieben war. Mit geballten Fäusten stellte sie sich zurück unter ihr Banner.

Mut hatte dieser Ben. Sorry kam nicht umhin, beeindruckt zu sein. Die Zurechtweisung hatte Estrella auf jeden Fall verdient. Doch als er sich hinkniete und blitzschnell mit der

Kreide einen Kreis auf den Boden malte, wurde ihr wieder bewusst, was für ein Wahrsager er war, und ihre Angst kehrte zurück.

Rundherum beschriftete Ben den Kreis mit den Buchstaben des Alphabets, den Zahlen von 0 bis 9, einer Auswahl an Satzzeichen sowie den Begriffen Ja, Nein und Ende. Es war offensichtlich, dass er dies nicht zum ersten Mal tat. Wie die meisten im Saal hatte Sorry von so einem Kreis bisher nur in Büchern gelesen.

Als Ben fertig war, stellte er sich an den Rand des Kreises. Er streckte den Arm aus und ließ das goldene Pendel an der Kette herunterschnellen. Als es ruhig über dem Mittelpunkt des Kreises hing, schloss er die Augen. Plötzlich begann das Pendel hin- und herzuschwingen. Erst leicht, dann etwas schneller. Es war fast betörend, wie es seinen Rhythmus fand und immer weitere Kreise zog. Mit einem Mal schlug Ben die Augen auf, und das Pendel begann, in Richtung einzelner Buchstaben auszuschlagen. Sorry wurde klar: Das Pendel beschrieb einen Namen. Sie versuchte, ihm zu folgen, doch das Pendel war zu schnell. Sie glaubte, ein A zu erkennen, ein N, auch ein T. Ein kalter Schauer überlief sie. Was, wenn das Pendel IHREN Namen schrieb? Die Buchstaben passten. So sehr sie es auch zu verdrängen versuchte – Sorry war sich absolut sicher, dass Ben Dulum die Nekromantie beherrschte.

So schnell, wie das Pendel zu schwingen begonnen hatte, so abrupt blieb es nun auf dem Wort ENDE stehen. Ben sah auf. »Ich habe einen Namen.« Sorry hielt die Luft an, als Ben sich zu den Schülern umdrehte, die unter den Bannern standen. Er sah jeden genau an. Sorry betete, dass er nicht bei ihr verharrte. Nicht nur, dass sie nicht richtig wahrsagen konnte – wenn sie auch noch einem Nekromanten dazu verhalf, an die Akademie zu kommen, weil sie ihm glaubte, wäre wirklich alles vorbei. Tatsächlich blieb Bens Blick an ihr haften. Es war, als würde er mit seinen schwarzen Augen tief in ihre Seele blicken. Sorry wusste, dass er ihren Namen gesehen hatte. Sie flehte ihn mit Blicken an, sie nicht zu verraten. Aber warum sollte Ben Dulum ihr diesen Gefallen tun? Dieser Junge war ein Nekromant, und er hatte ein Ziel. Was konnte sie da schon erwarten? Sie schloss die Augen und wartete auf das Unvermeidliche.

»Arkana Pentacle.« Seine Stimme kam von so weit her, dass Sorry sich für einen Moment nicht sicher war, ob er wirklich gesprochen oder ob sie es sich eingebildet hatte. Sie riss die Augen auf. Ben sah nun zu der Tarotkartenlegerin. Baton starrte seine Schwester entgeistert an – wie alle anderen im Saal.

Euphoria trat zu Arkana. »Stimmt das?«, fragte sie leise. Obwohl Arkana sie nicht hörte, brauchte sie keine Übersetzung. Sie zog mit ungerührter Miene eine Karte aus ihrer Tasche und hielt sie in die Höhe, sodass alle sie sehen konnten. Die Person mit der Laterne. Aus der Nähe erkannte Sorry nun, dass die Figur einen Bart trug wie ein alter Mann, aber geschminkt und frisiert war wie eine Frau. »Einsiedler*in« stand darunter. »Jemand bringt längst verloren geglaubtes Wissen«, erklärte Baton. Es war dieselbe Vorhersage wie vorhin, und sie war eindeutig: Ben brachte dieses Wissen. Er war ein Nekromant, der erste seit Generationen.

»Nun denn«, hörte Sorry ihre Mutter sagen. »Willkommen an der Akademie Fortuna, Ben Dulum.«

Ihre Mutter ließ sich aufs Sofa fallen, kaum dass sie zu Hause waren. »Was für ein Desaster«, murmelte sie und legte sich die Rückseite ihrer Hand an die Stirn. »Ein Nekromant. Unter meiner Schulleitung. Alle werden sich das Maul zerreißen!«

Sorry war froh, ihre Füße endlich aus den engen Absatzschuhen zu ziehen. Sie seufzte, als das Blut wieder in ihre abgequetschten Zehen floss, rieb sich die Ferse und schwor sich, die Schuhe heimlich zu entsorgen.

»Aber vielleicht ist das auch eine Chance«, versuchte Merry, die Stimmung aufzulockern. »Vielleicht können wir nun endlich die Vergangenheit hinter uns lassen und zeigen, dass Nekromantie nichts ist, wovor man Angst haben muss. Es könnte einen Neubeginn für die Wahrsagerei bedeuten. Unter deiner Schulleitung!«

Sorry dachte daran, wie Ben sich zufrieden unter das schwarze Banner gestellt hatte, unter dem noch nie ein Schüler gestanden hatte. Ein Neubeginn war es auf jeden Fall.

Euphoria hob den Kopf und blickte Merry dankbar an. »Du verstehst es immer wieder, mich aufzuheitern.« Doch die Anspannung war ihr weiterhin anzusehen. »Nur was, wenn er tatsächlich unser aller Verderben ist, wie dieses Pentacle-Mädchen gesagt hat. Dann wird man das mir zuschreiben.« Sie seufzte.

Sorry massierte sich noch immer die Füße. »Aber die Chievous' sind doch schon lange verschwunden, vielleicht hat er gar nichts mit ihnen zu tun. Nur weil er ein Nekromant ist, muss er nicht gleich böse sein, oder?«

Sie konnte Bens Blick nicht vergessen. Er hatte auch ihren Namen gependelt. Warum hatte er ihn nicht gesagt?

Ihre Mutter blickte starr an die Decke. »Selbst, wenn es so wäre – die Leute vertrauen keinem Nekromanten, schon gar nicht in Kombination mit uns. Vergiss nicht, dass Nevil Chievous und seine Anhänger damals die ranghöchsten Wahrsager der einzelnen Familien in einer einzigen Nacht aus dem Weg geräumt haben. Nur die Fortunes hat er verschont. Sie haben sich erst später gegen ihn gestellt. Taurus weiß, dass die Situation jetzt seine Chance ist, gegen uns vorzugehen. Es würde mich nicht wundern, wenn er diese alte Geschichte wieder herausholt.«

Merry nahm ihre Brille ab und begann, sie angespannt zu putzen. Sie alle wussten davon – das dunkelste Kapitel in der Geschichte der Visionisten. Vor der sogenannten Geisternacht hatten die Fortunes noch zu den Chievous' gehalten. Zwar nur für kurze Zeit, aber für einige Wahrsager ein unverzeihlicher Fehler. Auch wenn die Fortunes es seitdem doppelt und dreifach wiedergutgemacht hatten – diese Episode klebte wie Pech an ihnen.

»Selbst wenn er nicht gefährlich ist, musst du dich von ihm fernhalten, Sorry!«, wandte Euphoria sich an ihre jüngere Tochter. Dann seufzte sie erneut und lehnte sich zurück in die Kissen. »Das einzig Gute am Auftauchen dieses Jungen ist, dass du nicht vor allen Anwesenden wahrsagen musstest.«

Sorry zuckte zusammen. Auch wenn sie selbst froh darüber war, hatte sie doch gehofft, dass ihre Mutter es nicht ansprechen würde. »Ich hätte das bestimmt geschafft«, murmelte sie.

Euphoria lächelte sie an, als wäre sie ein Kleinkind, das behauptete, unter seinem Bett würde ein Monster leben. Sorry hasste dieses Lächeln, das bedeutete, dass ihre Mutter sie nicht ernst nahm. »Nein, hättest du nicht, Äuglein. Das habe ich dir angesehen.«

Die Worte bohrten sich wie Nadeln in Sorrys Haut, und mit jeder Sekunde tat es mehr weh. Sie zerquetschte ihre Schuhe beinahe in ihrer Hand, was den Schmerz ein wenig milderte, und versuchte, ruhig zu bleiben. Durch zusammengepresste Zähne zischte sie: »Zum Glück lerne ich ab morgen, wie es geht. Und du als meine Lehrerin für Visionen wirst da sicher erfolgreiche Arbeit leisten.«

Neben allgemeinen Klassenstunden gab es Sonderunterricht in den einzelnen Wahrsagedisziplinen. Und Visionisten wurden, wie sollte es anders sein, von Euphoria Fortune unterrichtet. Momentan waren das nur Merry und Sorry.

Ihre Mutter hob eine Augenbraue. »Sorry, du weißt, dass ich das nicht sage, um dich zu verletzen! Aber ich muss an das Wohl der Familie denken! Ich erwarte, dass du jede Sekunde nutzt, um deine Fähigkeiten zu verbessern. Und bis du Fortschritte machst, wirst du dich bedeckt halten, was deine Kräfte angeht. Nicht auszudenken, wenn das jetzt auch noch rauskäme.«

Sorry spürte, wie die Nadeln sich mit jedem Wort ihrer Mutter tiefer in ihre Haut bohrten. Unbändige Wut stieg in ihr auf. Von wegen nicht verletzen! Sie sah Hilfe suchend zu ihrer Schwester, doch die zuckte nur mit den Achseln. Natürlich. Wenn es um so etwas ging, würde Merry sie nicht verteidigen. Auch für sie stand der Ruf der Fortunes an erster Stelle. Wütend knallte Sorry ihre Schuhe auf den Tisch und stapfte aus dem Zimmer. Jedes weitere Wort würde sie später nur bereuen.

Auch sie wusste doch, wie wichtig der Ruf der Familie war. Aber warum musste ihre Familie sie immer wieder daran erinnern, dass sie diesem Ruf schaden konnte. Das hatte sie sich doch nicht ausgesucht!

Als Sorry auf der Galerie im ersten Stock ankam, riss ein leises Summen aus dem Zimmer direkt neben der Treppe sie aus ihren Gedanken. Die Tür war nur angelehnt, und vorsichtig spähte sie hinein.

Das Zimmer war spärlich eingerichtet. Ein Schrank, ein Bett und ein Tisch standen darin, schwere Vorhänge hielten die Sonne draußen. Außer einem trockenen Strauß Lavendel auf dem Nachttisch, dessen Geruch sich mit dem von Desinfektionsmittel und Traurigkeit mischte, gab es nichts, was dem Zimmer zumindest ein bisschen Leben einhauchte. In einem Rollstuhl saß eine eingesunkene Gestalt, den Blick auf das Fenster gerichtet, als könnte sie durch die Vorhänge nach draußen blicken. Von ihr kam das Summen.

Tante Agony war die Tante von Sorrys Vater und lebte, solange Sorry sich erinnern konnte, bei ihnen. Ihr Sohn war vor langer Zeit verschwunden, und Tante Agonys Gedächtnis hatte seitdem immer mehr nachgelassen. Sorrys Vater hatte darauf bestanden, sich um seine Tante zu kümmern, doch seit er gestorben war, hatte ihr Zustand sich stetig verschlechtert. Nur manchmal wurde sie noch von Visionen übermannt, die aber wenig Sinn ergaben.

Sorry schloss die Tür bis auf einen Spalt und ging zu ihrem Zimmer am Ende des Ganges. Doch anstatt es zu betreten, tastete sie die samtene Tapete ab, und ihre Finger fanden schließlich das verborgene Schlüsselloch. Bingo!

Sie holte die Kette, die sie immer um den Hals trug, unter dem Kleid hervor. Ein gusseiserner Schlüssel hing daran, der perfekt in das Schlüsselloch passte. Sorry sah sich noch einmal prüfend um, bevor sie den Schlüssel drehte. Die kaum sichtbare Tür öffnete sich knarzend. Sorry trat hinein und schloss sie hinter sich. Sie drehte an einem Schalter an der Wand. Es flackerte und surrte, bevor eine Glühbirne den Raum in dumpfes Licht tauchte. Vor Sorry befand sich eine enge Wendeltreppe aus Metall, die sie nun vorsichtig hochstieg.

Obgleich jeder in der Familie von seiner Existenz wusste, war sie die Einzige, die diesen Raum noch betrat. Euphoria und Merry brachten es nicht übers Herz hierherzukommen.

Die Treppe endete in einem kreisrunden Raum mit einer breiten umlaufenden Fensterfront und einer kegelförmigen Decke. Sie befand sich in dem kleinen Turm auf dem Dach des Hauses, in dem ihr Vater sein Büro untergebracht hatte.

Es war Sorrys Rückzugsort, wenn ihr alles zu viel wurde und sie Trost brauchte. In den letzten fünf Jahren hatte sich hier nicht viel verändert. Eine Staubschicht bedeckte kupferne Geräte, deren Sinn sich Sorry nicht erschloss, und die Hunderte von Büchern in den deckenhohen Regalen, deren Buchrücken auf Techniken der Traumdeutung und Handleserei hindeuteten, sonderten einen muffigen Geruch ab. Auf dem Schreibtisch stapelten sich Zeichnungen und Papiere mit Notizen und allerlei Gläser mit Hölzern, Teeblättern, Tierknochen und weiteren Orakelgegenständen darin. Ein Teleskop, das in den Himmel gerichtet war, stand neben einer großen Sternenkarte. In einer Ecke befand sich eine riesige Sanduhr, in der Sand unaufhörlich von der einen in die andere Hälfte rieselte und die sich eigenständig drehte, wenn er durchgelaufen war, in Vitrinen waren verschiedene Tarotkartendecks ausgestellt. Auf dem Tisch stand noch die Halterung der Kristallkugel, die ihre Mutter entsorgt hatte. Ihr Vater war von allen Möglichkeiten des Wahrsagens fasziniert gewesen und hatte hier Hilfsmittel jeglicher Art gesammelt. Eine Spinnerei, wie Euphoria fand und was immer wieder zu Streit zwischen Sorrys Eltern geführt hatte. Ihre Mutter hatte nie verstanden, was es nutzte, sich mit Wahrsagearten zu beschäftigen, die man selbst nie beherrschen würde. Doch ihr Vater hatte das anders gesehen. »Alle Arten des Wahrsagens haben ihre eigene faszinierende Schönheit. Man muss die anderen verstehen, um sich selbst zu verbessern«, hatte er immer gesagt. »Wer die Wissenschaft des Wahrsagens durchdrungen hat, hält den Schlüssel zur Zukunft in der Hand.«

Sorry ging auf den Schreibtisch zu, wobei ihre Schritte von dem großen runden Teppich gedämpft wurden, der mitten im Raum lag. Dann strich sie zart über die letzten Zeilen in seinem Notizbuch, die er in seiner unleserlichen Schrift geschrieben hatte. Im Gegensatz zu den anderen Gegenständen im Raum war es nicht von Staub bedeckt, schon so oft hatte Sorry es berührt.

»Jede Vorhersage ist ein Wunder«, hatte er Sorry getröstet, wenn sie es wieder einmal nicht geschafft hatte, eine große Vision heraufzubeschwören. »Jede deiner Visionen wichtig, egal wie klein. Und wer weiß: Vielleicht bist du ja die Begabteste von uns allen.«

Es war leicht für ihn gewesen, das zu sagen. Grand Fortune war ein ausgezeichneter Visionist gewesen. Und doch hatte sie immer gewusst, dass er seine Worte absolut ernst gemeint hatte. Für ihn war Sorry das begabteste Mädchen der Welt. »Du hättest es verstanden«, flüsterte sie und blickte auf das Foto, das auf seinem Schreibtisch stand. Ein lächelnder Mann mit kleiner Brille und schwarzen Haa-

59

ren. Auf seinem Schoß saßen zwei Mädchen. Eines mit rot-blonden und eines mit schwarzen Haaren und hellblauen Augen, hellblau wie seine. Aus dem Foto heraus blickte er sie direkt an. Sie spürte einen Stich in der Brust. Warum tat es noch immer so weh?

8

Am nächsten Morgen bot Merry an, Sorry zu ihrer ersten Unterrichtsstunde – Präsentation und Rhetorik – zu bringen. Sorry nahm das Angebot gerne an. Jeder Flur in der Akademie war unendlich lang, zu allen Seiten gingen Türen und weitere Gänge ab. Wenn man sich nicht auskannte, hatte man in null Komma nichts die Orientierung verloren. Aus einem Gang kam ihnen eine Traube Schüler entgegen.

»Dort geht es zu den Schülerwohnräumen«, erklärte Merry. Nicht alle Schüler, die die Akademie besuchten, wohnten in Horror's Cope wie die Fortunes oder die Astras. Schüler von weiter weg hatten so die Möglichkeit, direkt auf dem Schulgelände zu wohnen.

Plötzlich löste sich aus der Gruppe ein Mädchen mit rosafarbenen Haaren und fiel Merry um den Hals. »Merrily, ich hab dich so vermisst!«, quiekte sie, während sie Merry die Luft abquetschte. Endlich ließ sie sie los. »Was für ein traumhaftes Wetter für einen ersten Schultag. Auch wenn es heute Nachmittag regnen wird.« Joy Fullday war Merrys beste Freundin und schon oft bei ihnen zu Hause gewesen. Nach jedem Besuch war die ganze Familie vollkommen erledigt, so viel redete Joy.

»Es ist auch schön, dich zu sehen«, antwortete Merry, nachdem sie wieder Luft bekam.

Joy sah Sorry an. »Und du gehst jetzt endlich auch an die Akademie! Ich freu mich so, du bist sogar mit meiner Cousine in einer Klasse!«

Sorry runzelte die Stirn. »Deine Cousine?«

Sie wusste, dass Joy Astrologin war und sich besonders gut mit dem Wetter auskannte. Ihr Vater verfügte, im Gegensatz zu ihrer Mutter, über keinerlei seherische Fähigkeiten. Bedeutete das etwa ...?

»Ja, Estrella«, erklärte Joy. »Aber ich habe nicht so viel Kontakt zu diesem Zweig der Familie. Tante Luna, Estrellas Mutter, hat es meiner Ma wohl nie verziehen, dass sie keinen Wahrsager geheiratet hat. Aber so ist das halt.« Sie grinste. Sorry konnte sich lebhaft vorstellen, wie die Astras über Wahrsager dachten, die Nichtseher heirateten.

Joy packte Merry an den Händen. »Ich muss dir so viel erzählen!« Schon begann sie, Merry mit sich zu ziehen. Die drehte sich zu Sorry. »Du musst einfach hier abbiegen und dann geradeaus, bis du zur Statue von Aroma Beans kommst. Das Klassenzimmer ist gleich daneben.« Sie formte ein lautloses »Es tut mir leid«, bevor Joy sie in den nächsten Gang zog.

»Ohne dein pinkes Kleid hätte ich dich fast nicht erkannt.« Sorry gefror das Blut in den Adern beim Klang der samtigen Stimme hinter ihr. Sie drehte sich um. Vor ihr stand Ben Dulum, die Hände in den Taschen seiner schwarzen Stoffhose verborgen.

Natürlich war er auch in der Akademie einquartiert worden, und natürlich musste sie als Erstes auf ihn treffen. Sorry schluckte und rief sich die Worte ihrer Mutter ins Gedächtnis. Sie sollte sich von ihm fernhalten. Ohne zu antworten, drehte sie sich um und schritt den Gang hinunter, in den Merry gezeigt hatte.

»Hey, warte doch mal!« Schon hatte er sie eingeholt. »Sprichst du etwa nicht?«

»Nicht mit dir.« Sie hatte gehofft, dass er so verstand, wie unerwünscht er war. Aber leider ließ sich Ben davon nicht beeindrucken.

»Du bist Sorry Fortune, oder? Ich bin Ben.«

»Ich weiß, wer du bist!«, antwortete sie, ohne ihn anzusehen oder stehen zu bleiben. »Jeder weiß das!«

»Puh, ich hatte schon Angst, alle hätten meinen Auftritt gestern vergessen! Das wäre echt blöd gewesen, ich hab mir so viel Mühe gegeben.«

Jetzt blieb Sorry stehen und sah ihn doch an. Sie bemerkte, dass Ben den Mund zu einem schiefen Grinsen verzogen hatte. Sie musterte ihn. »Ach, und weil du solche Angst davor hattest, wolltest du lieber ganz sichergehen, dass jeder sich daran erinnert, dass du ein Nekromant bist«, sagte sie mit Blick auf seine schwarze Jacke mit den goldenen Verzierungen.

Ben sah an sich herunter und flüsterte mit gespielter Unsicherheit: »Glaubst du, es funktioniert?«

Sorry spürte, wie ein Grinsen sich auf ihr Gesicht schleichen wollte. Sein aufgesetzt besorgtes Gesicht sah einfach zu witzig aus. Die kleine Narbe unter dem linken Auge grub sich dabei tief in seine Wange.

Sorry riss sich von ihm los. Bloß nicht freundlich werden! Sie zog die Augenbrauen hoch und marschierte weiter. Wieder folgte er ihr. Was sollte das denn? »Kannst du aufhören, mir hinterherzulaufen?«, schnappte sie.

Ben schien verwirrt. »Das tu ich doch gar nicht. Wir haben nun mal im selben Raum Unterricht.«

In Sorry stieg Panik auf. Mist! Daran hatte sie nicht gedacht. Wie sollte sie jetzt verhindern, mit ihm gemeinsam beim Klassenraum anzukommen?

Während sie noch darüber nachdachte, vernebelte sich ihr Blick, und sie sah, dass sich direkt vor Ben eine Tür in den Gang öffnete. Er würde nicht mehr anhalten können! »Vorsicht!« Reflexartig streckte sie den Arm aus, um Ben zu stoppen. Er prallte gegen ihren Arm. »Hey, was ...«

Die Tür schwang auf und verfehlte Ben um Haaresbreite. Er starrte die Tür an – und dann Sorry. Verdammt! Wie blöd konnte sie eigentlich sein? Wenn durch ihn herauskam, was mit ihren Visionen los war, konnte sie sich auch gleich selber von der Akademie werfen!

Er deutete auf die Tür. »Hast du das gerade vorausgesehen?«, flüsterte er.

»Nein, hab ich nicht!«, rief sie und wandte das Gesicht ab. »Für so eine Lächerlichkeit würde ich doch meine Visionen nicht verschwenden!« Die Worte ihrer Mutter taten ihr auch dann weh, wenn sie sie selber aussprach.

Schnell marschierte sie davon und blieb erst stehen, als sie die Statue einer Frau, die in eine Kaffeetasse starrte, erreichte. *Aroma Beans, Kaffeesatzleserin, Absolventin der Akademie Fortuna* stand in roter Schrift darunter.

Die Tür zum Unterrichtsraum befand sich hinter der nächsten Ecke. Davor warteten schon einige Schüler. Sorry erkannte sofort die kurzen bunten Haare von Arkana Pentacle und die weiß glitzernde Brille von Estrella Astra.

Als sie ankam, drehten sich sofort einige zu ihr um. Estrella betrachtete sie interessiert. Sorry hoffte, dass sie ihr die Aufregung von eben nicht ansah, und ging schnell an Estrella vorbei. Sie sah noch, wie die Sterndeuterin und Chiara die Köpfe zusammensteckten und tuschelten.

»Ich kann's wirklich nicht fassen, dass sie diesen Nekromanten aufgenommen haben!«

Aus dem Augenwinkel erkannte Sorry Waxine Lead, die mit zusammengekniffenen Augenbrauen mit Phil Chlore sprach und dabei einen ihrer langen Zöpfe durch die Finger gleiten ließ. Eine grellrote Kunststrähne war hineingeflochten. Dort, wo die Zöpfe am Kopf begannen, kräuselten sich ihre schwarzen Locken. »Ich meine, haben die damals nichts gelernt?«

Natürlich drehten alle Gespräche sich um Ben. Merkwürdigerweise war Sorry erleichtert. Das hieß, dass sie nicht über SIE sprachen. Nun kam auch er bei der Schülergruppe an, blieb jedoch ein Stück von Sorry entfernt stehen.

»Ich verstehe die Aufregung nicht«, entgegnete Phil kopfschüttelnd, und der kleine Baumanhänger an seinem Stirnband schwang hin und her. Der Junge sprach so langsam, dass Sorry jetzt schon wusste, wie anstrengend es sein würde, ihm lange zuzuhören. »Es ist doch nur eine Art des Wahrsagens, und die sucht man sich ja nicht aus. Meine Tante Brienne zum Beispiel findet es auch nicht toll, dass sie die Zukunft aus Käse vorhersagt – zumal sie laktoseintolerant ist. Aber alle lieben ihre Vorhersagen! Da gibt es immer was zu essen!«

Waxine ließ ihre Strähne los und musterte Phil, als hätte er den Verstand verloren. »Willst du die gefährlichste Art des Wahrsagens mit Käse vergleichen?«

Bevor Phil antworten konnte, flog die Klassenzimmertür auf.

»Ich habe mich schon gefragt, wo Sie alle bleiben!«, rief Madame Demain. »Hereinspaziert, hopp, hopp!«

Riesige und von schweren Samtvorhängen gesäumte Fenster erstreckten sich fast vollständig über die eine Seite des Klassenzimmers. Zusammen mit der hohen Decke erschien es gigantisch. Das Tageslicht erleuchtete den ganzen Raum freundlich. Anstelle von Tischen und Stühlen gab es Sessel, in denen die Schüler Platz nahmen. Ein paar flache Stufen führten zu einem etwas höher gelegenen Teil des Raumes, in dem eine Tafel hing. Vor diese stellte sich nun Madame Demain. »Einen wundervollen ersten Schultag werden Sie haben! Von mir werden Sie eine der wichtigsten Fähigkeiten des Wahrsagens lernen, die Sie in Ihrem späteren Berufsleben zwingend brauchen: die Kunst, Vorhersagen richtig zu vermitteln.«

»Ist nicht das Wichtigste am Wahrsagen das Wahrsagen selbst?«, fragte Baton, der eher in seinem Sessel lag als saß.

Madame Demain spitzte angesäuert die Lippen. »Nun, solange Sie nicht der beste Wahrsager der Welt sind, wird Ihnen wohl höchst selten jemand Gehör schenken, wenn Ihnen die Worte aus dem Mund fallen wie eine zu heiße

Kartoffel. Und wenn ich an Ihre Darbietung gestern denke, sind Sie ziemlich weit davon entfernt, der beste Wahrsager der Welt zu sein, Mr Pentacle. Deshalb schlage ich vor, Sie lassen mich aussprechen und setzen sich erst einmal richtig hin. Es heißt schließlich Sessel und nicht Liegel!«

Ein leises Lachen ging durch den Raum, während Baton rot anlief und sich aufrichtete. Am lautesten lachte Arkana. Ihre Stimme war tief und dröhnend, was ein wenig fremdartig klang. Sie musste wirklich ziemlich gut Lippen lesen können, wenn sie verstanden hatte, wie ihr Bruder fertiggemacht worden war.

Er bedachte sie mit einem wütenden Blick und einer ebenso wütenden Gebärde. Dann holte er sein Kartendeck hervor und ließ die Karten nervös durch seine Finger gleiten.

»Nun, wie ich sagte«, fuhr Madame Demain fort. »Wie eine Voraussage präsentiert wird, ist eine wichtige Kunst und kann auch eine schlechte Vorhersage abmildern. Mr Night, würden Sie uns einmal einen Einblick in die Art und Weise geben, wie Sie Vorhersagen überbringen?«

Morpheus, der so tief in seinem Sessel gesessen hatte, als wäre er mit ihm verschmolzen, schreckte auf. »Was? Ich?«

»Sie sind doch der Einzige mit dem Namen hier, oder? Also, gestern Nacht träumte ich von einer großen roten Tür, die mitten im Meer stand. Was machen Sie daraus?«

Sorry sah, wie Morpheus zitterte, als er aufstand. »War die Tür offen oder geschlossen?«

»Ist das wichtig?«, wollte Madame Demain wissen.

Morpheus wurde direkt ein wenig kleiner und spielte nervös an seinem Armband aus dunkelblauen Wolken. »Schon.

Eine Tür steht für Veränderung im Leben. Und wenn sie offen ist ... na ja, vielleicht ist das auch nicht so wichtig ...«
Seine Stimme wurde immer leiser und brüchiger, bis er schließlich verstummte.

Die Lehrerin seufzte. »Sehen Sie, Mr Night, das meine ich. Ich bin mir sicher, dass Sie Ihr Handwerk verstehen und ein hervorragender Oneirologe sind. Aber wenn Sie so stammeln und Ihre Voraussage ohne Selbstbewusstsein präsentieren, wird jeder an Ihren Fähigkeiten zweifeln. Sagen Sie klar, was Sie brauchen! Sie sind der Wahrsager, Sie haben recht, und Sie wissen mehr als der Fragende!« Sie drehte sich zur Tafel und schrieb das Wort SELBSTBEWUSSTSEIN daran.

»Nun, als Nächstes bitte ...«, sie blickte in die Runde, »Miss Glass, wie steht es mit Ihnen?«

Alle drehten sich zu Crystal. Sie antwortete nicht, sondern glitt ohne eine Regung im Gesicht vor ihren Sessel auf den Boden. Dann nahm sie ihre Kristallkugel aus der ausgebeulten Tasche

und platzierte sie auf einem Kissen, das sie vom Sessel gezogen hatte. Konzentriert und ohne zu blinzeln blickte Crystal in das schimmernde Glas, während ihre Hände sich darüber hin- und herbewegten. Plötzlich füllte die Kugel sich mit Nebel. »Großes Unheil wird über jemanden in diesem Raum kommen. Leid, Missgunst und Betrug werden die Träume dieser Person zerstören und sie alles verlieren lassen.«

Im Raum war es totenstill, bis auf das flatternde Geräusch von Batons Karten, die er erschrocken fallen gelassen hatte. Sorry hörte das Blut in ihren Ohren rauschen. Was, wenn Crystal ihre Zukunft gesehen hatte? Wenn eintreten würde, was ihre Mutter befürchtete? Würden sie alles verlieren?

Sie blickte zu Ben, der in der hintersten Reihe saß. Er sah Crystal an und wirkte merkwürdig nervös. Auch Estrellas Augen huschten aufgeregt hin und her.

»Wenn Sie im Sinn hatten, uns Angst zu machen – das haben Sie geschafft, Miss Glass«, ergriff Madame Demain das Wort und deutete in die Runde.

Jetzt erst löste Crystal ihren Blick von der Kugel und sah sich um. Offenbar war sie überrascht, wie erschrocken alle ihre Mitschüler waren.

»Das kann sehr nützlich sein, gelegentlich sogar sinnvoll. Aber diese Situationen werden Ihnen eher selten begegnen«, fuhr Madame Demain fort. »Die meisten Menschen, die Ihren Rat erbitten, werden sich nach guten Nachrichten sehnen. Natürlich sollen Sie sie nicht belügen, aber schlechte Nachrichten sollten immer in einen Umhang aus Hoffnung gehüllt werden.« Sie schrieb POSITIVITÄT an die Tafel. »Achten Sie immer darauf, Ihre Vorhersagen positiv zu überbringen.«

Crystal runzelte die Stirn. »Wie soll ich denn Unheil und Leid positiv verpacken?« Sie sprach leise und klang ein wenig genervt. Anscheinend fand sie die Aussage von Madame Demain albern.

Das schien diese jedoch nicht zu bemerken. »Sprechen Sie von einer ungelegenen Veränderung und schließen Sie in jedem Falle mit einem positiven Aspekt.«

Crystal war nicht überzeugt. »Wenn ich mir also den Arm breche, ist das eine ungelegene Veränderung und nicht mehr so schlimm, wenn es im Krankenhaus Himbeertörtchen gibt?«

Viele der Schüler hielten erschrocken die Luft an. Wie konnte Crystal nur so etwas fragen! Die Stille wurde plötzlich durch prustendes Gelächter in der letzten Reihe unterbrochen, und alle drehten sich zu Ben, der sich die Hand vor den Mund presste. »Entschuldigung«, rief er, als er bemerkte, dass ihn alle anstarrten, »aber ihr müsst zugeben, dass das ziemlich witzig ist.«

Auch wenn die meisten Ben fassungslos anstarrten, sah Sorry, wie Baton und Thea versuchten, sich das Lachen zu verkneifen. Ben hatte recht, es war wirklich eine lustige Vorstellung. Aber Sorry lächelte nicht. Auf keinen Fall durfte sie dasselbe lustig finden wie der Nekromant.

»Die Diskussion über Himbeertörtchen ist in der Tat lächerlich, Mr Dulum«, erwidert Madame Demain. »Wenn wir unsere Gaben zu dem unsinnigen Zweck verwenden, was für Törtchen es gibt, dann sollten wir uns wohl noch einmal Gedanken über unsere Berufung machen. Wahrsagen ist für Größeres bestimmt!«

Nun musste Sorry ihr Grinsen nicht mehr unterdrücken, es war ganz von selbst verschwunden. Sie hätte sicherlich nur vorhergesehen, ob es Himbeer- oder Blaubeertörtchen im Krankenhaus gab.

»Ich möchte nun, dass Sie sich in Paaren zusammentun und Ihre Präsentationskünste üben«, verkündete Madame Demain. Sofort bildeten die Schüler kleine Grüppchen. Sorry sah sich nach einem potenziellen Partner um. Estrella und Chiara hatten sich zusammengefunden genau wie die Zwillinge. Waxine und Phil hatten sich in eine Ecke verzogen. Überhaupt schienen alle schon jemanden zu haben. Alle, außer Ben. Bloß keine Gruppenarbeit mit ihm! Es musste doch noch jemanden geben. Und tatsächlich – ihr Blick blieb an Crystal hängen, die mit einem Tuch ihre Kugel polierte und keine Anstalten machte, sich einen Partner zu suchen. Oje. Aber lieber die gruselige Kristallkugelleserin als Ben! Schnell setzte Sorry sich vor Crystal. »Wollen wir?« Sie setzte das freundlichste Lächeln auf, das sie zustande brachte.

Quälend langsam sah Crystal auf. Sorry hatte Schwierigkeiten zu erkennen, ob sie erstaunt war, denn ihr Gesicht war absolut regungslos. War sie vielleicht wütend? Das Mädchen schien nachzudenken, und mit jeder Sekunde, die verstrich, war Sorry sich sicherer, dass Crystal sie nicht mochte. Deshalb überraschte es sie, als diese antwortete: »Okay.«

Irgendwie machte ihr das Mädchen Angst, mehr als Estrella oder Ben. Bei ihnen konnte Sorry wenigstens einschätzen, was sie dachten, während sie bei Crystal das Gefühl hatte, mit einer Wand zu sprechen. Die Übung hatte noch nicht einmal begonnen, und Sorry war schon mit den Nerven am Ende.

»Gut, anscheinend haben bis auf einen alle einen Partner gefunden. Mr Dulum, dann arbeiten Sie mit mir!«

Sorry sah zu Ben, der gar nicht erst versucht hatte, jemanden zu finden. Er wusste, dass niemand sich mit einem Nekromanten zusammentun würde, und bei dreizehn Schülern würde immer jemand übrig bleiben.

Sorry schreckte zurück, als sie merkte, dass Crystal sie durchdringend anstarrte. Hatte sie irgendetwas bemerkt? Vielleicht, wie sie Ben angestarrt hatte? Oder hatte Sorry irgendwas im Gesicht?

»Willst du anfangen?«

Die Frage kam so unvermittelt, dass Sorry für einen Moment nicht wusste, was sie darauf antworten sollte. Sie schielte zur Uhr. »Ach, mach du ruhig«, sagte sie schließlich. Wenn sie Glück hatte, hätten sie gar keine Zeit mehr für eine Vision, und Crystal würde nicht erfahren, dass sie nur die Törtchenoptionen vorhersehen konnte.

Arkana und Baton waren schon gebärdend über eine Karte gebeugt, während Magnus der grinsenden Thea aus der Hand las.

»Ich habe doch gerade schon was vor der Klasse gesagt, ich glaube nicht, dass da noch viel Neues kommt.«

»Stimmt«, stammelte Sorry. Was sollte sie denn jetzt machen? Panisch blickte sie sich um. Rune baute eine Feuerschale aus Metall auf, Chiara bewunderte Estrellas Fingernägel, und Waxine hielt ein Stück Blei hoch. Ihr Blick blieb an Ben hängen, der vor Madame Demain sein Pendel hin- und herschwingen ließ. Obwohl die Lehrerin sich bemühte, gleichgültig zu schauen, konnte sie ihre Skepsis nicht unter- drücken. Schließlich war Ben auch für sie der allererste Nekromant, dem sie begegnet war.

»Ich glaube nicht, dass er böse ist«, sagte Crystal plötz- lich.

Sorry wirbelte herum. »Ach nein?«

Crystal schüttelte den Kopf. »Nekromantie an sich ist ja nichts Schlimmes. Und selbst wenn, wie soll ein einzelner Junge uns allen gefährlich werden?«

Sorry betrachtete ihre Hände. An den Rändern der Finger- nägel waren noch Reste vom Nagellack zu sehen, den sie am Abend zuvor nicht komplett abbekommen hatte. »Richtig. Vielleicht ist es sogar eine Chance«, sagte sie leise, mehr zu sich als zu Crystal.

»Wie meinst du das?«

Zögerlich wiederholte sie, was Merry gesagt hatte. »Viel- leicht sorgt er auch dafür, dass alle neun Wahrsagediszipli- nen wieder vereint werden und wir die Nekromanten nicht mehr als die Bösen ansehen.«

»Wusstet ihr, dass er kommt?«

Crystals Frage durchfuhr Sorry wie ein Blitz, und sie starrte die Kristallleserin fassungslos an. »Was? Nein! Niemand wusste das! Wie kommst du darauf?«

»Deine Mutter ist die Schulleiterin. Einige glauben, dass ihr das alles geplant habt.«

Sorry fiel die Kinnlade herunter. Das also hatte ihre Mutter gemeint. »Wer glaubt das?«

Zunächst gab Crystal keine Antwort, dann wanderte ihr Blick zur Seite. Ohne ihm zu folgen, wusste Sorry, dass sie zu Estrella sah. »Natürlich, wer sonst«, murmelte sie.

Crystal blickte Sorry wieder an. »Und? Was ist jetzt mit deiner Vision?«

Sorry zuckte zusammen und schielte erneut zur Uhr. Noch zehn Minuten. »Ach, weißt du, das ist mit der Konzentration immer ein bisschen schwierig bei so vielen Menschen.« Was für eine blöde Ausrede! Aber irgendwie musste sie ums Wahrsagen herumkommen.

Anscheinend reichte es Crystal als Erklärung. »Verstehe«, sagte sie, und Sorry fiel ein Stein vom Herzen.

Crystal nahm ihre Kristallkugel. Doch anstatt selbst eine Vorhersage zu machen, schob sie sie Sorry zu. »Du kannst meine Kugel benutzen, wenn du willst.«

Sorry hatte das Gefühl, ihr würde das Herz stehen bleiben. Ihre Kugel benutzen? Was wollte Crystal ihr damit sagen? »Wozu?«

Crystal zuckte mit den Schultern. »Ich habe gehört, dass Kristallkugeln euch Visionisten manchmal helfen, sich zu konzentrieren.«

Da sah Sorry, dass ein Mundwinkel von Crystal leicht zuckte. War das ihre Art zu lächeln? Crystal wollte nur freundlich sein! Und das wahrscheinlich schon die ganze Zeit. Sorry lächelte erleichtert und schob die Kugel zurück. »Das ist lieb, aber das mache ich nicht.«

»Wieso nicht?« Crystals Frage klang forschend.

Sorry hatte gehofft, dass sie es einfach dabei belassen würde. »Na, weil ich doch Visionistin bin«, erklärte sie, so wie ihre Mutter es immer tat. »Da wäre es dumm, wenn ich mit einem Hilfsmittel übe und das Wahrsagen deshalb nie richtig lerne.« Sorry lächelte Crystal entschuldigend an. Doch sie sah, wie das kleine Lächeln aus dem Gesicht der Kristallleserin verschwand und ihre Miene sich verdunkelte.

»Willst du sagen, dass Kristalllesen kein richtiges Wahrsagen ist, nur weil ich im Gegensatz zu dir eine Kugel brauche?«

In Sorrys Ohren rauschte es. So hatte sie es doch nicht gemeint! »Nein, natürlich ist Kristalllesen richtiges Wahrsagen. Ich meinte nur, weil ich doch Visionistin bin ...«

»Ja, das habe ich schon verstanden«, zischte Crystal und zog die Kugel von Sorry weg. Die gerade noch so ruhige Crystal war plötzlich wie ausgewechselt. »Ich wollte dir nur helfen. Auch wenn alle sagen, dass ihr Visionisten euch für was Besseres haltet.« Sie stopfte die Kugel wieder in ihre Tasche. »Ich wollte dir eine Chance geben. Wie man wahrsagt, sagt ja nichts über einen aus. Über dich aber wohl schon. Wahrscheinlich war das, was du über Ben gerade gesagt hast, auch gelogen!«

Crystals Wut schien wie eine dunkle Welle über Sorry zu schwappen. Plötzlich wurde ihr heiß und schwindelig. Sie wusste, dass es dieses Gerede bei den Kristalllesern gab, aber nicht, dass das Verhältnis zu den Visionisten so angespannt war.

»Das wollte ich damit doch gar nicht sagen ...«

Bevor sie sich erklären konnte, erklang ein lautes Scheppern, und alle schauten auf Thea und Magnus. Das Orakelmädchen war aufgesprungen und hatte dabei ihren Kessel umgerissen, sodass das heiße Wasser sich nun auf dem Boden verteilte. »Dann sag ich dir die Zukunft eben nicht voraus, du unzivilisierter Kakaotrinker«, kreischte sie.

Magnus hielt eine Teetasse in der Hand und starrte Thea perplex an. Wahrscheinlich hatte er, wie wohl die ganze Klasse, nicht damit gerechnet, dass Thea wütend werden konnte. »Ich mag halt keinen schwarzen Tee«, stammelte er.

Das machte Thea nur noch wütender. »Dann hast du ganz andere Probleme als eine schlechte Zukunft!«

Magnus schien die Welt nicht mehr zu verstehen. »Aber es geht hier doch ums Wahrsagen.«

Bevor Thea wieder explodieren konnte, ertönte Madame Demains Stimme. »Er hat recht, Miss Leaf«, sagte sie. »Als Tasseologin hätten Sie vorher in Erfahrung bringen müssen, welchen Tee Ihr Gegenüber mag oder nicht, damit er ihn trinkt, ganz egal, was Sie denken. Sie werden nicht immer alle Menschen mögen, denen sie die Zukunft vorhersagen, aber das darf Sie nicht beeinflussen. Wichtig ist aber, dass Sie sie kennen.« Sie schrieb DAS GEGENÜBER KENNEN an die Tafel. »Das ist die dritte, sehr wichtige Regel beim Wahrsagen. Sie müssen wissen, wen Sie vor sich haben, was diese Person ausmacht und wie Sie mit ihr reden können. Sagen Sie einer Person, die keine Kinder möchte, fröhlich voraus, dass sie eine große Familie haben wird, könnte sie das sehr verärgern. Das Gleiche gilt für die Art des Wahrsagens. Jemand mit Atemproblemen wäre sicherlich sehr dankbar darüber, wenn sie die Zukunft in einem anderen Raum vorhersagen würden, Mr Smoke.«

Alle Blicke richteten sich auf Rune, der in seiner Feuerschale einige Holzstücke verbrannt hatte. Sein Partner Morpheus hustete, und seine Augen tränten. Schuldbewusst stülpte Rune einen Deckel über die Schale, und der Rauch verschwand.

An alle gewandt fasste Madame Demain zusammen: »Lernen Sie Ihr Gegenüber kennen, um die bestmögliche Vorhersage zu garantieren.«

Sorry blickte zu Crystal, die wütend an ihrem Ring drehte, auf dem eine hellblaue Miniaturkugel saß. Sie hatte das Gefühl, dass das die schwerste Regel des Wahrsagens sein würde.

Crystal war aus dem Raum gestürmt, gleich nachdem Madame Demain den Unterricht mit der Ankündigung beendet hatte, ihnen beim nächsten Mal eine weitere Wahrsageregel nahezubringen. Sorry konnte sich nur schwer auf das Zusammenpacken ihrer Sachen konzentrieren. Wie sollte sie das Missverständnis bloß aus der Welt räumen?

»Du scheinst Crystal ja ganz schön verärgert zu haben.« Sorry zuckte zusammen. Wieder stand Ben neben ihr. Sie hatte gehofft, dass niemand diesen Zwischenfall bemerkt hatte, aber Ben entging offenbar gar nichts.

»Das siehst du falsch«, antwortete sie und verließ den Raum. Sie hatte keine Lust auf weitere Fragen. Aber Ben lief ihr hinterher. »Weißt du, was es mit der nächsten Stunde auf sich hat? Allgemeinwissen bei Herrn Meier?«

Von den anderen war auf dem Gang schon nichts mehr zu sehen. Sorry hatte nach dem Vorfall mit Crystal keine Kraft mehr, sich Ben vom Hals zu halten. »Eben genau das: allgemeines Wissen. Mathematik, Englisch, Naturwissenschaften – was man halt so wissen sollte.«

»Das hört sich aber nicht sehr wahrsagermäßig an.«

»Ist es auch nicht. Und deshalb wollen einige Familien dieses Unterrichtsfach auch abschaffen. Aber die Mehrheit stimmt Herrn Meier darin zu, dass wir auch einiges an normaler Bildung benötigen und uns nicht nur aufs Wahrsagen verlassen können.«

Sie ließ den Teil aus, in dem Herr Meier jede Woche im Büro der Schulleiterin stand und um mehr Unterricht im Allgemeinwissen bat, was Euphoria jedes Mal ablehnte. Er war der einzige Lehrer, der kein Wahrsager war. Angeblich unterrichtete er hier, weil es ihm um das Wohl der neuen Wahrsagergeneration ging. Was nur eine schönere Beschreibung dafür war, dass er Wahrsager generell für ziemlich ungebildet hielt.

Zwischen dem Klassenzimmer von Madame Demain und dem von Herrn Meier lagen Welten. Obwohl auch dieser Raum über hohe Decken und fein getäfelte Holzwände verfügte, hatte Herr Meier alles darangesetzt, diese Schönheit zu verschleiern. Alte Holztische standen u-förmig im Raum, und vorne hing eine grüne Tafel voller weißer Flecken. Die Vorhänge waren zugezogen, Neonröhren baumelten von der Decke und tauchten den Raum in kaltes Licht. An den Wänden hingen Lernposter mit Skeletten und unregelmäßigen Verben.

Die Schüler steuerten auf die Tische zu, als eine gellende Stimme die Luft zerriss.

»Noch nicht hinsetzen!«

Sofort verstummten alle. Ein kleiner Mann mit Anzugweste, Schnurrbart und runder Brille betrat den Raum und stellte seine Tasche auf dem Lehrerpult ab. »Ich halte nichts davon, wenn Schüler sich so hinsetzen, wie sie mögen. Dann wird im Unterricht nur geschnattert, und das dulde ich nicht. Dies ist eine Schule und kein Freizeitpark.« Er zog ein kleines, ledernes Säckchen aus seiner Tasche. »Deshalb losen wir die Sitzordnung aus. Ihr zieht jetzt alle eine Nummer und setzt euch dann auf den Platz, an dem diese Nummer angebracht ist. Für den Rest des Schuljahrs bleibt das so. Ohne Ausnahme.«

Die Schüler sahen sich irritiert an. Ein Blick auf die Tische bewies, dass Herr Meier es absolut ernst meinte, denn dort waren überall kleine Messingschilder mit Nummern angeschraubt.

»Hat er uns gerade geduzt?«, zischte Estrella Chiara zu.

»Los jetzt, wir haben nicht den ganzen Tag Zeit!«, befahl Herr Meier.

Keiner rührte sich. Also hielt Herr Meier Ben, der neben ihm stand, den Beutel unter die Nase. Ben griff hinein und hielt ein Holzplättchen mit einer Sieben in die Höhe. Er lächelte Herrn Meier an, doch der schenkte ihm einen missbilligenden Blick. »Was? Willst du einen Orden? Hinsetzen. Der Nächste.«

Der Reihe nach griffen die Schüler in den Beutel und setzten sich an den entsprechenden Platz. Die letzten beiden Schülerinnen, die ihre Zahl noch nicht gezogen hatten, waren Sorry und Chiara. Sorry sah sich um. Platz drei war noch frei und Platz acht, zwischen Ben und Estrella. Diese hatte ihrem Unmut über die Nähe zu dem Nekromanten bereits Luft verschafft. Würde Chiara die Acht ziehen, würde sie neben ihrer Freundin sitzen, für Sorry wäre sie das schlimmstmögliche Ergebnis.

Als Chiara auf Herrn Meier zuging, verschwamm Sorrys Sicht und sie sah, wie Chiara das Holzplättchen mit der Drei herauszog. Auch die Kerbe, die in den Rand des Plättchens geritzt war, sah sie genau. Sorrys Blick klarte sich auf. O nein! Das musste sie irgendwie verhindern! Konnte sie Chiara irgendwie begreiflich machen, dass sie nicht das Plättchen mit der Kerbe ziehen sollte? Aber wie sollte das gehen? Es gab nur eine Möglichkeit. »Darf ich zuerst ziehen?«, fragte Sorry schnell.

Chiara starrte sie an, als hätte sie den Verstand verloren.

Herr Meiers Schnurrbart zuckte. »Nein.«

»Bitte! Das macht doch keinen Unterschied.«

»Ich habe Nein gesagt. Noch ein Wort und du darfst bis morgen die Schulordnung abschreiben.«

Sorry verstummte. Darauf konnte sie gut und gerne verzichten. Sie hörte ein leises Kichern und musste sich nicht umdrehen, um zu wissen, dass es von Estrella kam.

Chiara griff in den Beutel. Sorrys Herz rutschte in die Hose, und sie betete, dass ihre Vision einmal falsch gewesen war. Aber natürlich war sie es nicht. Chiara zog die Drei und so war klar, dass Sorry zwischen Estrella und Ben sitzen musste. Missmutig schlurfte sie zu ihrem Platz.

»Schlimm genug, dass wir dieses sinnlose Fach überhaupt haben«, schnaubte Estrella. »Und jetzt auch noch das.«

»Glaub mir, ich will auch nicht neben dir sitzen«, zischte Sorry, als sie sich auf ihren Stuhl fallen ließ.

Estrella lachte leise auf. »Natürlich glaubst du, dass es um dich geht. Ist wohl so ein Fortune-Ding.«

In Sorry stieg Wut auf. »Was soll das denn heißen?«

Estrella rückte ihre Brille zurecht. »Ihr müsst einfach immer im Mittelpunkt stehen. Oder warum wolltest du vor Chiara ziehen? Glaubst du, du hättest es besser gemacht?«

Sorry wusste keine Antwort darauf. Es war eine blöde Idee gewesen, sich vordrängeln zu wollen. Sie konnte nicht verändern, was sie in Visionen sah, sondern nur, was danach kam. Sie zog ihr Heft aus der Tasche in der Hoffnung, dass Estrella dies als Sieg ansah und sie in Ruhe ließ. Doch kaum lag das Heft auf dem Tisch, beugte Estrella sich zu ihr herüber. »Es sei denn, du hast gewusst, was Chiara ziehen würde.«

Sorrys Herz schien stillzustehen. Das konnte Estrella nicht wissen! Andererseits hatte sie die Sache mit dem Hausmeistermädchen beobachtet. Wie viel hatte sie mitbekommen? Bens Schnauben durchbrach Sorrys Gedanken. »Ich bitte dich, Estrella, du solltest wissen, dass man so etwas Kleines nicht vorhersehen kann!«

Sorry drehte sich zu ihm und sah, dass er ihr zuzwinkerte. Sie sollte froh sein, dass er sie verteidigt hatte. Aber dennoch ärgerten seine Worte sie.

Sorry sah im Augenwinkel, wie Estrella schon antworten wollte, als Herr Meier das Wort ergriff.

»Ich weiß, dass viele von euch und euren Eltern dieses Fach für überflüssig halten. Das könnt ihr auch gerne weiterhin tun. Ihr könnt dieses Fach ernst nehmen oder nicht. Aber wenn ihr einmal einen Job verliert, weil niemand sich von jemandem beraten lassen möchte, der die einfachsten Grammatikregeln oder das Bruchrechnen nicht beherrscht, werdet ihr euch wünschen, hier besser aufgepasst zu haben.«

Seine Begrüßung erinnerte Sorry sehr an die von Madame Demain. Ob alle Lehrer ihr eigenes Fach für das wichtigste hielten?

Herr Meier schlug das Klassenbuch auf. »Ich gehe davon aus, dass die meisten von euch bisher zu Hause unterrichtet wurden. Auf wen trifft das nicht zu?«

Alle Wahrsagerkinder aus Horror's Cope bekamen in den ersten Jahren Privatunterricht. Angeblich benötigten sie eine andere Grundbildung als die, die an Grundschulen der Nichtseher vermittelt wurde. Aber Sorry hatte den Verdacht, dass die Wahrsager in Wirklichkeit Angst hatten, dass ihre Kinder nach einer lebendigen Grundschulzeit keine Lust mehr haben würden, die Akademie zu besuchen, sondern weiter mit ihren Nichtseherfreunden zur Schule gehen wollten. Thea, Arkana und Baton hoben die Hand und natürlich Magnus und Ben, die bei Nichtsehern aufgewachsen waren.

Herr Meier guckte anerkennend in die Runde. »Auf die Kartenleger ist immer Verlass«, sagte er und nickte den Zwillingen zu. Da die Pentacles sich gerne unter die Nichtseher mischten, besuchten sie natürlich ihre Schulen. Auch übten sie später neben ihren Wahrsagetätigkeiten oft gewöhnliche Berufe aus, was bei den traditionelleren Familien für Verwunderung sorgte.

»Für euch ist es ja nichts Neues, aber für die anderen sage ich es noch einmal in aller Deutlichkeit.« Herr Meier schlug das Klassenbuch zu. »In meinem Unterricht dulde ich nicht das kleinste bisschen Wahrsagen. Auch wenn ihr mir jetzt sicher erzählen wollt, dass ihr eure großartigen Fähigkeiten gar nicht für so winzige Dinge wie das Lösen einer physikalischen Formel einsetzen könnt, ist mir das herzlich egal. Kein Wahrsagen in meinem Unterricht. Keine Kristallkugeln, kein Rauch und keine Visionen. Klar so weit? Dann starten wir jetzt mit ein paar einfachen Mathematikaufgaben, damit ich sehen kann, wie weit ihr seid.« Er drehte sich um und schrieb quietschend eine Aufgabe an die Tafel.

Merry hatte nicht übertrieben – Herr Meier war tatsächlich eine ziemliche Nummer.

Estrella beugte sich über ihren Tisch zu Ben, um endlich ihr Gespräch fortzuführen. »Schon amüsant, dass du Sorry so verteidigst. Ist das etwa eine Gegenleistung dafür, dass ihre Familie dich an die Akademie gelassen hat?«

»Meldet euch, wenn ihr die Aufgabe gelöst habt«, verkündete Herr Meier und verschwand hinter dem aufgeklappten Tafelflügel, um dort weiterzuschreiben.

Hätte Crystal sie nicht vorgewarnt, wäre Sorry über Estrellas Anschuldigung erschrocken gewesen. So wusste sie, wo diese Frage hinführte, und auch, dass sie der Sterndeuterin keinen Grund dafür liefern durfte zu glauben, dass sie mit Ben unter einer Decke steckte. Stattdessen versuchte Sorry, sich auf die Aufgabe zu konzentrieren. Multiplizieren mit Klammern hatte sie immer gut gekonnt.

Doch nun beugte Ben sich vor zu Estrella und machte ein theatralisches Gesicht. »Du hast mich überführt. Die Fortunes haben mir gestern bei der Prüfung alles vorgesagt. Arkana Pentacle war übrigens eingeweiht – und du anscheinend auch, denn die Testfrage kam ja von dir ... Was für ein Blödsinn, Estrella!«

Sorry versuchte zu rechnen. Vier mal fünf. Warum konnte Ben nicht einmal die Klappe halten? Klammer auf. Das würde Estrella doch nur anstacheln. Was, wenn sie es ihrem Vater erzählte? Klammer zu. Und was, wenn Sorrys Mutter von all dem hier erfuhr? Moment, was hatte noch mal in der Klammer gestanden?

Estrella schnaubte. »Na, wenn du meinst!« Dann reckte sie die Hand in die Höhe. »Die Antwort ist 780, Herr Meier.«

Sorry fiel der Stift aus der Hand. Wie hatte Estrella sich neben dem Streiten auf die Aufgabe konzentrieren können?

Herr Meier klappte die Tafel zu, und dort stand die Antwort. 780. »Sehr gut, Estrella.«

Der Lehrer schrieb die nächste Aufgabe an.

»Was sagst du denn dazu, Sorry?« Sie spürte, wie Estrella sie fixierte. Doch Sorry starrte auf die Tafel. Sie wollte darauf nicht antworten. Ihr Herz pochte bis zum Hals – und dann verschwamm ihr Blick. Das auch noch! Sie sah, wie Herr Meier die Tafel zuklappte und die Lösung präsentierte – 525.

Ihre Sicht klarte wieder auf. Sorry atmete tief durch. Die Visionen kamen noch häufiger, wenn sie gestresst war. Herr Meier durfte es nicht bemerken. Sorry beschloss, die Antwort für sich zu behalten. Sie durfte kein Risiko eingehen.

»Ich dachte mir, dass du nicht antworten willst«, bemerkte Estrella mit einem hochnäsigen Lächeln. »Jeder weiß, dass die Fortunes die Chievous' schon damals unterstützt haben. Wart ihr nicht dabei, als Nevil Chievous Nichtseher aus ihren Häusern vertrieb, damit hochrangige Nekromanten dort einziehen konnten? Und ist nicht euer Familienoberhaupt bei der Geisternacht damals verschont geblieben?!«

Genau das hatte ihre Mutter befürchtet. Sorry wusste, dass sie sich nicht provozieren lassen durfte, aber sie konnte nicht anders. »Was willst du damit sagen?«

Estrella wandte sich ab. »Wer weiß, ob sich das nicht gerade wiederholt.« Ihr Arm schnellte wieder in die Höhe. »525!« Auf dem Tafelflügel erschien die 525, wie Sorry es vorhergesehen hatte.

»Mir scheint, als würde Estrella sehr viel mehr können als ihr anderen«, bemerkte Herr Meier, während er eine weitere Aufgabe anschrieb.

Estrella lächelte zufrieden, und Sorry merkte, wie die Wut in ihr aufstieg. Nicht nur, dass Estrella mit solchen Anschuldigungen um sich warf, jetzt war sie auch noch besser in Mathe!

Ben beugte sich wieder über den Tisch. »Ich bin aber kein Chievous und ich habe auch nichts gegen Nichtseher!«

Sorry schloss die Augen. Warum hörte Ben nicht auf? Er machte es doch nur noch schlimmer. Zu allem Überfluss sah sie jetzt auch das nächste Ergebnis voraus.

»Vielleicht weißt du nur nicht, dass du ein Chievous bist«, begann Estrella. »Immerhin sind deine Eltern ja tot.« Sorry hielt es nicht mehr aus. »460«, rief sie und öffnete die Augen.

Estrella verstummte und starrte sie an, genau wie Ben. Sorry hatte das erreicht, was sie wollte. Aber gleichzeitig legte sich ein dunkler Schatten auf ihr Gewissen. Sie hatte das Ergebnis in den Raum gerufen, noch bevor sie die Aufgabe gelesen hatte.

Herr Meier ließ die Kreide sinken und klappte die Tafel um, wo jetzt 460 zu sehen war. »Sehr gut, Anniversary. Ziemlich schnell, das muss ich zugeben.«

Mist. Hatte er schon Verdacht geschöpft? Das durfte ihr nicht noch einmal passieren. Herr Meier schrieb eine neue Aufgabe an.

Estrella hatte sich wieder gefangen und wandte sich jetzt direkt an Sorry. »Wie dem auch sei, ist es nicht so, dass ihr Visionisten hofft, den Ruf der Nekromanten wiederherzustellen und euch damit zu schmücken?«

Diesmal erwischte Sorry Estrellas Anschuldigung eiskalt. Hatte das Mädchen sie gestern zu Hause belauscht? Wie sonst sollte sie von Merrys Mutmaßung wissen? Sorry atmete tief durch. Bestimmt hatte Estrella nur zufällig die gleiche Idee gehabt. Sie lag immerhin recht nahe. »Das stimmt nicht«, sagte sie, doch ihre Stimme zitterte.

»Oh, Crystal hat eben gerade etwas anderes behauptet«, widersprach Estrella von oben herab. »Es war wirklich sehr gemein von dir, wie du dich über sie lustig gemacht hast. Aber ihr Fortunes haltet euch einfach für etwas Besseres und nutzt alles nur zu eurem eigenen Vorteil. Sogar die Prüfer bei den Abschlusstests täuscht ihr mit billigen Tricks, weil ihr wisst, dass sie Visionisten bevorzugen.«

Das war es also. Sorry sah zu Crystal, die mit versteinerter Miene zur Tafel schaute. Auch wenn sie wütend war, Sorry hätte nicht gedacht, dass sie deswegen gleich zu Estrella rennen würde. Enttäuschung machte sich in ihrem Bauch breit. Es war, wie ihre Mutter gesagt hatte. Die Fortunes standen unter Beobachtung, und jeder noch so kleine Fehler konnte ihren Ruf ruinieren.

Wieder meldete Estrella sich, das Grinsen wie festgetackert. Sorrys Enttäuschung schlug in Wut um. Die Fortunes wollten also alles nur zu ihrem Vorteil nutzen? Das war doch eher das Spezialgebiet der Astras! Diesen Triumph wollte Sorry Estrella nicht gönnen. Sie schrie die Antwort bereits, als ihre Vision noch nicht abgeklungen war.

Herr Meier klappte die Tafel wieder um, und erneut stimmte die Antwort. »Wieder richtig.« Bildete sie es sich ein oder lag eine Spur Skepsis in der Stimme des Lehrers? »Letzte Aufgabe für heute«, verkündete er.

»Das mit Crystal ist ein Missverständnis!«, zischte Sorry Estrella zu.

»Wenn du meinst. Ich sage nur, dass diese Situation euch ziemlich gelegen kommt. Aber wenn ihr etwas im Schilde führt, aus welchem Grund auch immer, finden wir es heraus. Meine Familie wird nicht zulassen, dass ihr das Ansehen der Akademie beschmutzt!«

Sorrys Blick verschwamm erneut, diesmal nicht nur wegen der Vision. Sie hielt es nicht mehr aus und wollte nur noch weg von Estrella. »320«, rief sie, als die Vision abgeklungen war. In der Sekunde, in der sie die Zahl aussprach, wusste sie, dass etwas nicht stimmte. Sie spürte, wie Estrella sie fassungslos anstarrte. »Das ist falsch.«

Sorry wurde heiß. Wie konnte die Antwort falsch sein? Ihre Visionen waren immer richtig! Estrella musste sich verrechnet haben!

»Estrella hat recht, das ist falsch«, bestätigte Herr Meier und rückte seine Brille seelenruhig zurecht.

In Sorrys Kopf drehte sich alles. Sie hatte die Antwort klar vor Augen gesehen. »Aber das kann nicht sein!«, rief sie.

Herr Meier zog die Augenbrauen nach
oben. »Ach so?« Er stellte sich an die Tafel
und schrieb den Rechenweg an. »Also ich komme hier
auf 240.« Er unterstrich die Zahl dreimal. »Aber vielleicht
kannst du mir ja anhand deines Rechenweges erklären, wie
du auf 320 kommst?« Sorry presste die Lippen zusammen.
Ihr Kopf war wie leer gefegt.

Herr Meier legte die Kreide weg und sah Sorry tadelnd an.
»Am Anfang der Stunde habe ich ausdrücklich gesagt, dass
ich keine Vorhersagen in meinem Unterricht dulde. Aber anscheinend ist das nicht bei allen angekommen.« Er schloss
die Tafel und auf dem Flügel prangte, vernichtend wie ein
Todesurteil: 320. Sorry wurde schwarz vor Augen. Es war
eine Falle gewesen. Er hatte sie durchschaut. Und jetzt
wussten es alle.

»Du kannst dich glücklich schätzen, Anniversary«, verkündete Herr Meier. »Anscheinend bist du die erste Wahrsagerin, die auch Kleinigkeiten vorhersehen kann.«

Sorry drehte sich der Magen um. Das durfte nicht wahr
sein! Sie spürte, wie alle sie fassungslos anstarrten. Wie
durch einen Schleier bekam sie das Läuten mit. Die Stunde

war zu Ende. Sie wankte wie ferngesteuert hinaus auf den Gang. Erst als sie eine Hand auf ihrer Schulter spürte, erwachte sie wieder und Geräusche und Farben kehrten zurück. Es war Ben. Wer sonst?!

»Sorry, das ist doch kein Weltuntergang.« Warum lächelte er? Natürlich war es das! »Ist doch toll, dass du auch so was vorhersehen kannst.«

Sorry hätte ihn am liebsten geschüttelt. »Du verstehst gar nichts«, zischte sie.

»Was verstehe ich nicht?«

»Sie kann NUR Kleinigkeiten vorhersehen, nicht wahr?« Estrella stand hinter Ben und der Rest der Klasse wiederum hinter ihr.

»Dinge in der sehr nahen Zukunft. Die Antworten im Unterricht, die Zahl, die Chiara ziehen würde«, begann Estella triumphierend aufzuzählen. »Und erst war ich mir nicht sicher, aber bei der Einschulung hast du auch vorausgesehen, dass diesem Hausmeistermädchen die Statue auf den Kopf fallen würde, oder?«

Sorry spürte, wie ihr Tränen in die Augen stiegen. Estrella stand nun so nah vor ihr, dass Sorry ihr ins Gesicht sehen musste. »Kein Wunder, dass du Crystals Kristallkugel nicht wolltest. Dann hätte ja jeder mitbekommen, dass du auch damit nicht wahrsagen kannst – und doch nicht besser bist als die Kristallleser.« Plötzlich sah sie von Ben zu Sorry und fing schallend an zu lachen. Hatte sie jetzt den Verstand verloren?

»Oh, das ist ja perfekt!«, rief sie. »Auch bei der Zeremonie hat es nur zu gut gepasst, dass Ben genau in dem Moment kam, als du deine Kräfte zeigen solltest. Sodass keiner merkt, dass du gar nicht richtig wahrsagen kannst! Das habt ihr doch genauso geplant! Ist es nicht so?«

Sorry wollte alles abstreiten. Sie wollte sagen, dass sie sehr wohl große Dinge vorhersagen konnte und dass das mit Ben nicht geplant war. Doch stattdessen schluchzte sie, und Tränen kullerten ihr die Wangen hinunter – das war Beweis genug. Estrellas Lachen klang wie das Klirren von tausend Eiszapfen. »Eine Fortune, die nicht wahrsagen kann, verschleiert durch das Auftauchen eines Nekromanten!« Sie kam noch näher an Sorry heran und flüsterte, dass nur sie es hören konnte. »Wenn du mich fragst, wird es langsam wirklich Zeit für einen Schulleiterwechsel.«

Die Worte hallten in Sorrys Kopf nach und übertönten jeden Gedanken. Dann rannte sie los, an Estrella vorbei und mitten durch die Gruppe ihrer Klassenkameraden. Sie sah Skepsis, Entsetzen und sogar Spott in den Gesichtern, bis ihr die Tränen die Sicht nahmen und sie von dem Anblick erlösten. Sie glaubte noch zu hören, wie Ben ihren Namen rief. Sie hatte es vermasselt. Jetzt war alles verloren, alles, was ihre Familie sich aufgebaut hatte, hatte sie in einer Sekunde zerstört. Nur, weil sie besser als Estrella sein wollte. Nur, weil dieser blöde Nekromant an die Akademie gekommen war. Nur, weil sie nicht richtig wahrsagen konnte.

Sorry rannte durch die Gänge und wechselte immer dann die Richtung, wenn ihr Schüler entgegenkamen. Sie glaubte, Missgunst in ihren Gesichtern zu erkennen. Als wüssten bereits alle: Sie war das Fortune-Mädchen, das nicht wahrsagen konnte. Natürlich war das nicht möglich. So schnell konnte das, was geschehen war, nicht die Runde gemacht haben. Andererseits war dies eine Schule für Wahrsager. Vielleicht hatte es ja jemand in seinem Frühstücksmüsli gesehen und hatte nichts Besseres zu tun gehabt, als es allen zu erzählen. Wenn sich ihre Klassenkameraden schon gegen sie stellten, dann würden es mit Sicherheit auch die anderen Schüler tun. Genau wie ihre Mutter gesagt hatte.

Sorry bog in einen weiteren fensterlosen Gang ab und bemerkte, dass es eine Sackgasse war. Sie hielt an und schnappte nach Luft. Sie war allein, bis auf das große Gemälde eines bärtigen Mannes, der mit starrem Blick von der Wand auf sie heruntersah. Er hielt einen toten Hasen in der Hand und in der anderen ein Messer. *Wolf der Opferer* stand darunter. Er hatte die Orakelkraft der Hieromantie beherrscht und damit die Zukunft aus den Innereien von toten

Tieren vorhergesehen. Sorry schüttelte sich. Sie ging zurück zum Anfang des Gangs und sah sich um. Es war gespenstisch leer, kein Geräusch zu hören. Offenbar waren alle Schüler in ihre Klassen gegangen. Sorry atmete tief ein. Sehr gut, dann würde sie niemandem begegnen, wenn sie die Akademie jetzt verließ. Sie ging nach links, blieb dann aber stehen. War sie wirklich aus dieser Richtung gekommen? Sie drehte sich um, und ihr Herz begann zu rasen. Ganz ruhig! Sie war einmal rechts abgebogen, als sie vom Klassenraum weggerannt war, und dann links. Oder zweimal rechts? Und war sie nicht einmal umgekehrt? In ihrem Kopf war ein großes Wirrwarr. Sorry hatte keine Ahnung, wo sie sich befand.

Sie taumelte ein paar Schritte zurück und sank dann weinend neben dem Gemälde zu Boden. Das konnte doch alles nicht wahr sein! Sorry schluchzte. Würde sie überhaupt jemand vermissen, wenn sie jetzt in diesem abgelegenen Teil der Akademie verhungerte? Zum Unterricht konnte sie nie wieder. Auch zu Hause konnte sie sich nicht mehr blicken lassen. Wahrscheinlich war es besser, wenn sie hierblieb und vergessen wurde, genau wie Wolf der Opferer, der bestimmt genau aus diesem Grund in diesem toten Gang hing.

»Na, du hattest wohl keinen besonders guten ersten Tag?«

Vor Schreck entfuhr Sorry ein kurzer Schrei. Auf der anderen Seite des Gemäldes lehnte das Hausmeistermädchen an der Wand. Wie gestern trug sie ihre Latzhose, den Werkzeuggürtel und die Schutzbrille. Und wie gestern war sie wie aus dem Nichts erschienen. Sie ließ einen Schraubenschlüssel in der Hand kreisen.

»Was machst du denn hier?«

Das Mädchen zuckte mit den Schultern. »Das könnte ich dich auch fragen. Du bist die erste Person, die ich hier in diesem Teil des Gebäudes treffe.« In den braunen Augen des Mädchens erkannte Sorry, dass es eine Antwort erwartete.

»Ich ...« Sorry blickte zu Boden. Der stechende Blick war ihr unangenehm. Es fühlte sich an, als würde das Mädchen direkt in ihr Innerstes schauen. So guckte ihre Großmutter, wenn sie eine Vision von jemandem heraufbeschwor. Mit dem Unterschied, dass dieses Mädchen keine Visionistin war.

»Ich brauchte einen Ort, um alleine zu sein«, murmelte Sorry und wischte sich mit dem Ärmel die Tränen ab, bevor sie wieder zu dem Mädchen schielte.

Auf dessen Gesicht breitete sich ein strahlendes Lächeln aus, das eine Lücke zwischen beiden Vorderzähnen enthüllte. »Ah, alles klar. Dann hast du den perfekten Ort dafür gefunden. Hier kann man sich in aller Ruhe verstecken, nicht wahr, Wolfi?« Sie zwinkerte dem Mann auf dem Gemälde zu, der weiterhin vor sich hinstarrte. Das Mädchen seufzte. »Er ist nicht besonders gesprächig. Aber das ist wohl normal, wenn man seit Ewigkeiten in einem Flur abhängt, nur mit einem toten Hasen als Gesellschaft.« Das Mädchen sah dabei todernst und verschmitzt aus. Sorry musste schmunzeln. »Siehst du, alles halb so schlimm.« Das Mädchen setzte sich ihr gegenüber und reichte ihr die Hand. »Ich hab mich letztes Mal gar nicht vorgestellt. Missy Hap, Tochter des Hausmeisters und ohne jegliche seherischen Fähigkeiten.«

Zögerlich nahm Sorry Missys Hand. »Du sagst das, als ob du stolz darauf wärst.« Missy schüttelte den Kopf. »Nö, aber ich habe die Erfahrung gemacht, dass Wahrsager sich von anderen Wahrsagern immer ein bisschen bedroht fühlen. Vielleicht merkt ihr es gar nicht, aber ihr seht immer aus, als würde der andere sofort alles über euch wissen. Da hilft es, wenn man von vornherein klarstellt, dass man kein Wahrsager ist. Dann seid ihr gleich etwas entspannter.«

Missy hatte recht. Die Angst, dass jemand etwas über einen wusste, und die Gefahr, dass er es zu seinem Vorteil nutzte, war riesig. Ihre Mutter hatte schon oft Visionen von Leuten gehabt, die sie kannte, aber es lieber für sich behalten. »Du scheinst ja einiges über uns zu wissen.«

Wieder drehte Missy den Schraubenschlüssel. »Ach, man kriegt einiges mit, wenn man in der Akademie unterwegs ist und keiner einen beobachtet.«

Sie grinste und entblößte erneut die breite Zahnlücke. Dann sah sie Sorry mit ihrem durchbohrenden Blick an. »Und du bist Sorry Fortune, nicht wahr? Tochter der Schulleiterin und Visionistin.«

Sorry verzog das Gesicht. »Das mit der Visionistin ist wohl nur ein bisschen richtig.«

Der Schraubenschlüssel drehte sich tollkühn um Missys Zeigefinger. »Wie kann man denn ein bisschen Visionistin sein?«

Sorry seufzte. Wie sollte sie das einer Nichtseherin erklären? Doch bevor sie auch nur einen Ansatz dafür finden konnte, vernebelte sich ihr Blick. Sie sah, wie der Schraubenschlüssel mit vollem Schwung von Missys Finger und auf das Gemälde zuflog. Ihr Blick klarte sich wieder auf, und sie riss die Hände hoch. Nur eine Sekunde später flutschte das Werkzeug von Missys Finger und knallte gegen Sorrys Handfläche. Sie zuckte zusammen, als das Metall ihre Haut aufkratzte.

Missy starrte erst den am Boden liegenden Schraubenschlüssel an und dann sie. »Das hast du vorhergesehen, oder? Wie bei der Statue gestern.«

Sorry pustete auf die brennende Schramme. »Nein, hab ich ...« Jetzt machte es ohnehin keinen Unterschied mehr. Sie nickte.

»Zeig mal her!« Bevor Sorry protestieren konnte, hatte Missy die Hand schon zu sich gezogen. Dann holte sie ein Pflaster mit glitzernden Tigerstreifen aus der Gürteltasche und klebte es auf die Schramme.

»Danke«, murmelte Sorry und machte vorsichtig eine Faust. Hätte es nicht ein dezenteres Pflaster sein können?

Missy hob den Schraubenschlüssel auf und steckte ihn in eine Lasche ihres Gürtels. »Also, für mich sah das wie eine ziemlich gute Vision aus und nicht nur wie ein bisschen.«

»Quatsch, so was ist lächerlich!« Die Worte waren so schnell und scharf aus Sorrys Mund geschossen, dass sie sie selbst überrascht hatten.

Missy legte den Kopf schief und musterte sie nachdenklich. »Ist das der Grund, warum du hier in diesem Gang hockst und heulst, statt im Unterricht zu sein?«

Missys Worte durchbrachen den Damm, der Sorrys Tränen zurückgehalten hatte. Diesmal spülten die Tränen auch die

Worte aus ihr heraus. Sie konnte sie nicht mehr stoppen. Aber das wollte sie auch nicht.

Irgendwann waren die Worte und die Tränen aufgebraucht, und Sorry schluchzte ein letztes Mal in das Taschentuch, das Missy ihr reichte.

»Also, nur weil deine Prophezeiungen nicht so groß sind, halten dich jetzt alle für eine schlechte Wahrsagerin?!«

Sorry nickte. »Das wird den Ruf meiner Familie zerstören! Wozu ist Wahrsagen denn gut, wenn nicht für große Vorhersagen, die in eine weit entfernte Zukunft blicken?«

Missy schüttelte den Kopf. »Ihr Wahrsager mit eurer komischen Ehre und so seid echt merkwürdig. Es kommt doch nur darauf an, dass man jemandem hilft!«

»Ach, du verstehst das nicht.«

Sie hatte erwartet, dass Missy ihr widersprach, aber das tat sie nicht, sie dachte nach. Dann stand Missy auf. »Komm mit.« Sorry rappelte sich auf. »Wohin?«

Missy grinste sie an. Dann klappte sie das Gemälde von Wolf dem Opferer zur Seite, und dahinter kam eine Öffnung in der Wand zum Vorschein. »Auch wenn Wolfi ein wundervoller Zeitgenosse ist – seine allerbeste Eigenschaft ist, dass er das hier verdeckt.«

Sorry starrte das Loch mit offenem Mund an. »Ein Geheimgang?«

Missy nickte und holte eine Taschenlampe hervor. »Solche Gänge gibt es überall in der Akademie. Wahrscheinlich hatten die Erbauer Angst, dass die Nekromanten sie doch irgendwann überfallen würden und sie sich verstecken müssten. Aber vielleicht waren sie es auch einfach leid, diese ewigen Umwege zu gehen.«

Sorry schloss den Mund. Das erklärte zumindest, wo Missy gerade hergekommen war und warum sie ihr auch gestern so schnell hatte folgen können.

Missy knipste die Taschenlampe an. »Kommst du?«

Sorry spähte in das schwarze Loch hinter Missy. »Ich soll da rein? Auf keinen Fall!«

Missy stemmte die Hände in die Hüften. »Gut, dann nicht. Ich meine, es ist ja nicht so, dass du dich verirrt hättest und nicht wüsstest, wie du zurückkommst. Also kannst du auch gleich zu den anderen Schülern und deiner Familie zurückgehen, oder? Das ist sicher viel besser, als mir jetzt einfach zu folgen.«

Sorry kletterte an Missy vorbei in die Dunkelheit. »Ist ja schon gut!«

Missy grinste. »Sag ich doch.« Sie ließ das Gemälde wieder vor den Eingang schwingen. Bis auf das spärliche Licht der Taschenlampe war es vollkommen dunkel.

»Weißt du wirklich, wo wir lang müssen?« Zögerlich folgte Sorry Missy, die so selbstsicher durch die Dunkelheit marschierte, als hätte sie ihr Leben lang nichts anderes getan. »Keine Sorge, ich kenne mich in diesen Gängen besser aus als sonst irgendwer.« Sie drehte sich zu Sorry, wobei sie ihr direkt ins Gesicht leuchtete. »Außerdem hab ich ja dich. Bevor uns irgendwas passiert, siehst du das mit deiner Superkraft bestimmt vorher.«

Sorry blinzelte, geblendet vom Lichtstrahl der Taschenlampe. »Sehr witzig.«

Der Gang schien endlos zu sein.

»Warum bist so oft hier?«, fragte Sorry schließlich.

»Na ja, weißt du – wenn man eigentlich in der Schule sein sollte, braucht man einen Ort, wo einen keiner findet. Und dafür sind diese Gänge perfekt.«

Sorry war gar nicht in den Sinn gekommen, dass auch Missy zur Schule gehen musste. »Du scheinst ja ziemlich oft zu schwänzen.«

Missy machte einen gequälten Laut. »Es ist halt so langweilig da! Wer will denn Mathe büffeln, wenn man auch eine Wahrsagerschule erforschen kann?!«

Sorry dachte an ihren eigenen Matheunterricht zurück und schauderte. »Stimmt.«

Schließlich blieb Missy stehen. »Wir sind da.«

Sorry sah sich um. Diese Stelle unterschied sich nicht von dem Rest des Ganges. »Bist du sicher?«

»Klar!« Ein Klicken erklang, und die

Wand neben ihnen öffnete sich. Sorry musste blinzeln, so hell war das Tageslicht, das sie an der Rückseite der Akademie in Empfang nahm.

»Pass auf, hier ist eine große Stufe«, warnte Missy. Stufe war untertrieben: Die Tür befand sich gut einen Meter über dem Boden. Missy hüpfte gekonnt hinaus. Sorry ging in die Hocke und folgte. Elegant sah anders aus. »Was machen wir hier?«

»Siehst du gleich.« Schon marschierte Missy über die Wiese, und Sorry beeilte sich, um ihr zu folgen.

Sie bogen um eine Ecke. Sorry hatte alles Mögliche erwartet, aber nicht das kleine Häuschen, das mit der Wand des mächtigen Akademiegebäudes zu verschmelzen schien. Und doch unterschied es sich in seiner Bauart so sehr, dass es wie ein Parasit wirkte, der sich hier angedockt hatte. Aus dem Schornstein auf dem spitzen Dach stieg Rauch auf. Efeu bedeckte die Wände, und auf den roten Dachziegeln wuchs Moos. »Wer wohnt denn hier?«

Missy breitete die Arme aus und strahlte. »Das ist die Hausmeisterunterkunft. Mein Zuhause.«

Sorry staunte. Warum hatte sie davon nichts gewusst?

Missy lachte, als sie ihren Gesichtsausdruck bemerkte. »Kaum jemand kennt unser Haus«, meinte sie schulterzuckend, als sie die Stufen zur Tür hinaufhüpfte. »Die meisten wissen wahrscheinlich nicht mal, dass es einen Hausmeister gibt. Dabei macht meine Familie diesen Job schon seit Generationen.« Sie umfasste den Türgriff, als Sorrys Sicht sich vernebelte. »Warte, Missy, nicht ...«, rief sie, doch es war zu spät.

Missy warf die Tür mit Schwung auf: »Hallo, Familie!«

Sorry konnte gerade noch einen Schritt zurücktreten, als das geschah, was sie schon gesehen hatte: Die Tür knallte gegen eine Trittleiter, die dahinter im Flur stand, und warf sie um. Ein Mädchen, das einen Wassereimer hielt und wohl gerade die Fenster über der Tür hatte putzen wollen, sprang erschrocken zur Seite und der Inhalt des Eimers ergoss sich über Missy. Das Mädchen starrte die durchnässte Missy entsetzt an. Das würde bestimmt ein Donnerwetter geben. Doch zu Sorrys Überraschung fingen beide an, schallend zu lachen. Dann reichte das Mädchen, das ein wenig jünger als Missy und Sorry sein musste, Missy ein Handtuch.

Hinter dem Mädchen erklang ein weiteres, tiefes Lachen. Der Mann, zu dem es gehörte, trat zum Eingang und klopfte Missy auf die Schulter. »Auf unseren kleinen Unglücksraben ist Verlass.«

Missy grinste entschuldigend, während sie sich notdürftig abtrocknete. »Ich tue, was ich am besten kann.«

»Was ist denn hier los?« Mit besorgter Miene erschien nun eine Frau. Als sie Missy sah, seufzte sie nur.

Dann kam ein Mädchen im Kindergartenalter, das ebenfalls laut zu lachen begann. Und am Fuß der Treppe, die in ein oberes Stockwerk führte, entdeckte Sorry einen älteren Jungen, der die Augen verdrehte.

Missy wandte sich zu Sorry um, die immer noch draußen stand. »Willkommen bei den Haps!«

Alle Augen richteten sich plötzlich auf Sorry, die am liebsten weggelaufen wäre. »Hi, ich bin Sorry«, stammelte sie mit rauer Stimme. Schon zog Missy sie ins Haus hinein, und hinter ihnen fiel die Tür mit einem Rumms ins Schloss.

Missy legte den Arm um Sorry und durchweichte so auch ihre Klamotten. »Sorry ist die Wahrsagerin, die mich gestern vor der Statue gerettet hat. Und das, Sorry, ist meine Familie!«

Ein anerkennendes Raunen ging durch den Raum. »Vielen Dank, dass du Missy geholfen hast.« Missys Vater lächelte ihr zu. »Sie zieht das Unglück geradezu an, musst du wissen!«

Das Mädchen mit dem Wassereimer lachte. »Wie ein Magnet! Wenn du mit ihr in einem Raum bist, wird dir nichts Schlimmes passieren, das kriegt alles sie ab.«

Missy zuckte mit den Schultern. »Das ist meine Superkraft.«

»Du bist eine Fortune, nicht wahr?«, fuhr ihr Vater fort. »Ich bin Rocky. Das sind meine Frau Hope und Missys Geschwister Lucky, Belle und Faith.«

Er deutete auf Missys Mutter, den Jungen auf der Treppe, das Mädchen mit dem Wassereimer und das kleine Mädchen, das sich jetzt hinter Hope versteckte. »Deine Mutter und ich kennen uns.«

Lucky schnaubte. »DU kennst ihre Mutter. Sie weiß sicher nicht mal, dass du existierst. Wahrsager interessieren sich nicht für Nichtseher.«

»Lucky! Sie ist unser Gast!«, zischte Missys Mutter.

Sorry sah, wie Lucky erneut die Augen verdrehte. »Ich bin ganz sicher nicht nett zu Wahrsagern in meinem eigenen Zuhause.«

Er trampelte die Treppe hoch. Seine Worte ließen Sorry eine Gänsehaut über den Rücken laufen. Sie hatte davon gehört, dass einige Menschen die Wahrsager nicht besonders mochten. Aber sie hatte es noch nie selbst erlebt.

Hope lächelte entschuldigend. »Tut mir leid, er ist da etwas schwierig.«

Sorry wollte etwas erwidern, da verklärte sich ihr Blick erneut. Sie sah, wie Missy einen großen Schritt über den Eimer auf dem Boden machte und dabei auf die umgefallene Leiter trat. Wie sie die Balance verlor und auf einen Tisch zutaumelte, auf dem eine Blumenvase stand. Sorrys Blick klärte sich wieder auf. »Äh, Moment«, entschuldigte sie sich schnell, als sie sah, wie Missy zu dem Schritt ansetzte, und ergriff die Vase.

Schon trat Missy auf die Leiter, verlor mit einem erschrockenen Schrei das Gleichgewicht und stolperte rückwärts. Sie stieß den Tisch an und fand dann ihr Gleichgewicht wieder. »Du hast es wieder getan!«, rief sie und deutete auf die Vase. Sorry merkte, wie sie rot anlief.

»Das war voll cool!«, rief Faith.

»Oh, das würde ich auch gerne können!«, schwärmte Belle.

»Na ja«, murmelte Sorry, »das ist nichts, worauf man stolz sein müsste.«

Sie zuckte zusammen, als Rocky ihr auf die Schulter klopfte. »Finde ich schon. Du bist die erste Wahrsagerin, die ich kenne, die so etwas vorhersieht. Und glaub mir, ich kenne viele Wahrsager.«

Missy stieß Sorry an. »Ich sag's doch – deine Gabe ist echt beeindruckend. Das ist viel praktischer, als vorherzusehen, was mir irgendwann in zwanzig Jahren passiert!« Missy strahlte sie an. Sorry bemerkte, dass es das allererste Mal war, dass jemand sich wirklich über ihre Gabe freute. Das fühlte sich ungewohnt an. Aber gut. Bei allen anderen Wahrsagern wäre die Vase zu Bruch gegangen.

Ein schrilles Klingeln ließ alle zusammenfahren. Das Geräusch schien wie ein Echo im Raum zu hängen.

»Wer kann das denn sein?« Noch bevor Rocky die Tür öffnete, wusste Sorry, wer davorstand. Es war keine Vision, eher ein Bauchgefühl. Schon waberte das Rosenparfüm ins Haus, als Rocky die Dame in dem pinkfarbenen Kostüm erstaunt begrüßte. »Frau Schulleiterin! Was für eine Überraschung!«

Sorry umklammerte die Vase fester, sie fühlte sich eiskalt an. Euphoria Fortune begrüßte den Hausmeister mit ihrem typischen aufgesetzt-freundlichen Lächeln. Entgegen Luckys Vermutung wusste sie offenbar sehr wohl, wer er war. Dann sah sie Sorry an.

»Ich wollte nur meine Tochter abholen, die offenbar vergessen hat, dass sie noch Unterricht hat.« Die Drohung in ihren Worten war nicht zu überhören.

Hope verengte die Augen, und Sorry fühlte sich mit einem Mal furchtbar schlecht, als sie es sah. »Das tut uns sehr leid, Frau Schulleiterin. Sie wissen ja, dass der Unterricht an den anderen Schulen erst morgen beginnt.« Sie warf ihrer ältesten Tochter einen bösen Blick zu. »Und Missy hat uns anscheinend verschwiegen, dass Sorry gerade schwänzt.«

Sorry sah zu Boden. Sie hatte die Haps nicht in diese Situation bringen wollen, und auch Missy schien sich schlecht zu fühlen. Euphoria sah von Sorry zu Missy und erkannte offensichtlich das Mädchen, das am Vortag schon für so viel Aufmerksamkeit gesorgt hatte.

»Oh, Sie trifft keine Schuld«, sagte sie an Hope gewandt. »So sind Kinder ja nun einmal, nicht wahr?« Als sie Sorry ansah, bekam diese eine Gänsehaut. So düster sah ihre Mutter nur drein, wenn sie wirklich verärgert war.

»Vielen Dank, Sie waren wirklich sehr nett«, stammelte sie an Missys Eltern gewandt. Sie warf Missy einen kurzen Blick zu und formte ein tonloses »Danke«, bevor sie ihrer Mutter nach draußen folgte. Und obwohl sie sich nun im Freien befand, fühlte sie sich eingeengter als in dem kleinen Haus.

»Das Hausmeistermädchen! Unter allen Kindern, mit denen du dich hättest anfreunden können, suchst du dir das Hausmeistermädchen aus!«

Euphoria stapfte zur Vorderseite der Akademie, und Sorry hatte Schwierigkeiten, Schritt zu halten.

»Woher wusstest du, dass ich hier bin?«, fragte sie, was ihre Mutter mit einem Schnauben quittierte, ohne sich umzudrehen.

»Sorry, bitte, ich bin eine Wahrsagerin. Wenn ich eine Vision habe, die dich mit der kopflosen Fortuna-Statue zeigt, und ich daraufhin höre, dass du nicht zu Geschichte der Wahrsagerei erschienen bist, brauche ich keine weiteren Informationen!«

Sorry schwieg. So war es schon immer gewesen. Auch, wenn ihre Mutter nur vage Visionen hatte, so wusste sie diese immer sehr klug zu deuten. Merry und sie hatten noch nie Geheimnisse vor ihr bewahren können. Dennoch: Ihre Mutter wäre wohl kaum selbst zum Häuschen der Haps gekommen, wenn es ihr nur ums Schwänzen gegangen wäre.

»Weißt du auch, warum ich nicht zum Unterricht gegangen bin?«

Euphoria blieb unvermittelt stehen. Sorry traute sich nicht, ihr ins Gesicht zu sehen. Eine halbe Ewigkeit verging, bis Euphoria antwortete.

»Also ist es wahr?«

Sorry war klar, dass Euphoria hoffte, dass sie es abstritt. Aber Sorrys Schweigen war Antwort genug. Euphoria drehte sich um. »Ich habe dich nur um diesen einen Gefallen gebeten.« Sorry hatte Wut erwartet – doch die Enttäuschung im Gesicht ihrer Mutter war noch schlimmer. »Stattdessen erfahren alle am ersten Tag davon! Und dann benutzt du es auch noch, um zu schummeln!«

»Ich kann doch nichts dafür«, brach es aus Sorry heraus und sie merkte, wie ihr wieder die Tränen in die Augen stiegen. »Estrella hat mich provoziert und ...«

»Natürlich hat sie das! Sie ist eine Astra!« Euphoria unterbrach sie so scharf, dass Sorry den Blick automatisch auf den Boden richtete.

»Glaubst du, ich weiß nicht, was sie für Gerüchte über uns verbreiten wegen dieses Jungen? Sie suchen nach einem Grund, uns schlecht dastehen zu lassen und den Schulleiterposten endlich selbst übernehmen zu können. Und das heute spielt ihnen genau in die Hände.«

Sorry knibbelte an dem Pflaster auf ihrer Handfläche. »Wäre es denn wirklich so schlimm, wenn wir die Schulleitung abgeben müssten? Vielleicht wäre dann alles etwas einfacher.« Sie dachte an das, was Missy gesagt hatte, und nahm ihren Mut zusammen. »Geht es nicht vor allem darum, dass Wahrsager Menschen helfen?«

Sorry erwartete, dass ihre Mutter vor Wut platzte. Doch sie seufzte nur und rieb sich die Stirn, als hätte sie Kopfschmerzen. Mit einem Mal klang sie sehr müde. »Es geht nicht nur darum, Schulleiterin zu sein. Es geht um das Vermächtnis der Fortunes. Generationen haben auf all das hier hingearbeitet. Auf die Anerkennung der Visionen als eigene Wahrsagekraft. Auf die Wiedergutmachung nach der Sache mit den Chievous'. Und natürlich auf die Umsetzung der großen Ziele der Akademie. Das dürfen wir jetzt nicht verlieren. Schon gar nicht an die Astras.« Sie sah Sorry an, nicht wütend, nicht enttäuscht. Eher traurig. Sogar ihre Stimme klang sanfter. »Natürlich geht es darum, den Menschen zu helfen. Aber nicht nur. Von dieser Akademie kommen die fähigsten Wahrsager der Welt. Was, glaubst du, interessiert einen großen Künstler mehr: zu erfahren, dass er sich an einer Erdnuss verschluckt, oder welches Kunstwerk ihm Ruhm beschert?!«

Sorry schnaubte. »Wenn er an der Erdnuss erstickt, dürfte ihm der Ruhm egal sein.«

Sorry glaubte, auf dem Gesicht ihrer Mutter ein kurzes Lächeln zu erkennen. Dann atmete Euphoria tief ein und sah ihrer Tochter in die Augen. »Damit magst du recht haben, Äuglein. Aber es geht hier nicht darum, was nützlich sein könnte, sondern darum, wofür die Akademie Fortuna steht: hervorragende, bedeutende und weitreichende Prophezeiungen und die Gleichbehandlung aller Wahrsagedisziplinen. Wenn wir den Astras auch nur den geringsten Anlass geben, dass wir dies nicht gewährleisten, werden sie nicht zögern, uns zu vernichten.«

Sorry war schlecht, als sie am nächsten Morgen vor dem Klassenraum für Visionen wartete. Zwar hatte ihre Mutter ihr gestern erlaubt, den Rest des Tages zu Hause zu bleiben. Doch heute sollte alles ganz normal weiterlaufen.

Euphoria hatte beschlossen, dass dies der beste Weg sei, um den anderen zu beweisen, dass die Fortunes sich nicht unterkriegen ließen. Gleich nach ihrer ersten Stunde Visionen, bei denen die Visionisten noch unter sich waren, musste Sorry wieder am normalen Unterricht teilnehmen.

Noch vor dem Unterricht hatte Euphoria ein Treffen des Schulrats einberufen. Da die Familienoberhäupter, die nicht in Horror's Cope wohnten, in ein paar Tagen wieder abreisen würden, wurde jede Möglichkeit für solche Konferenzen genutzt. Als Schulsprecherin nahm Merry ebenfalls daran teil. Auch wenn Euphoria die Schulleiterin war, so klärten sie wichtige Fragen gemeinsam. Zwar hatte ihre Mutter Sorry beim Frühstück versichert, dass es nur um Ben gehen würde, schließlich war die Akademie nicht auf den Unterricht eines Nekromanten eingerichtet. Aber Sorry schloss nicht aus, dass sie auch über sie sprechen würden.

»Ich dachte, man hätte beschlossen, dass du an der Akademie nichts zu suchen hast.«

Sorry fuhr herum. Estrella stand am Treppenabsatz und betrachtete sie mit ihrem überheblichen Lächeln. Sie trug einen Koffer, in dem sich offenbar ein Teleskop befand, und ein paar zusammengebundene Papierrollen.

Sorry verdrehte die Augen. »Bist du nur hergekommen, um mir das zu sagen?«

Estrella lachte. »Bestimmt nicht. Da vorn ist der Astrologieraum!« Ein paar Schüler mit ähnlichen Koffern drängten sich an den beiden Mädchen vorbei. Natürlich. Sie befanden sich im Dachgeschoss, wo sonst sollte der Unterricht für Astrologie stattfinden?!

Estrella nickte in Richtung des Visionsraums. »Und du glaubst wirklich, dass Fachunterricht bei dir noch etwas nutzt?« Ihr spöttischer Tonfall ließ die Wut in Sorry wieder aufkochen.

»Ganz schön gemein, Cousinchen. Wir haben doch alle mal klein angefangen, und auch du bist noch nicht perfekt.« Joy war neben Estrella getreten und zwinkerte Sorry zu.

Estrellas Miene versteinerte sich. »So was muss ich mir von dir nicht bieten lassen. Du bist nicht mal eine echte Astra!« Ohne Sorry eines weiteren Blickes zu würdigen, rauschte Estrella in den Astrologieraum.

Joy seufzte. »Eingebildet wie immer.« Sie lächelte Sorry zu, bevor sie Estrella folgte.

Sorry sah ihr staunend nach. Wie konnte Joy noch so fröhlich sein, wenn die eigene Familie auf sie herabsah, nur weil ihr Vater ein Nichtseher war?

Das Klackern von Absätzen erklang auf der Treppe, begleitet von einem Keifen, das Sorry sehr gut kannte. »Das ist nur ein weiterer Versuch, uns zu demütigen!«

Mit einem Kopf, der die Farbe einer reifen Pampelmuse angenommen hatte, erschien Euphoria, dicht gefolgt von Merry. »Aber irgendwer muss ihn doch unterrichten!«

Bevor Sorry fragen konnte, was passiert war, hörte sie das bekannte Surren eines Pendels: Ben kam hinter den beiden die Treppe herauf.

»Geht's dir besser, Sorry?«, fragte er, als er vor Sorry stand, so sanft, dass Sorry nicht sicher war, ob er sie verspottete.

»Was machst du denn hier?«

Ihre Mutter kramte einen Schlüssel aus ihrer Tasche. »Nun, weil niemand die Nekromantie beherrscht und wir so wenige sind, hat der Rat beschlossen, dass Ben am Visionsunterricht teilnehmen soll.« Sie stieß die Tür mit solchem Schwung auf, dass sie an die Wand knallte.

Sorry starrte Ben an. Das durfte doch nicht wahr sein!

Merry jedoch lächelte ihn an. »Entschuldige bitte, das ist für meine Mutter alles ein wenig ungewohnt.«

Ben zuckte mit den Schultern. »Ist ja nicht so, als hätte hier bisher irgendwer anders auf mich reagiert.«

»Heute geht es um kontrollierte Visionen«, erklärte Euphoria, als alle sich im Raum verteilt hatten. Der Boden, die Decke und die Wände waren mit hellbraunem Holz verkleidet und ein paar Dachfenster ließen spärlich Licht hinein. Ansonsten war der Raum vollkommen leer. Es gab keine Bilder an den Wänden, keine Tafel, noch nicht einmal Stühle.

Auch, wenn ihre Mutter behauptete, die karge Einrichtung sei dafür gedacht, dass nichts die Visionisten ablenkte, wurde Sorry den Verdacht nicht los, dass ihre Vorfahren sich wirklich für etwas Besseres gehalten hatten und die Tatsache, dass Visionisten keine Hilfsmittel irgendeiner Art benötigten, auch im Unterrichtsraum widerspiegeln wollten.

Euphoria fuhr fort: »Darum, Vorhersagen auf Kommando hervorzurufen und uns nicht von ihnen übermannen zu lassen.« Sie sah zu Ben. »Damit hast du beim Pendeln vermutlich kein Problem, oder?«

»Dass das Pendel ausschlägt, ohne dass ich es will? Nein.« Ben überlegte kurz. »Aber es kommt schon vor, dass das Pendel sich nicht bewegt, wenn ich es möchte.«

Euphoria nickte. »Gut, dann übst du mit. Aber ich wäre dir sehr verbunden, wenn du diesmal nicht auf den Boden malen würdest.«

Ben zog ein Seidentuch hervor und hielt es in die Höhe. »Keine Sorge.« Er breitete es aus, und Sorry sah, dass darauf bereits kreisförmig Buchstaben und Zahlen angeordnet waren, genau so, wie er sie bei der Einschulung auf den Bühnenboden gezeichnet hatte.

»Warum hast du das bei der Zeremonie nicht benutzt?«, zischte sie ihm zu.

Mit verstellter Stimme, die der von Madame Demain erstaunlich ähnelte, antwortete Ben: »Regel Nummer vier: Eine kleine Prise Show kann einen großen Effekt haben.«

Er grinste Sorry an und sagte mit seiner normalen Stimme: »Ich hab heimlich in Madame Demains Notizen für die nächste Stunde geguckt.«

Sorry konnte nicht anders, als zurückzugrinsen, woraufhin ihre Mutter sich räusperte und ihnen einen bösen Blick zuwarf.

»Zunächst müsst ihr wissen, wem eure Prophezeiung gelten soll. Ich werde etwas aus Merrys Zukunft vorhersehen.« Sie nickte ihrer älteren Tochter zu und schloss die Augen. »Atmet ruhig ein und aus und konzentriert euch auf die Person, für die ihr etwas vorhersehen wollt, und auf das, was euch interessiert. Dabei kann es helfen, mit den Augen einen bestimmten Punkt im Raum zu fixieren. Noch besser ist es meiner Meinung nach aber, bei Visionen die Augen zu schließen. So kann nichts euch ablenken.«

»Ach, deshalb hilft euch bei Visionen auch eine Kristallkugel. Als Fixpunkt, um sich besser zu konzentrieren!«

Euphoria riss die Augen auf. Alle drei Fortunes starrten Ben mit offenem Mund an.

Merry hatte als Erste ihre Sprache wiedergefunden. »Wer hat dir das erzählt?«

Ben zuckte mit den Schultern. »Crystal. Sie ist meine Nachbarin im Wohnheim.«

Hatte er mit Crystal etwa über die Sache im Unterricht gesprochen? Wenn ihre Mutter das erfuhr, dann ...

»Und warum hat sie dir das erzählt?«, fragte Euphoria mit ahnend zusammengekniffenen Augen. Sorry versuchte, Ben mit Blicken davon abzuhalten weiterzusprechen. »Na ja ...«

Sie schüttelte kaum merklich den Kopf und seine Augen

weiteten sich, als er das sah. Er verstand. »Keine Ahnung. Crystal redet ziemlich viel.« Was für eine schlechte Lüge. Aber innerlich seufzte Sorry erleichtert auf. Glück gehabt. Sie sah Ben dankbar an, und er zwinkerte ihr zu. Er hatte sie schon wieder gerettet.

Euphoria räusperte sich. »Nun, es ist sicher hilfreich. Aber Visionen sind eine eigene Wahrsageart, und wir üben ohne Kugel.« Dann schloss sie erneut die Augen und atmete ruhig ein und aus. Als sie sie wieder öffnete, war ihr Blick getrübt. Euphoria hatte eine Vision. »Merry, ich sehe dich oben an einer Treppe stehen, alle Blicke sind auf dich gerichtet. Neben dir blinkt ein Stern auf und verschwindet.«

Ihr Blick klarte auf, und sie strahlte Merry an. »Wenn mich nicht alles täuscht, wirst du erneut Schulbeste und die Astras ausstechen.«

»Oder sie steht einfach nachts auf einer Treppe«, murmelte Ben so, dass nur Sorry es hören konnte. Der Gedanke war ihr auch gekommen, aber das wäre zu einfach gewesen. Die Vorhersagen anderer Wahrsager waren weniger konkret als Sorrys und mussten stets interpretiert werden. Und genau darin bestand die Kunst.

»Sorry, sag du als Nächstes etwas aus Bens Zukunft vorher!« Ihre Mutter winkte sie zu sich. Sorry trat nach vorn und schaute zögerlich zu Ben. Er verschränkte die Arme und sah sie erwartungsvoll an. Sorry schloss die Augen.

»Konzentrier dich auf Ben. Und das Atmen nicht vergessen«, hörte sie ihre Mutter. Sie rief sich Bens überlegenes Grinsen während der Einschulungszeremonie in Erinnerung. Sorry glaubte, sogar das Surren seines Pendels zu hören. Sie erinnerte sich daran, wie er sie angestarrt hatte, als könnte er ihre Gedanken lesen. Warum hatte er sie bei seinem Test nicht verraten? Und eben wieder nicht?

»Sorry, siehst du schon etwas?« Die Stimme ihrer Mutter holte sie aus ihren Gedanken. Sie musste sich auf das konzentrieren, was in Bens Zukunft geschah. Einatmen und ausatmen. Dann kam die Vision. Das verschwommene Pink an den Rändern ihres Blickfelds ließ sie erkennen, dass sie in die Zukunft blickte. Ben saß auf dem Boden, ließ sein Pendel über dem Seidentuch schwingen, und Sorry erkannte, auf welche Buchstaben es zeigte. »Schulleiterin« buchstabierte es. Es war wieder nur eine detaillierte Vision über das, was gleich passieren würde. Und sie hatte einen ziemlich sicheren Verdacht, wem diese gependelte Vorhersage galt.

»Was siehst du?«

Sorry seufzte. Es hatte keinen Sinn, es ihrer Mutter zu verheimlichen. »Ben wird gleich auspendeln, dass du Schulleiterin bleibst.« Natürlich hatte sie das nicht so exakt gesehen, aber was sollte es sonst bedeuten?

Euphoria seufzte. »Hast du noch irgendwas gesehen, was nicht jetzt gleich stattfindet?« Sorry schüttelte den Kopf. Was hatte ihre Mutter erwartet? Dass Sorry durch ein bisschen Atmen plötzlich weiter in die Zukunft schauen konnte?

Euphoria zog eine Augenbraue hoch. »Wenigstens das mit der Kontrolle hat funktioniert. Jetzt du, Ben!«

»Obwohl Sorry schon gesagt hat, was ich sehen werde?«, fragte Ben mit geheuchelter Empörung.

»Gerade deswegen!«

Ben seufzte und schob die Ärmel seiner Jacke hoch, bevor er das Pendel über das Tuch hielt. Schon sauste es hin und her. Sorry war nicht sicher, doch sie glaubte, dass es noch andere Buchstaben berührte als in ihrer Vision. Vielleicht hatte sie nicht alles gesehen? Bens Augen folgten den Bewegungen des Pendels. Schließlich holte er es wieder ein. »Sorry hatte nicht ganz recht. Um Schulleiterin zu bleiben, müssen Sie sich einer großen Prüfung unterziehen.«

Sorry zuckte zusammen. Da hatte sie einmal versucht, eine Vision zu deuten, und nicht mal das hatte sie richtig hingekriegt. Das schien ihre Mutter jedoch nicht zu stören, aber mit Bens Vorhersage war sie nicht zufrieden. »Das ist keine Überraschung. Diese Prüfung gibt es jedes Jahr.«

Sorry bemerkte die Anspannung im Blick ihrer Mutter. Wie Madame Demain konnte auch sie nicht verbergen, wie unwohl ihr bei einer Voraussage durch ein Pendel war.

Merry war als Letzte dran. Sie beherrschte diese Übung im Schlaf. »Ich sehe ein pinkfarbenes Auge«, verkündete sie mit vernebeltem Blick. »Und dann ...« Sie stockte.

Sorry bemerkte, dass Merrys Hände zitterten. Das war ungewöhnlich – und beängstigend. »Ist alles in Ordnung?«

Merry rang sich ein Lächeln ab. »Nein, alles gut. Ich sehe dich vor der Statue der Fortuna stehen, und sie lächelt dir zu.« Merrys Augen klarten auf. »Wenn die Fortuna dir zulächelt, heißt das, du hast dir Respekt an der Akademie verschafft.« Doch Sorry war nicht überzeugt. Wenn es eine gute Vorhersage war, warum war Merry dann so verstört gewesen? Irgendetwas stimmte nicht.

Falls ihre Mutter es auch bemerkt hatte, so ließ sie sich nichts anmerken. Sie erklärte ihnen weitere Atem- und Konzentrationstechniken, die sie den Rest der Stunde übten. Doch Sorrys Gedanken waren bei Merry. Ihre Schwester hatte nicht die ganze Wahrheit gesagt. Aber warum?

Als die Stunde zu Ende war, wandte Merry sich an Ben: »Geh doch bitte schon mal vor. Ich muss noch etwas mit meiner Familie besprechen.« Ben schien kurz erstaunt, verließ aber den Raum und schloss die Tür hinter sich. Merry atmete erleichtert auf.

»Du hast vorhin noch mehr gesehen, nicht wahr?« Euphoria verschränkte die Arme. Es war ihr also auch nicht entgangen. Merry nickte und deutete mit dem Kopf in Richtung Tür. »Ich konnte es nur nicht vor ihm sagen. In der Vision war nicht nur die Fortuna zu sehen. Ich habe ein Pendel gesehen, das auf das Auge fällt.«

»Das Pendel steht für Ben.« So viel war Sorry klar.

Euphoria kniff die Augen nachdenklich zusammen. »Und du glaubst, dass er Sorry gefährlich werden könnte.« Merry fuhr sich nervös durch die Haare. »Ich bin nicht sicher, ob es für Sorry steht. Das Auge könnte jede von uns sein. Wir müssen uns vor ihm in Acht nehmen.«

Als Sorry den Raum verließ, war von Ben nichts mehr zu sehen. Seine Abwesenheit erleichterte sie, denn es würde schon schwer genug sein, ihren Mitschülern allein unter die Augen zu treten. Wenn auch noch Ben dabei wäre, würde das nur die Gerüchte anfeuern, die Estrella gestern ohne Zweifel gestreut hatte. Und dann noch Merrys Vision ...

Doch ihre Erleichterung war von kurzer Dauer. Kaum war sie die erste Treppe hinuntergegangen, hörte sie das wohlbekannte Surren.

»Was gab es denn noch Wichtiges?« Er löste sich von dem Treppenpfeiler, an dem er gelehnt hatte.

Sorry marschierte einfach an ihm vorbei. Er folgte ihr. »Das Spiel schon wieder? Sind wir darüber nicht langsam hinweg?«

Statt ihm zu antworten, eilte Sorry die Treppen hinab. Doch Ben blieb ihr auf den Fersen. Mit jeder Stufe wurde Sorry wütender. Wie sollte sie sich von ihm fernhalten, wenn er an ihr klebte?

»Ich verstehe nicht, was ich dir getan habe!« Keine Spur von seinem sonst so humorvollen Ton war in seiner Stimme zu hören.

Sorry fuhr so schnell herum, dass Ben ins Straucheln kam. »Verstehst du es nicht?«, rief sie. »Man darf uns nicht zusammen sehen! Du weißt doch, was meiner Familie unterstellt wird und wie alle über die Nekromanten denken. Wenn sie glauben, dass wir Freunde sind, macht es das noch schlimmer. Gerade nach gestern!«

Sie hoffte, dass ihre Worte ihn wütend machten, vielleicht sogar so sehr, dass er auch laut wurde! Wenn sie stritten, umso besser. Aber den Gefallen tat er ihr nicht. Er blieb ganz ruhig. »Aber genau deswegen mache ich das doch. Denn wir beide sind gar nicht so verschieden.« Diese Antwort überraschte sie so sehr, dass ihre Wut mit einem Mal verpuffte. »Was?«

Er setzte sich auf die Treppenstufen und deutete neben sich. Sie zögerte. Aber dann nahm sie auf der Stufe über ihm Platz. Er drehte sich zu ihr um. »Ich hatte mir sehr genau überlegt, wann ich in die Feier platze.« Er hielt sein Pendel hoch. »Ich brauchte die größtmögliche Aufmerksamkeit. Eine Prise Show und so.« Er lächelte, doch als Sorry sein Lächeln nicht erwiderte, sprach er weiter. »Also habe ich mir vorher den besten Moment erpendelt. Als ich reinkam, hast du mich erst genauso entsetzt angestarrt wie alle anderen. Aber dann auch irgendwie dankbar. Als würdest du dich über die Unterbrechung freuen. Ich weiß nicht alles über Wahrsager, aber was ich gehört habe, ist, dass Fortunes eher wütend werden, wenn man ihre Darbietungen stört. Ich habe gleich gemerkt, dass du ein bisschen anders bist.«

Ben hatte recht. Sie war erleichtert gewesen. Unendlich erleichtert sogar. Aber es war ihr unheimlich, dass dieser Junge das sofort bemerkt hatte.

»Später beim Test hat sich mein Verdacht noch verstärkt.«

Natürlich. Die Sache, die Sorry keine Ruhe ließ. »Das Pendel hat dir angezeigt, dass ich dir glaube, oder?«

Ben lachte. »Ja, es hat dich und Arkana angezeigt. Obwohl du dich innerlich sehr dagegen gewehrt hast.«

»Das kannst du sehen?«

Ben hob sein goldenes Pendel an der feinen Kette vor ihre Augen. Es schwang leicht hin und her. »Was das Pendel anzeigt, ist leicht zu sehen. Doch nur Nekromanten können auch die Zwischentöne erkennen. Wie stark das Pendel schwingt, zeigt dir oft viel mehr als die Buchstaben, die es auswählt.«

Sorry folgte dem Pendel mit den Augen. In seiner glänzenden Oberfläche spiegelte sich ihr Gesicht verzerrt. »Warum hast du meinen Namen nicht gesagt?«

Ben ließ das Pendel sinken. »Zuerst wollte ich das. Aber wie gesagt – eigentlich wolltest du mir nicht glauben. Als ich gesehen habe, wie verzweifelt du warst, wusste ich, dass es dir wirklich wichtig war, dass ich es nicht sage. Und jemanden, der genauso große Angst hat wie ich, konnte ich nicht bloßstellen.«

»Du und Angst?« Der Gedanke kam Sorry so lächerlich vor, dass sie auflachte. Ben lachte nicht, und sie verstummte.

»Natürlich! Mir war schon klar, dass ihr mich nicht freundlich aufnehmt. Und wenn mein Plan nicht funktioniert hätte, wäre alles verloren gewesen.« Seine Stimme hörte sich plötzlich rau an.

Sorry wurde klar, dass Ben, egal wie selbstbewusst er sich gab, ein zwölfjähriger Waisenjunge mit einer verhassten Fähigkeit blieb.

»Und warum bist du an die Fortuna gekommen?«

Er betrachtete das Pendel in seiner Hand. »Ich habe viele Jahre bei einem Mann gewohnt, der mich nicht besonders gut behandelt hat. Das Einzige, was ich wollte, war, von ihm wegzukommen. Irgendwann habe ich in seinen Sachen dieses Pendel entdeckt. Keine Ahnung, woher er es hatte, aber es überraschte mich nicht sonderlich, es bei ihm zu finden. Er liebt Dinge, die verboten und ein wenig gefährlich sind. So entdeckte ich meine Gabe. Zuerst hatte ich riesige Angst davor. Selbst als Nichtseher weiß man ja, was für furchtbare Dinge die Nekromanten getan haben, und jetzt sollte ausgerechnet ich einer sein? Ich wusste, dass ich dem Mann, bei dem ich wohnte, nichts davon erzählen durfte. Wer weiß, was er dann getan hätte, um sich meine Gabe zunutze zu machen. Doch schließlich erkannte ich, dass an der Gabe der Nekromantie an sich nichts Schlimmes war. Denn jetzt war ICH ein Nekromant und ganz bestimmt nicht böse. Es war meine Chance zu entkommen. Wenn ich es an die Akademie Fortuna schaffen würde, wäre ich endlich aus diesem Haus raus und hätte die Chance, mehr über meine Gabe und die Wahrsagerwelt zu erfahren. Alles, was ich wusste, kannte ich nur aus Büchern oder von Wahrsagern, die in meiner Heimatstadt arbeiteten. Und die erzählen ja sicher nicht alles. Ich wusste, dass es nicht leicht werden würde, an die Akademie zu kommen. Vor allem aber durfte ich nicht auf die Leute hören, die Nekromanten von vornherein für böse hielten. Denn ich wusste es besser. Ich bin der lebende Beweis.«

Er grinste. »Außerdem gab es damals nicht nur Nevil Chievous, sondern auch andere Nekromanten, die Großes vollbrachten und niemandem schaden wollten. Ghastly Skull zum Beispiel, die mit ihrem Hexenbrett Leuten in Armenhäusern die Zukunft zeigte. Roman LeVerre, ein Gläserrücker, der den Mord an einem großen Kaiser verhindert hatte. Oder Goldie Chievous, die mit ihrem Pendel so schnell wie niemand sonst hellsehen konnte. Auch, wenn hier immer noch unser Banner hängt, ist all diesen Menschen, von denen ich abstamme, in der Akademie kein Gemälde und keine Skulptur gewidmet. Niemand erinnert sich an sie. Nur wegen EINES furchtbaren Nekromanten.«

Das war Sorry nie in den Sinn gekommen. Natürlich waren damals nicht alle Nekromanten gleich gewesen. Auch jetzt vertraten nicht alle Wahrsager einer Familie immer dieselbe Meinung oder eine Haltung, manche waren sogar völlig zerstritten.

Er räusperte sich. »Du und ich, wir beide tragen eine viel größere Last als die anderen Wahrsager hier«, fuhr Ben fort. »Wir sind nicht so, wie sie uns haben wollen. Deshalb habe ich gehofft, dass du mich verstehst.«

Sorrys Gedanken wirbelten durcheinander. Ben war viel Unrecht widerfahren, und sie verstand gar nicht mehr, warum sie Angst vor ihm gehabt hatte. Ihr war klar, dass sie die erste Person war, der er seine Geschichte erzählte. Und ja, sie waren sich sehr ähnlich, viel zu ähnlich. Aber das durfte einfach nicht sein. Schon gar nicht nach Merrys Vision.

»Wahrscheinlich bist du doch kein so übler Typ, nur weil du ein Nekromant bist«, sagte sie langsam.

Er grinste. »Sag ich doch.«

Auch wenn sie nichts lieber getan hätte, als zurückzulächeln, schüttelte sie nur den Kopf. »Aber es gibt einen großen Unterschied zwischen uns. Ich bin Teil einer großen, angesehenen Wahrsagerfamilie. Alles, was ich tue, fällt auf sie zurück. Und deshalb kann ich nicht mit dir befreundet sein. Nicht jetzt.«

»Ist das dein Ernst? Du willst wirklich alles tun, um deiner Familie zu gefallen, die deine Gabe nicht mal wertschätzt!«

Sorry sprang auf und marschierte an ihm vorbei die Treppe hinunter. »Das verstehst du nicht!«

»Ach, nur weil ich keine Wahrsagerfamilie habe?«

Sie blieb stehen. Ja, genau das dachte sie. Und sie schämte sich dafür.

»Wow«, hauchte er. Sie hatte ihn nicht verletzen wollen. Aber sie konnte es nun einmal nicht ändern. So waren die Regeln der Wahrsager, und sie musste mitspielen. Um ihre Familie zu schützen.

Ohne zurückzusehen ging sie den Flur hinunter, und diesmal folgte Ben ihr nicht. In ihrem Kopf kreisten die Gedanken, und sie achtete nicht darauf, wohin sie ging. Als nach einer Weile der Pausengong ertönte und die Schüler aus den Klassenräumen strömten, merkte sie, dass sie sich im ersten Stockwerk in der Nähe der Haupttreppe befand. Jetzt kam Merry aus einem kleinen Seitengang und steuerte, ohne ihre kleine Schwester zu bemerken, auf die Treppe zu. Sorry wollte nach ihr rufen, als sich ihr Blick vernebelte.

Sie sah, wie Merry die erste Stufe der von kleinen Fortuna-Figuren gesäumten Treppe betrat, als plötzlich eine Person aus dem Gang Sorry gegenüber hervorschoss. Sie hatte die Kapuze ihrer schwarzen Jacke so tief hinuntergezogen, dass Sorry das Gesicht nicht erkennen konnte. Die Person rannte direkt auf Merry zu und gab ihr von hinten einen Stoß. Merry verlor den Halt.

Sorrys Blick klarte wieder auf, und ihre Hände waren schweißnass. Jemand würde Merry die höchste Treppe der Akademie herunterschubsen, und Sorry konnte nichts daran ändern. Aber sie konnte beeinflussen, wie Merry fiel! Das war ja kein Teil ihrer Vision gewesen. Sie rannte auf ihre Schwester zu und drängte dabei eine Reihe von laut protestierenden Schülern beiseite. Im Augenwinkel sah Sorry bereits die Person mit der schwarzen Kapuzenjacke auf ihre Schwester zuhechten. Verdammt! Sie war schneller als Sorry. »Merry! Pass auf!«, brüllte Sorry so laut, wie sie nie zuvor gebrüllt hatte. Merry drehte sich überrascht um. Dann schien alles wie in Zeitlupe abzulaufen. Schon war die Person bei Merry und schubste sie. Sie taumelte. Ihre Augen weiteten sich vor Entsetzen, als sie das Gleichgewicht verlor. Sie schrie. Und dann fiel sie.

»Merry!«

Einige Schüler rannten die Treppe hinunter. Als Sorry oben am Treppenabsatz ankam, hatte sich am Fuß der Treppe bereits eine Traube um ihre Schwester gebildet. Ihr Wimmern drang bis zu Sorry herauf. Lehrer kamen herbeigerannt. Sorry war wie gelähmt. Langsam wandte sie den Kopf und sah die Person in der schwarzen Kapuzenjacke in einem Seitengang verschwinden.

Schnell rannte Sorry hinterher und schrie ihr nach, anzuhalten. Doch die Gestalt dachte nicht daran und war plötzlich inmitten all der Schüler spurlos verschwunden. Aber Sorry war ihr nah genug gekommen, um zu bemerken, dass die schwarze Jacke mit goldenen Stickereien verziert gewesen war. Mit den gleichen goldenen Verzierungen wie Bens Jacke.

Sorry saß auf der Haupttreppe und starrte auf die Stelle, wo Merry gelegen hatte, bevor sie ins Krankenhaus gefahren worden war. Die Ärzte vermuteten, dass sie sich das Bein gebrochen und eine Gehirnerschütterung zugezogen hatte. Die Halle war leer. Nur Sorry konnte sich nicht überwinden, wieder in die Klasse zu gehen. Hatte Ben Merry gestoßen, weil sie ihn verärgert hatte? War es ihre Schuld gewesen? Sorry drehte sich der Magen um. Merrys Prophezeiung. Das Pendel, das vor der Fortuna auf ein Auge niederging.

Wie aus dem Nichts erschien plötzlich ein orangefarbener Wirbelwind neben Sorry und drückte sie an sich. »Es tut mir so leid!« Sorry wollte sich aus Missys Klammergriff befreien. Aber als das Mädchen sie auch nach mehreren Minuten nicht losließ, war es, als würde diese Umarmung Sorrys Tränen befreien. Sie drückte ihren Kopf an Missys Schulter. »Ich konnte nichts tun«, schluchzte sie. »Obwohl ich es vorhergesehen habe. Wie sollen meine Visionen hilfreich sein, wenn ich so was nicht verhindern kann?«

Missy strich ihr über den Kopf. »Es ist nicht deine Schuld.«

Sorry löste sich aus Missys Armen und wischte sich über das Gesicht. »Aber ich hätte irgendetwas tun müssen!«

Missy nahm einen Schraubenschlüssel aus ihrem Gürtel, steckte ihren rechten Finger in die Öffnung und ließ das Werkzeug kreisen. Offenbar fiel es ihr schwer, das zu sagen, was ihr auf dem Herzen lag. »Stimmt es, dass es der Nekromant war?«, platzte es schließlich aus ihr heraus.

Sorry wirbelte zu ihr herum. »Woher weißt du das?«

»Die Leute hier tuscheln ziemlich laut. Also – stimmt es?«

Sorry sah wieder die schwarze Kapuze mit den goldenen Verzierungen vor sich. »Wahrscheinlich.«

Missy sah sie so fragend an, dass ihre Augenbrauen unter der wie immer auf der Stirn sitzenden Schutzbrille verschwanden. »Aber du bist dir nicht sicher?«

Alles sprach dafür. Die Prophezeiung, die Jacke, der Streit. Trotzdem fühlte sich irgendetwas nicht richtig an. War Ben wirklich zu so etwas fähig?

Sie zuckte mit den Schultern. »Ich weiß nicht.«

Sie sah den immer heftiger wirbelnden Schraubenschlüssel an. »Du weißt doch, dass das nicht gut ausgeht.«

Missy stoppte den Schraubenschlüssel. »Wo du recht hast …« Sie steckte das Werkzeug wieder in den Gürtel. »Ich würde dir ja anbieten, mit zu mir zu kommen, aber ich glaube nicht, dass ich da um diese Uhrzeit auftauchen sollte.«

Sorry brauchte einen Moment, um zu verstehen, was Missy meinte. Das reale Leben schien gerade so weit weg. »Schwänzt du etwa gerade deinen ersten Schultag?«

Missy seufzte. »Ich war da und habe es für langweilig befunden, also …« Sie ließ ihre Finger wieder zum Schraubenschlüssel wandern, zog sie aber zurück, als sie Sorrys mahnenden Blick sah.

»Solltest du nicht bei deiner Familie sein?«

»Merry wollte nicht, dass jemand mit ins Krankenhaus kommt. Und meine Mutter sitzt gerade in ihrem Büro mit allen Oberhäuptern zusammen und bespricht, wie mit diesem Vorfall umgegangen werden soll.«

»Hätte das nicht warten können, bis es deiner Schwester besser geht?«

»Genau das hat meine Mutter auch gesagt. Aber die anderen haben auf diese Versammlung gedrängt.« Natürlich war es vor allem von Taurus Astra ausgegangen. Es sah ihm ähnlich, dass er selbst so eine schlimme Situation ausnutzte.

Missy verdrehte die Augen. »Wahrsager sind merkwürdig.«

Da konnte Sorry nur zustimmen. »Ich frage mich, was sie besprechen.«

»Warum belauschst du sie nicht einfach?«

Sorry sah sie an, als hätte Missy gerade vorgeschlagen, dass sie einen Elefanten heiraten sollte. »Und wie soll das gehen, ohne dass mich jemand dabei erwischt?«

Grinsend hielt Missy ihre Taschenlampe hoch. »Ich habe da so eine Idee.«

»Hier ist es«, flüsterte Missy und deutete auf eine Stelle an der dunklen Wand, die aussah wie alle anderen. »Woher weißt du das?« Sorry war es nach wie vor schleierhaft, wie Missy sich in diesen geheimen Gängen zurechtfand.

Ohne zu antworten, schob Missy eine Holzlatte beiseite. Ein Stück Stoff wurde sichtbar, durch das spärliches Licht in den dunklen Gang fiel. »Wir sind direkt hinter dem Gemälde von Fatema Fortune, deiner Urururvorfahrin«, flüsterte Missy. »Und du weißt ja sicher, wo es hängt: im Büro deiner Mutter. Sieh nur!«

Sorry trat an den Spalt. Der Stoff war dünn genug, dass man die Umrisse des Zimmers erkennen konnte. Die acht Wahrsager hatten sich um den großen Tisch in der Mitte des Büros versammelt. Sorry schaute zu Missy. Die grinste zufrieden und legte ihren rechten Zeigefinger auf die Lippen. Sorrys Herz klopfte bis zum Hals. Was passieren würde, wenn die acht größten Wahrsager der Welt sie beim Spionieren entdeckten, wollte sie sich lieber nicht ausmalen.

Euphoria saß am Kopfende, und eine Frau mit einer weiten grünen Robe und langen grauen Haaren hatte ihr beruhigend eine Hand auf die Schulter gelegt. Es war die Naturleserin Silka Chlore, die Sorrys Mutter immer als die einfühlsamste der Oberhäupter beschrieb. Vitali Mantik in akkuratem grauem Anzug mit ebenso akkuratem Bart schlug mit der Faust auf den Tisch. »Wie konnte es zu dieser abscheulichen Tat kommen?«

Der Traumdeuter Sigmund Night, ein beleibter Mann mit kleiner Brille, dessen dunkelblaue Robe eher an das Kostüm eines Herrschers aus vergangenen Zeiten als an einen modernen Wahrsager erinnerte, schreckte aus seinem Nickerchen auf. »Unglück! Verderben! Tod!« Alle starrten ihn an. Es war keine Seltenheit, dass der Traumdeuter schlief, immerhin konnte er nicht nur die Zukunft aus den Träumen anderer deuten, sondern sie auch in seinen eigenen sehen, weshalb ihn der Schlaf oft übermannte. Er rückte seine Brille zurecht. »Ich meine, sind wir denn sicher, dass es kein Unfall war?«

»Ich bitte dich!«, wies Euphoria ihn zurecht. »Es gab genug Zeugen, die gesehen haben, wie jemand in einer schwarzen Kapuzenjacke Merry geschubst hat.«

»Ich glaube auch, dass es ein absichtlicher Angriff war«, stimmte ihr Karo Pentacle zu. Die hochgewachsene, muskulöse Frau lehnte mit verschränkten Armen an der Wand. »Offensichtlich möchte jemand den Fortunes schaden.«

Die Wahrsager begannen zu murmeln.

»Ob das wirklich der Grund ist?« Die Stimme von Taurus Astra dröhnte so laut über die anderen hinweg, dass alle mit einem Mal verstummten und Sorry zurückzuckte. Er saß Euphoria gegenüber, sodass Sorry und Missy ihn nur von hinten sehen konnten. Seine Anschuldigung stand im Raum, und es dauerte eine Weile, bis Tinothy Lead, das Oberhaupt der Orakel, das Wort ergriff.

»Was willst du damit sagen, Taurus?« Obwohl er als einziger Wahrsager Pullover und Jeans trug, strahlte er Würde und Erhabenheit aus.

Der Sterndeuter stand auf und ließ sich Zeit, während er den Tisch umrundete. »Fassen wir die Situation zusammen: Die jüngere Fortune-Tochter hat, sagen wir mal, erhebliche Probleme mit ihren Visionen. In dem Moment, als das droht, für alle erkennbar zu werden, taucht ein Nekromant an der Akademie auf und lenkt die allgemeine Aufmerksamkeit auf sich – und ab von Anniversarys Unfähigkeit. Kurz darauf stößt jemand die arme Merry Fortune die Treppe hinunter. Ganz schön viele Zufälle, oder?« Er stand jetzt direkt neben Euphoria und sah herausfordernd auf sie herab.

Sorry spürte, wie ihre Knie weich wurden.

»Was willst du damit sagen, Taurus?« Euphorias Stimme bebte vor Wut, als sie aufsprang. »Dass ich meine Tochter habe die Treppe hinunterstoßen lassen?! Ich weiß, welche absurden Gerüchte die Runde machen. Dass ich Ben Dulum bewusst an die Akademie geholt hätte, damit wir, wenn der Junge sich unter meiner Leitung bewährt, trotz Sorrys Problemen gut dastehen, weil ich die neun Wahrsagerfamilien wieder vereint habe. Oder dass wir mit den Chievous' unter einer Decke stecken, um gemeinsam einen neuen Wahrsagekrieg heraufzubeschwören. Das ist doch alles Blödsinn!«

Neben Sorry pfiff Missy leise durch die Zähne. »Mit Wahrsagern ist ja echt nicht zu spaßen.«

Taurus lachte leise, und es klang so arrogant, dass Sorry vor Wut am liebsten durch das Gemälde gesprungen wäre.

»Ganz ruhig, Euphoria. Niemand hier behauptet, dass du deine Tochter hast schubsen lassen. Aber wenn du den Nekromanten-Jungen schon ansprichst: Es gibt tatsächlich ein paar Schüler, die den Täter gesehen haben. Ist es nicht so, Beryl?«

Die Aufmerksamkeit der Wahrsager richtete sich nun auf Beryl Glass. Die Kristalleserin war das jüngste Familienoberhaupt und starrte mit dunkler Miene auf den Tisch. »Ja, Obsidian Glass hat ihn gesehen, als er an ihm vorbeirannte. Er sagte, dass sich auf der schwarzen Jacke goldene

Verzierungen befanden. Genau wie auf der Jacke von Ben Dulum.«

Euphorias Hände begannen zu zittern. Ob ihr auch gerade Merrys Prophezeiung eingefallen war?

»Damit ist doch klar, dass Ben Dulum Merry geschubst hat«, fasste Karo zusammen.

»Dafür muss er von der Akademie verwiesen werden«, krächzte Vitali, und zustimmendes Gemurmel erklang.

Sorry schluckte. Es überraschte sie, wie sehr diese Worte sie trafen. Es war Ben so wichtig gewesen, an die Akademie zu kommen. Und jetzt sollte er ihre Schwester die Treppe hinuntergestoßen haben? Warum?

»Moment!«, warf Silka ein. »Diese Jacke könnte jeder angehabt haben. Wenn man sie mir bringt, kann ich herausfinden, ob wirklich Ben Dulum sie getragen hat.«

»Was meint sie denn damit?«, fragte Missy verwirrt, doch Sorry strahlte. Natürlich, warum war ihr diese Idee nicht vorher gekommen? »Silka Chlore kann anhand eines Kleidungsstücks seine Geschichte erkennen«, erklärte sie flüsternd. Missys Augen weiteten sich, als sie verstand. »Und so herausfinden, ob es wirklich Ben war, der deine Schwester geschubst hat. Genial!«

Auch die anderen Wahrsager schienen von der Möglichkeit angetan. »Eine gute Idee!«, rief Vitali. »Ich werde die Jacke sofort besorgen.« Schwungvoll stand er auf.

»Nicht so schnell, Vitali!« Taurus hielt ihn am Arm fest. »Was, wenn der Junge eine zweite, identische Jacke hat? Du würdest nichts sehen, Silka, und er wäre entlastet. Die Jacke allein reicht nicht als Beweismittel.«

Der Handleser nickte und sank zurück auf seinen Stuhl.

Euphoria schnaubte. »Du unterstellst diesem Jungen eine Menge kriminelle Energie.«

Ein Lächeln breitete sich auf dem Gesicht des Sterndeuters aus, und Sorry wurde klar, dass er nur auf diesen Moment hingearbeitet hatte. »Überleg doch mal. Jeder hat ihn in dieser Jacke gesehen. Wenn ich so eine Tat unerkannt begehen wollte, würde ich doch etwas Unauffälligeres tragen.« Jetzt sah er Euphoria direkt an. »Es sei denn, ich soll erkannt werden.«

Sorry schnappte nach Luft. Alle Köpfe drehten sich zu Euphoria, die Taurus fassungslos anstarrte.

»Behauptest du etwa, ich hätte den Jungen dazu angestiftet?!«

»Du hast es doch selber gesagt: Es gibt Gerüchte über euch und die Nekromanten. Was würde besser davon ablenken als ein Nekromant, der deiner Familie schadet?«

Sorry ballte die Fäuste so fest, dass ihre Fingernägel sich tief in die Handflächen bohrten. »Das ist nicht wahr!«, zischte sie.

»Das sind ungeheuerliche Anschuldigungen!«, warf Karo ein, und Silka nickte entschlossen. »Wir wissen doch noch gar nicht, ob Ben Dulum wirklich der Schuldige ist.«

Der Sterndeuter hob abwehrend die Hände. »Selbst, wenn mein Verdacht falsch und der Nekromanten-Junge unschuldig ist, ändert es nichts an der Tatsache, dass jemand gezielt eine Fortune angegriffen und verletzt hat. Schon allein, um ihre Familie nicht weiter in Gefahr zu bringen, wäre es das Beste, wenn Euphoria Fortune das Schulleiteramt niederlegt. Hiermit fordere ich offiziell eine erneute Prüfung, um das Amt möglichst schnell neu zu besetzen. Gleich nächste Woche.«

Es war totenstill im Raum.

»Wie bitte?« Euphorias Stimme war nicht mehr als ein Hauchen.

»Das ist lächerlich!«, entrüstete sich Tinothy.

Missy schnaubte. »Damit kann der doch nicht durchkommen! Das eine hat doch mit dem anderen nichts zu tun.« Sorry presste die Lippen aufeinander, um nicht loszuschreien.

»Ich fasse es nicht, Taurus, dass du diese Situation ausnutzt, um endlich Schulleiter zu werden. Meine Tochter hat nicht nur ein gebrochenes Bein, sondern auch eine Gehirnerschütterung, und du weißt, dass man mit solch einer Verletzung nicht wahrsagen und unmöglich so schnell an einer Prüfung teilnehmen kann«, zischte Euphoria. »Das hätte ich selbst dir nicht zugetraut.«

Sorry wurde schwindelig. Wenn die Prüfungen wirklich nächste Woche stattfanden, würde SIE, Sorry, die Fortunes repräsentieren müssen.

Trotz der Anschuldigung blieb Taurus ganz ruhig. »Wer sagt denn, dass ich gewinne? Es haben doch alle die gleiche Chance.«

»Wir sollten abstimmen!«, entschied Vitali. »Wer ist für eine erneute Prüfung?« Er hob die Hand. Dass Vitali dafür war, überraschte nicht. Er stand immer auf der Seite der Sterndeuter. Aber die anderen mussten doch erkennen, wie albern das alles war!

»Ich bin auch dafür«, sagte Beryl Glass, und dieser Satz traf Sorry tief. Die Kristallomantin sah Euphoria direkt in die Augen. War das Häme? Vielleicht hatte Sorry die Abneigung der Kristallleser gegenüber ihrer Familie doch unterschätzt, und dies war die beste Gelegenheit zurückzuschlagen.

Alle Augen richteten sich auf Sigmund Night, der neben Beryl saß und schon wieder eingenickt war. Sie stieß ihn an. Der Traumdeuter wachte auf. »Grauen! Vernichtung! Tod!«

Dann sah er sich um. »Was denn?«

»Bist du für eine Neuprüfung des Schulleiterpostens oder dagegen?«, wiederholte Vitali seine Frage.

»Oh!« Sigmunds Augen huschten nervös zwischen Taurus, Vitali und Beryl hin und her. Sorrys Herz klopfte schneller. Die Traumdeuter waren dafür bekannt, dass sie immer versuchten, sich selbst möglichst wenig Ärger einzuhandeln. Sein »Dafür!« war also keine Überraschung, schockierte Sorry aber trotzdem. Das konnte doch nicht wahr sein!

»Lächerlich! Ich bin dagegen«, schnaubte Karo.

»Ich auch«, stimmte Tinothy zu.

Nur noch eine Stimme fehlte. »Silka?«, fragte Taurus.

Die Naturleserin sah der Reihe nach jedes Oberhaupt an und studierte die Gesichter. Am längsten blieb ihr Blick an Euphoria hängen, die direkt neben ihr stand. Sorry erkannte etwas in Silkas Augen, was sie dort auf keinen Fall finden wollte – Zweifel. Schließlich seufzte die Naturleserin. »Auch, wenn ich Taurus' Verdacht nicht unterstütze, hat er recht damit, dass es aussieht, als habe es jemand auf dich abgesehen, Euphoria. Du brauchst nun wirklich Zeit, um dich um deine Familie zu kümmern. Deshalb stimme ich der erneuten Prüfung unter der Bedingung zu, dass Ben Dulum auf keinen Fall sofort der Akademie verwiesen wird. Die neue Schulleitung muss sorgfältig prüfen, wie weiter mit ihm verfahren wird.«

»Das sollte akzeptierbar sein«, sagte Taurus, und seine Stimme klang so eklig triumphal, dass Sorry sich am liebsten übergeben hätte.

Silka nahm einen tiefen Atemzug. »Gut, dann stimme ich dafür. Es wird neue Prüfungen geben.«

Sorry rutschte an der Wand des Geheimgangs zu Boden. Ihre Mutter würde das Schulleiteramt verlieren. Alles, wofür Merry und ihre Mutter sich immer eingesetzt hatten, war umsonst gewesen. Die Astras hatten gewonnen. Sie spürte, wie ihr die Tränen in die Augen stiegen. »Das darf doch nicht wahr sein«, keuchte sie. Missy hockte sich neben sie und strich ihr aufmunternd über den Arm. »Wir kriegen das schon irgendwie hin.« Doch sie klang nicht mehr so fröhlich und überzeugt wie sonst.

Draußen stürmte es. Dicke Regentropfen klatschten gegen die Fenster der Eingangshalle, und wenn sich die Tür öffnete, heulte der Wind.

»Glaubst du, er hat das Treffen nur einberufen, um die Prüfung so schnell wie möglich zu fordern?«, fragte Missy. Sie hatte auf dem ganzen Weg zurück geschwiegen. Sorry war der gleiche Gedanke gekommen.

»Mit Sicherheit. Er weiß ganz genau, dass jetzt alles von mir abhängt – und dass ich unmöglich gewinnen kann.«

Sorry hatte erwartet, dass Missy nun erneut beteuerte, wie toll ihre Gabe war. Doch ihre Freundin schwieg. Anscheinend hatte sie verstanden, dass die anderen Wahrsager davon nicht zu überzeugen waren.

»Sorry! Ich habe dich überall gesucht.« Die Stimme ließ ihr das Blut in den Adern gefrieren. Ben kam die Treppe heruntergelaufen, genau über die Stelle, wo Merry gelandet war. »Ich habe gehört, was passiert ist. Geht es dir gut?«

So mitfühlend, wie er klang und wie er sie ansah, hätte sie ihm seine Sorge fast abgenommen. Wäre da nicht die Jacke mit den goldenen Verzierungen gewesen. Ihr wurde

übel. »Dass du dich traust, mir unter die Augen zu treten!«
Sie drehte sich um und marschierte davon. In ihr wütete
ein Sturm, der schlimmer war als der vor der Tür und
der darauf drängte, aus ihr herauszubrechen. Aber nicht
hier!

»Sorry!« Sie hörte, wie Ben ihr nachlief, und beschleu-
nigte ihre Schritte.

»Lass sie in Ruhe, okay!«, brüllte Missy, und die laute
Stimme erschreckte Sorry. Das hätte sie von Missy nicht erwartet. Auch Ben schien für einen Moment überrascht, denn
er blieb stehen, während Missy nun neben Sorry lief.

Jetzt schien er zu verstehen. »Ihr glaubt doch nicht etwa,
dass ich das war?«

Einige Schüler in der Halle drehten sich erstaunt zu ihnen
um. Aufmerksamkeit war das Letzte, was Sorry jetzt gebrauchen konnte. Sie hatte den Ausgang fast erreicht. Bloß
schnell die Akademie hinter sich lassen und nach Hause. Bei
diesem Wetter würde sicher noch nicht mal Ben ihr folgen.
Sie stieß die Tür auf. Sofort schlugen ihr Regentropfen hart
ins Gesicht.

»Was für ein Mistwetter«, fluchte Missy und blieb stehen,
um in ihrer kleinen Gürteltasche herumzuwühlen.

Darauf konnte Sorry nicht warten. Sie rannte los. Missy
rief ihr etwas hinterher, doch es wurde vom Sturm verschluckt.

In kürzester Zeit waren ihre Klamotten durchweicht. Der
Wind zerzauste ihre Haare und wehte ihr die pitschnassen
Strähnen in die Augen. Sie hielt sich die Hand vors Gesicht,
um den Regen zumindest ein bisschen abzuwehren.

»Jetzt bleib doch stehen!« Konnte Ben denn wirklich gar nichts aufhalten? Sie hörte, wie seine Schritte durch die Pfützen platschten. Sie warf sich gegen den Wind, doch Ben war schneller. Gerade war sie am Brunnen der Fortuna angekommen, als er sie einholte und ihr die Hand auf die Schulter legte. »Ich war das nicht!«

Diese Berührung war genug, um den Sturm in ihr ausbrechen zu lassen. Sie wischte mit einem Ruck seine Hand von ihrer Schulter und fuhr herum. »Natürlich warst du das! Du hast ja nicht mal deine Jacke gewechselt!« Er starrte sie entsetzt an. »Sorry, das will mir jemand anhängen«, stammelte er.

Sie schnaubte. »Das kann jeder behaupten!«

Ben fuhr sich durch seine klatschnassen Haare. Er sah verzweifelt aus. »Warum sollte ich so was tun? Damit würde ich mir doch alles kaputtmachen!«

Sorry bekam eine Gänsehaut. Genau das hatte sie ja auch gedacht. Sie blies eine feuchte Haarsträhne weg. »Ich glaube eher, dass du mich vorhin angelogen hast, damit ich Mitleid mit dir habe! In Wahrheit bist du genauso bösartig wie alle Nekromanten.«

Das war furchtbar gemein. Aber gerade wollte sie nichts mehr, als dass er genauso verletzt war wie sie.

Ben starrte Sorry entgeistert an. Das Wasser tropfte aus seinen Haaren, aber es schien ihn nicht zu kümmern. »Und ich dachte, gerade du würdest verstehen, dass die Wahrsageart allein nichts über den Wahrsager aussagt.«

Natürlich würde er versuchen, ihr ein schlechtes Gewissen zu machen und ihre eigenen Probleme gegen sie zu wenden.

Das war so unfair! Sie drehte sich um und marschierte am Brunnen vorbei. Regen rann ihr die Wangen herab. Jedenfalls glaubte sie, dass es Regen war. Sie warf einen Blick zur Fortuna hinauf. Es sah aus, als würde die Statue sich im Wind wiegen. Doch das war Blödsinn. Fortuna hatte schon so viel überstanden, ein kleiner Sturm konnte ihr nichts anhaben.

»Sorry!«, hörte sie Ben wieder rufen, doch sie drehte sich nicht um. Bildete sie sich das ein oder hörte sie ein Ächzen? Eine heftige Windböe erwischte sie von vorne, sodass sie stehen bleiben musste. Ein Knacken ertönte.

»Pass auf! Das Pendel!« Ben klang panisch. Sorry blickte zur Statue. Wie in Zeitlupe sah sie, wie das riesige Pendel über ihr hin- und herschwang und wie sich in der Kette Risse bildeten.

Plötzlich wurde sie zur Seite gestoßen. Sorry fiel zu Boden. Dann stürzte das Pendel herab, zertrümmerte den äußeren Rand des Brunnenbeckens und bohrte sich dort in den Kies, wo sie gerade noch gestanden hatte.

Ben beugte sich über Sorry. »Alles in Ordnung?«

Sie brauchte eine Sekunde, um zu realisieren, was passiert war. Sie nickte. Er half ihr behutsam auf, doch sie war noch so benommen, dass sie sich nicht allein halten konnte und sich auf ihn stützen musste. Sorry schaute zum Pendel. Sie wollte gar nicht darüber nachdenken, was passiert wäre, hätte Ben sie nicht weggestoßen.

»Geht es euch gut?« Missy kam durch den Regen auf sie zugerannt. Sie war in ein Regencape gehüllt, das über und über mit bunten Punkten bedruckt war. Es sah so komisch aus, dass Sorry lächeln musste.

Missy musterte die Stelle, an der das Pendel abgebrochen war. »Es war nur eine Frage der Zeit, so wie diese Hand in den letzten Jahren vernachlässigt worden ist.« Sie drehte sich zu Sorry um. »Wie kann es sein, dass keiner von euch Wahrsagern so was vorhersieht? Man würde meinen, wenn das Pendel der Fortuna abbricht und fast die Tochter der Schulleiterin erschlägt, wäre das wichtig genug, oder?«

Missys Worte durchzuckten Sorry wie ein Blitz. Die Fortuna, das Pendel und sie. Eine Fortune. »Merrys Prophezeiung«, keuchte sie. »Sie hat nicht ihren Sturz vorhergesehen, sondern das hier.«

Ben und Missy tauschten einen verwirrten Blick. »Was für eine Prophezeiung?«, fragten sie wie aus einem Mund.

Sorry ließ Bens Arm los. Die Wut auf ihn war verflogen. »Merry hat vorhergesehen, dass ein Pendel auf ein pinkfarbenes Auge niedergeht. Nach dem Treppensturz dachte ich, sie hätte vorhergesehen, dass du, Ben, sie in der Akademie die Treppe hinunterschubst. Aber sie hat gesehen, wie mich das Pendel der Fortuna-Statue fast erschlägt.« Es war so absurd, dass sie lachen musste. »Das echte Pendel!«

Missy lachte ebenfalls. »Manchmal bedeutet eine Vision offensichtlich auch bei anderen Wahrsagern genau das, was man sieht.«

Sorry konnte nicht aufhören zu lachen. Sie wurde richtig geschüttelt. Eine große Last war von ihr abgefallen. Ben schaute skeptisch, als wäre er nicht mehr so sicher, ob Sorry sich nicht auch eine Gehirnerschütterung zugezogen hatte. »Und was bedeutet das jetzt?«

Sorry atmete tief durch, um sich zu beruhigen, und strich sich ein paar nasse Strähnen aus dem Gesicht. »Das bedeutet, dass du Merry nicht die Treppe heruntergestoßen hast.«

Ben schüttelte fassungslos den Kopf. »Das hab ich doch die ganze Zeit gesagt!« Er deutete auf seinen Rücken. »Meine Jacke hat noch nicht mal eine Kapuze!«

Er hatte recht. Warum war ihr das nicht aufgefallen? »Das heißt, jemand hat sich als du ausgegeben. Das war das

Hauptmotiv – dich zu belasten und nicht Merry etwas anzutun oder meine Familie zu bedrohen.« Sie holte tief Luft. »Es tut mir so leid, dass ich dich verdächtigt habe.«

Ben winkte ab. »Ach, schon gut.«

Doch Sorry wurde mit einem Mal klar, dass es das nicht war. »Nein! Alle glauben, dass du es warst. Sie werden dich von der Akademie schmeißen!«

Ben starrte sie an. »Bitte was? Wovon redest du?«

Bevor Sorry es erklären konnte, unterbrach Missy sie. »Wir werden dir alles erzählen, aber nicht hier.«

Der Fall des Pendels war nicht unentdeckt geblieben. Aus dem Schulgebäude strömten Schüler und Lehrer unter Schirmen herbei. Auch die Oberhäupter der Familien waren darunter – einfach zu erkennen an der jeweiligen Schirmfarbe.

»Vielleicht irgendwo, wo es warm ist?« Ben rieb sich über die nassen Arme. »Und trocken.« Sorry sah, dass seine Lippen langsam blau anliefen und zitterten. Auch sie selbst war ziemlich durchgefroren.

Ein Lächeln breitete sich auf Missys Gesicht aus. »Wer hat Lust auf Kakao?«

Missy musste ein kleines Donnerwetter über sich ergehen lassen, weil sie nicht in der Schule gewesen war. Aber als sie ihrer Mutter erzählt hatte, was passiert war, hatte diese die drei an den massiven Küchentisch bugsiert und darauf bestanden, ihre Klamotten zu trocknen.

Deshalb trug Sorry nun einen riesigen, von Hope gestrickten Pullover mit unzähligen Herzen und viel zu langen Ärmeln. Ben hatte sie, trotz lauter Proteste, eine Jogginghose und ein orangefarbenes Sweatshirt von Lucky aufgezwungen. Sorry musste sich das Lachen verkneifen, so komisch war der Anblick.

Ben war gar nicht zum Lachen zumute. »Was soll ich denn jetzt tun?«, fragte er ratlos, nachdem die Mädchen ihm alles erzählt hatten, und blickte in seinen Kakao, als würde er darin die Antwort finden. Allerdings wäre das eine Orakelfähigkeit.

»Du bist es nicht gewesen. Und deshalb können sie dich nicht von der Schule schmeißen«, versuchte Missy, ihn zu beruhigen.

Sorry beneidete Missy um ihren Optimismus. »Aber wir

können es nicht beweisen! Und wenn Taurus Astra Schulleiter wird, verweist er Ben trotzdem – ob er etwas mit dem Sturz zu tun hatte oder nicht.«

Ben sank immer weiter in sich zusammen. Es brach Sorry das Herz, ihn so verzweifelt zu sehen. Was würde mit ihm passieren, wenn er gehen musste?

»Wir müssen den wahren Täter finden.«

Sorry und Missy sahen Ben fragend an, der seine Tasse so fest umklammerte, dass Sorry befürchtete, sie könnte zerspringen. »Überlegt doch mal! Die Prüfung wurde angesetzt, weil man mich für den Täter hält. Weil vermutet wird, dass Sorrys Familie mich dazu angestiftet hat. Wenn wir herausfinden, wer mir das anhängen wollte, bin nicht nur ich entlastet, sondern auch Euphoria. Und dann gäbe es weder einen Grund für eine erneute Prüfung noch für meinen Schulverweis.«

»Das könnte funktionieren«, gab Sorry zu. »Und das Argument, dass meine Familie in Gefahr ist, wäre dann auch hinfällig. Aber wie sollen wir den wahren Täter finden?«

Missy schaute zwischen ihren Freunden hin und her und runzelte die Stirn. »Also, vielleicht bin ich ja ein bisschen naiv, aber: Ihr seid doch Wahrsager! Könnt ihr da nicht einfach mal gucken?«

Ben und Sorry sahen sich an. »Das ist nicht so einfach«, murmelte Sorry. »Sonst hätten die Familienoberhäupter es längst getan. Selbst Silka Chlore könnte ja mit Bens Jacke nur feststellen, dass dieses Kleidungsstück nicht an der Tat beteiligt war, aber nicht, ob es noch eine weitere Jacke gibt.«

Ben lehnte sich zurück und steckte die Hände in die Bauchtasche des Sweatshirts. »Genau. Ich kann auf eine bestimmte Frage einen Namen erpendeln, wie bei der Einschulung, aber auch nur, weil die Personen in irgendeiner Form eingegrenzt waren. Hier bräuchte ich zumindest einen Hinweis.« Er lächelte sein schelmisches Grinsen. »Und selbst dann weiß ich nicht, ob es klappt. Denn auch, wenn ich es ungern zugebe – ich bin ja nur ein Nekromant in Ausbildung.«

Es erleichterte Sorry, ihn lächeln zu sehen. Er hatte noch nicht aufgegeben.

Missy ließ den Kopf auf den Tisch sinken und stöhnte ausgiebig. »Könnt ihr denn sehen, ob unser Plan funktioniert?«

Wieder tauschten Sorry und Ben einen Blick, und diesmal war es Sorry fast peinlich, zu antworten. »Nein, können wir auch nicht.«

»Wieso nicht?«

Ben rührte in seiner Tasse. »Weil man nicht in seine eigene Zukunft gucken kann. Sonst würde das ja ständig jeder machen und nur danach handeln.«

Missy richtete sich abrupt auf und starrte die beiden durchdringend an. »Das kann niemand?«

Sorry schüttelte den Kopf.

»Und warum hast du dann gedacht, dass Merry ihren eigenen Treppensturz vorhergesehen hat?«

Sorry hätte fast ihre Tasse umgekippt. »Das ist eine sehr gute Frage«, gab sie zu. Sie rieb sich über die Stirn und lachte auf. »O Mann, ich bin so bescheuert. Das hätten wir so viel einfacher haben können.«

Missy schüttelte den Kopf und trank den letzten Rest Kakao. »Wahrsager«, murmelte sie gespielt abfällig.

Sie beschlossen, bis morgen weitere Ideen zu sammeln, wie sie den Täter stellen konnten.

Schließlich fragte Ben Hope nach seinen Klamotten.

»Die waren so schmutzig, dass ich sie in die Waschmaschine getan habe. Morgen früh sind sie bestimmt trocken.« Ihr Eifer war ihr sichtlich peinlich. Als Ben klar wurde, dass er in Luckys Klamotten zurück ins Wohnheim gehen musste, breitete sich eine interessante Mischung aus Verzweiflung und Wut auf seinem Gesicht aus. Missy klopfte ihm aufmunternd auf die Schulter. »Nicht rot werden, das beißt sich mit Orange!«

Sorry verabschiedete sich schnell, bevor ihr Lachanfall Ben noch wütender machen konnte.

Im Haus der Fortunes war es ungewöhnlich still. Auch wenn es für vier Personen und ein paar Bedienstete immer sehr groß war – so allein wie jetzt hatte Sorry sich noch nie gefühlt.

Sie stieg ins obere Stockwerk. Vor Merrys Zimmer blieb sie stehen. Sie atmete tief ein und öffnete die Tür. Die Leere des Zimmers schien sie fast zu erdrücken. Merrys Bett war fein säuberlich gemacht. Selbst bei solchen Dingen erbrachte ihre Schwester stets Bestleistungen.

Sorry setzte sich seufzend darauf. Diesmal konnte Merry nicht Schulbeste werden. Die Vision ihrer Mutter von vorhin hatte wohl doch etwas anderes bedeutet. Sie zupfte an der hellrosa Decke, als ihr plötzlich etwas einfiel. Ihre Mutter hatte gesehen, dass Merry oben auf einer Treppe stand und alle sie anstarrten. Dann war da ein Stern, der auftauchte und wieder verschwand. Sorry durchfuhr die Erkenntnis so plötzlich, dass sie sich in die Decke krallte. Was, wenn Euphoria den Treppensturz vorhergesehen hatte? Was, wenn der Stern für denjenigen stand, der Merry geschubst hatte? Für einen Sterndeuter! Ja, das ergab Sinn. Die Astras wussten von Sorrys unzureichenden Kräften, und Taurus wollte Schulleiter werden. Also inszenierten sie eine Tat, die sie Ben in die Schuhe schoben. So würden sie den störenden Nekromanten loswerden und die Fortunes in ein schlechtes Licht rücken. Außerdem räumten sie Merry aus dem Weg, damit sie ihnen bei der dann geforderten Prüfung nicht wieder einen Strich durch die Schulleiterrechnung machen könnte. In Sorrys Kopf fügte sich ein Puzzleteil zum anderen. Es war so offensichtlich!

Sorry stürmte aus dem Zimmer.

Als Ben seine Zimmertür öffnete, trug er wieder eins seiner eigenen Shirts. Seine Haare waren nass, wahrscheinlich hatte er heiß geduscht. Er musterte Sorry skeptisch.

»Hast du mich schon vermisst?«

Sie ignorierte seinen Kommentar und stürmte einfach an ihm vorbei ins Zimmer. Es war klein und schlicht eingerichtet. An der rechten Wand standen ein Bett und ein Kleiderschrank, direkt vor dem großen Fenster zum Hof, der Zimmertür genau gegenüber, ein Schreibtisch, auf dem sich Bücher und Papiere in mehreren Haufen stapelten. Aufräumen war anscheinend nicht Bens Stärke. Eine kleinere, angelehnte Tür an der linken Wand führte ins Bad, aus dem ein wenig Dampf kam. Auf dem schwarzen Sofa gleich links neben der Zimmertür lag Luckys Sweatshirt.

Sorry bemerkte, dass die Holzdielen mit einer großen Kreidezeichnung bedeckt waren – ein Pendelkreis. Sie deutete darauf. »Wissen die, dass du den Fußboden verschandelst?«

Ben verdrehte die Augen und zeigte auf einen zusammengerollten Teppich. »Nein, ich hab auch nicht mit Besuch gerechnet.« Er hob den Teppich hoch, doch Sorry hielt ihn zurück. »Ich glaube, ich weiß, wer es war.«

Ben ließ den Teppich fallen, der mit einem dumpfen Geräusch auf dem Boden landete. »Was?«

Als Sorry ihm von ihrem Verdacht erzählt hatte, setzte Ben sich aufs Sofa und fuhr sich durch die Haare. »Das wäre wirklich skandalös. Aber zuzutrauen ist es ihnen sofort.«

Sorry nickte. Jetzt, wo sie ihren Verdacht ausgesprochen hatte, war sie noch mehr davon überzeugt, dass es so gewesen sein musste. »Schränkt das den Verdächtigenkreis genug ein, damit du herausfinden kannst, ob es stimmt und wie wir es beweisen können?«

»Wir können es zumindest versuchen.« Er zog das Pendel aus der Tasche und stellte sich an den Kreis. Sorry hockte sich auf das Sofa, um Ben den Raum zu geben, den er brauchte.

»Sind die Astras für Merrys Sturz verantwortlich?«, fragte er laut. Sorry hielt den Atem an. Ohne zu zögern, schwang das Pendel auf JA. Auch wenn Sorry es erwartet hatte, fühlte sie sich, als würde ihr etwas die Luft abschnüren.

»Was willst du noch wissen?«, fragte Ben. Obwohl er versuchte, gelassen zu bleiben, war das Zittern in seiner Stimme nicht zu überhören. Offenbar hatte die Nachricht ihn genauso erschüttert wie sie.

Sorrys Mund war trocken, dennoch fragte sie weiter. Wollten sie Ben die Schuld geben? Wollte Taurus auf diese Weise Schulleiter werden? Hatte er deshalb die Prüfung einberufen? Obwohl sie die Antworten kannte, versetzte ihr jedes JA einen Schlag in die Magengrube.

Wieder sah Ben sie fragend an. Sie schüttelte den Kopf. Sie hatte alles, was sie wissen wollte. Er schluckte und fuhr sich mit der Zunge über die Lippen. »Hat Estrella Merry die Treppe heruntergeschubst?«

Das Pendel sauste pfeifend durch die Luft. JA.

Sorrys Kopf war wie leer gefegt. »Das darf nicht wahr sein.« Sie hätte Estrella alles Mögliche zugetraut, aber nicht das. Deshalb hatte Taurus auch so sehr darauf beharrt, dass Silka Chlore Bens Jacke nicht überprüfte. Er hatte gewusst, dass sie daran nichts finden würde.

Ben starrte auf das Pendel, das langsam zur Ruhe kam. »Pendel lügen nicht.« Er war genauso fassungslos wie sie.

Sorry versuchte, einen klaren Gedanken zu fassen. »Wie können wir es bloß beweisen?«

Er richtete seinen Blick wieder auf das Pendel, das erneut zu kreisen begann, diesmal allerdings auf einzelne Buchstaben zeigte. Ben verfolgte seinen Weg, doch der Sinn der gebildeten Worte schien sich ihm nicht zu erschließen.

»Versteckt«, murmelte er. »Astra, nein, Astrologie. Und Gemälde.« Schließlich seufzte er und holte das Pendel wieder ein. »Tut mir leid, ich hab keine Ahnung, was das heißen soll.« Der Schweiß stand ihm auf der Stirn.

»Schon gut«, sagte Sorry sanft. Wahrscheinlich war es zu viel verlangt gewesen, dass er auch die Beweise fand. Wahrsagen war eben nicht so einfach.

Er lächelte sie an. »Vielleicht kannst du ja in einer Vision etwas sehen, was sie überführt? Die sind auf jeden Fall konkreter als meine Vorhersagen.«

Sorry schnaubte. »Du weißt genau, dass ich nur Dinge

sehen kann, die gleich und direkt in meiner Nähe passieren. Ich bin also keine große Hilfe.«

Er nickte gedankenverloren. »Wahrscheinlich hast du recht.« Doch plötzlich hielt er inne. »Es sei denn ...« Er marschierte zum Schreibtisch und wühlte in einer Schublade herum. Dann zog er triumphierend drei Tafeln Schokolade hervor. Kürbis-Karamell. Bergkäse-Zartbitter. Nougat-Chili. Sorry fragte sich, wer so ein Verbrechen an Schokolade beging.

»Glaubst du, es hilft mir, wenn ich mich vor Ekel übergeben muss?«

Ben schüttelte beleidigt den Kopf. »Die sind nicht für dich. Da wären sie offensichtlich verschwendet.«

»Und für wen sind sie dann?«

»Wirst du gleich sehen!« Schon marschierte er aus dem Zimmer, und Sorry sprang auf, um ihm zu folgen.

Er klopfte an die Nachbartür. »Ich bin's, Ben!«

Die Tür öffnete sich einen Spalt und gab den Blick frei auf zwei dunkle Augen und wellige schwarze Haare.

»Crystal!«, entfuhr es Sorry überrascht.

Crystal sah von Ben zu ihr und verengte fragend die Augen.

Ben hielt eine Tafel Schokolade hoch. »Ich muss dich um einen Gefallen bitten.«

Crystals Züge schienen sich ein bisschen zu entspannen, und sie öffnete die Tür ein wenig weiter. Sorry spähte in das Zimmer. Es sah ganz anders aus als Bens. Die schweren dunklen Vorhänge waren zugezogen und ihre Möbel waren sicher nicht von der Akademie gestellt. Die Wände waren komplett mit Regalen zugebaut und wo sich darin keine Bücher befanden, standen Pflanzen. Auf einem Tisch in der Mitte des Raumes brannten Kerzen.

Crystal nahm Ben die Schokolade ab, riss die Verpackung auf und biss beherzt hinein. Sorry schüttelte sich. Nougat-Chili.

»Was denn?«, fragte Crystal.

»Sorry muss ganz dringend etwas vorhersehen, aber es ist ein bisschen kompliziert. Würdest du ihr deine Kristallkugel für einen Moment leihen?«

Crystal hörte auf zu kauen, und Sorry fiel die Kinnlade runter.

»Was?!«, fragten die beiden Mädchen einstimmig.

»Ben, was soll das?«, empörte Sorry sich. »Ich werde nicht mit einer Kristallkugel hellsehen!«

»Stimmt, dazu bist du dir ja zu fein«, erwiderte Crystal schnippisch.

»Das habe ich nicht gesagt!«

»Musst du auch nicht. Ich gebe sie dir eh nicht.«

Ben stöhnte auf. »Könnt ihr nicht beide einmal über euren blöden Schatten springen? Hätte ich gewusst, dass Wahrsagen hauptsächlich aus Streit darüber besteht, welche Methode am besten ist, wäre ich auf der normalen Schule geblieben.«

Sorry und Crystal runzelten die Stirn.

Dann wandte Ben sich an Sorry. »Ich verstehe, dass du deine Familie stolz machen und eine richtige Visionistin sein willst. Aber deine Mutter ist nicht hier. Und das Wichtigste ist momentan diese Vorhersage. Wenn dir eine Kristallkugel dabei hilft, dann nimm sie.«

Das saß. Es ging hier nicht um das, was ihre Mutter dachte, sondern darum, dass sie möglichst gut wahrsagte. Wie Missy gesagt hatte. Am Ende zählte, dass die Vorhersage half, und nicht, wie man sie hervorgerufen hatte. Sorry nickte.

Jetzt wandte Ben sich an Crystal. »Ich weiß, dass du auf Sorrys Familie nicht gut zu sprechen bist. Aber wir sind Wahrsager und müssen zusammenhalten. Deshalb brauchen wir deine Hilfe!« Er hielt die beiden anderen Schokoladen hoch. »Außerdem kriegst du noch die hier.«

Crystal schaute von der Schokolade zu Sorry und dann zu Ben. Sie verschränkte die Arme. »Warum kann ich nicht einfach die Vorhersage machen?«

»Weil es noch ein Geheimnis ist.«

»Hm.« Crystal schien nicht begeistert.

Ben zögerte, aber dann verriet er: »Eventuell können wir Estrella eins auswischen.«

»Sag das doch gleich!« Crystal schnappte sich die Schokolade.

Sie bemerkte Sorrys verblüfften Blick. »Was Estrella über dich gesagt hat, war ziemlich fies. Es tut mir leid, dass ich ihr die Sachen erzählt habe, die du gesagt hast. Wenn du ihr eins reinwürgen willst – ich bin dabei.« Sie verschwand in ihrem Zimmer und kehrte kurz darauf mit der Kristallkugeltasche zurück. »Aber wehe, du machst auch nur einen Kratzer rein«, ermahnte sie Sorry, als sie ihr die Tasche übergab. Sie wandte sich an Ben. »Und nächstes Mal will ich Thymian-Mandel! Das ist die beste Sorte.« Dann schlug sie ihnen die Tür vor der Nase zu, ohne sich zu verabschieden.

Ben lächelte. »Das war doch gar nicht so schwer.«

Sorry wog die Tasche in der Hand. Sie war leichter als gedacht. »Kristallkugellesen also. Woher wusstest du, dass Crystal auf solche Schokolade steht?«

Ben lachte, während er seine Zimmertür öffnete. »Weißt du, wenn man nebeneinander wohnt, läuft man sich zwangsweise über den Weg. Und findet so einiges heraus. Zum Beispiel auch, dass Crystal eigentlich ziemlich nett ist – nur sehr, sehr schüchtern.«

Schüchtern also. Na, wenn Ben das sagte.

Sorry saß in der Mitte des Teppichs und hatte die Kristallkugel vor sich auf ein Kissen gelegt. Sie war bis auf die Verzierungen perfekt glatt. Sorrys Herz pochte wild. Sie hatte noch nie mit einer Kristallkugel gearbeitet. Was, wenn es nicht funktionierte? Und was, wenn doch? Sie wusste nicht, was ihr mehr Angst machte. Sorry starrte in die Kugel. Es sah aus, als würde das Zimmer gar nicht existieren, und erinnerte sie daran, wie sie einmal zwischen zwei Spiegeln gestanden hatte, die sich bis ins Unendliche reflektierten. Wie sollte sie damit eine Vision hervorrufen? Sie hätte Crystal fragen sollen.

»Und? Funktioniert es?«, fragte Ben und rutschte an den vorderen Rand des Sofas.

Sorry warf ihm einen bösen Blick zu. »Sieht es so aus?«

Er ließ sich nach hinten fallen. »Ich hab ja nur gefragt.«

Sorry schloss die Augen. Einatmen, ausatmen. Sie rief sich Estrellas weiße Brille, die hellen Haare und das hochnäsige Lachen in Erinnerung. Das Klimpern ihrer Teleskop-Ohrringe und ihre stechenden grauen Augen. Ben hustete und rutschte auf dem Sofa herum.

Sie öffnete die Augen und fuhr herum. »Wenn du so einen Lärm machst, kann ich mich nicht konzentrieren!«

»Viel ruhiger kann ich nicht sein!«, meckerte er zurück.

Sie holte tief Luft und dachte wieder an Estrella. Als Sorry ein klares Bild von ihr vor Augen hatte, blickte sie in die Kugel. Zuerst passierte nichts. Doch dann brach sich das Licht, das durch die Fenster ins Zimmer fiel, in der Kugel, und Reflektionen sammelten sich darin. Je länger sie darauf starrte, desto mehr verschwamm alles außerhalb der Kugel, als gäbe es nichts anderes mehr auf der Welt.

Darin erschienen nun Muster, unscharf, wie von einem Schleier verdeckt. Aber plötzlich verschwand das wilde Chaos, als wäre der Rauch abgezogen. Gestochen scharf sah Sorry, wie Estrella mit Chiara durch einen Gang in der Akademie spazierte. Sorry hörte ihren eigenen Herzschlag, ihr Atmen – und ein Lachen. Ein Lachen? Tatsächlich! Sie hörte Estrella lachen. Es funktionierte.

Die beiden unterhielten sich. Sorry hörte einige Momente zu, wartete, dass Estrella etwas über die Pläne ihrer Familie erzählte. Aber es ging die ganze Zeit nur um die Hausaufgaben. Das wollte sie doch gar nicht sehen! Da die Vision nicht verschwand, hob sie die Hand, wie sie es auch tat, wenn sie ihre Visionen fortwischen wollte. Die Bewegung fühlte sich nach der langen Starre seltsam an. Die Bilder in der Kugel verschwammen, als hätte sie die Farben, mit denen sie gemalt waren, mit einem Pinsel verrührt.

Sorry hielt inne, und auch das Bild verharrte. Sie bewegte die Hand erneut – und auch in das Bild kam Bewegung. Es sah merkwürdig aus. Sonst lösten sich die Visionen eher in Nebel auf. Dann ließ sie ihre Hand kreisen, als würde sie etwas umrühren, und das Bild in der Kugel verwandelte sich in einen wilden Strudel. Als Sorry ihre Hand zur Ruhe kommen ließ, sah sie Estrella im Unterricht für Allgemeinwissen stehen.

Sorry konnte es nicht fassen. Sie war in eine andere Vision gesprungen, als hätte sie von einem ins andere Fernsehprogramm geschaltet. Das beherrschten nur fortgeschrittene Visionisten. Soweit Sorry wusste, konnte das nicht einmal Merry. Und sie, Sorry, hatte es vollbracht, einfach nur, weil sie eine Kristallkugel benutzte. Sie spürte, wie sich in ihrem Bauch Wut auf ihre Mutter sammelte. Sie hätte schon seit Langem so viel besser hellsehen können, wenn Euphoria ihr eine Kristallkugel erlaubt hätte!

Estrella stand jetzt vor Herrn Meier, im Hintergrund waren die anderen Schüler zu sehen. Sie zog ihre Sitzplatznummer aus dem Beutel. Eine Vision von etwas, was bereits geschehen war! Sorry wäre am liebsten aufgesprungen und hätte laut gejubelt – sie konnte in die Vergangenheit blicken! Die Freude verflog jedoch schnell – die Vision würde ihr nicht weiterhelfen. Sie wischte das Bild wieder weg und sah nun einen Raum, auf dessen gläserne Decke Teleskope gerichtet waren. Die Wände hingen voller Sternkarten. Estrella lag auf einem riesigen Himmelbett und las. Das musste ihr Zimmer sein. Warum sah Sorry denn nichts zu der Verschwörung der Astras? Zum Beispiel ein Gespräch zwischen Estrella und ihrem Vater.

Sorry wischte auch dieses Bild weg. Die nächste Vision zeigte die Konferenz der Schulleiter, die sie mit Missy beobachtet hatte. Gerade forderte Taurus Beryl auf zu erzählen, dass ein Kristallleser Ben beobachtet hatte. Wusste Crystal eigentlich, dass ihre Familie sich mit den Astras verbündete? Sicher nicht, sonst hätte sie ihr wohl nicht die Kugel überlassen. Sorry wischte weiter. Sie sah, wie Ben und Crystal in diesem Zimmer auf dem Boden saßen, zwischen sich eine Tafel widerlichste Schokolade und ein Schachbrett. Wann war das denn gewesen?! Sorry sah ein, dass ihre Konzentration nachließ. So hatte es keinen Sinn, nach weiteren Beweisen zu suchen. Sie ließ sich mit einem Seufzen nach hinten auf den Boden sinken. Ihre Augen brannten von der Anstrengung.

»Was hast du gesehen?« Ben hob den Kopf, den er auf dem Arm abgestützt hatte.

Sorry wandte ihm den Kopf zu. »Alles Mögliche, aber nicht das, was ich wollte.« Sie setzte sich auf. »Vielleicht gibt es gar keine Beweise.«

»Natürlich gibt es die!« Nicht einmal die Spur eines Zweifels war in seiner Stimme zu hören.

Sorry sah die Kugel an. Er hatte recht. Es gab nur eine andere Möglichkeit. »Vielleicht bin ich selbst mit einer Kristallkugel nicht gut genug.«

»Das glaube ich nicht.« Immer noch kein Zweifel in seiner Stimme. Doch er zögerte, offenbar war ihm ein Gedanke gekommen. »Die Kristallkugel funktioniert, also solltest du auch finden, was du suchst. Vielleicht brauchst du nur einen besseren Anhaltspunkt, auf den du dich konzentrierst.«

Sorry runzelte die Stirn. Vermutlich war das so, doch was nutzte ihr diese Erkenntnis? »Ich konnte Estrella ohne Probleme sehen. Also bräuchte ich etwas, was mit dieser Sache zu tun hat. Und das haben wir nicht.«

Ben stand auf. »Vielleicht doch.« Er schob seine Hand in die Tasche und zog das Pendel hervor.

Was hatte er vor?

»Ich kann nicht pendeln.«

Ben verdrehte die Augen. »Schon klar. Aber wir haben mit meinem Pendel die Bestätigung erhalten, dass wir mit unserem Verdacht richtigliegen. Wenn du es in der Hand hältst und dich darauf konzentrierst, was ich erpendelt habe, findest du den Beweis vielleicht.«

Es klang absolut verrückt – aber es könnte funktionieren. Sie nickte, und Ben ließ das Pendel in ihre Hand gleiten. Es war schwer und warm, wahrscheinlich, weil Ben es in seiner Tasche aufbewahrt hatte. Als Letztes ließ er den Metallring am oberen Ende der feinen Kette los, der speckig glänzte. Ben sah sie mit festem Blick an, als wollte er ein Versprechen von ihr. Es war sein kostbarster Besitz.

Sorry hielt das Pendel an der Kette hoch, sodass es frei in der Luft hing. Es fühlte sich ungewohnt an, es zu halten. Auch ein wenig verboten – immerhin war es ein Werkzeug der Nekromanten. Das Pendel schwang leicht hin und her, und sie spürte jede noch so sanfte Bewegung. Sie verstand, was Ben meinte, als er von der Feinheit der Vorhersagen erzählt hatte. Sie würde genau spüren, ob das Pendel sich kraftvoll oder zögerlich bewegte. Sorry konzentrierte sich wieder auf die Kugel und rief sich Bens Vorhersage in Erinnerung.

Sie dachte an Estrella und Taurus und daran, was sie getan hatten. Ben hatte sich hinter sie gesetzt und sie hörte sein Atmen. Es beruhigte sie.

Die Vision erschien schnell. Sie zeigte einen Raum mit der charakteristischen Holzverkleidung der Akademie Fortuna. Er war voller Teleskope. An den Wänden hingen neben Sternen- und Wetterkarten Gemälde von berühmten Sterndeutern. Das musste der Unterrichtsraum für Astrologie sein, vor dem sie Estrella am Morgen getroffen hatte. Durch die großen Fenster war zu sehen, dass es draußen stürmte. Ein Blitz zuckte und erhellte die Gesichter von Estrella und Taurus. Sie waren allein. Das Geschehen dieser Vision musste heute stattgefunden haben.

»Weißt du, ob sie schwer verletzt ist?«, hörte Sorry Estrella flüstern. Sie war blass, und ihr beherrschtes, überlegenes Lächeln war verschwunden.

Taurus' Miene war gefasst. »Merry wird wieder auf die Beine kommen. Aber sie wird nicht an der Prüfung teilnehmen können. Mein Plan funktioniert. Wir werden der Ära der Fortunes ein Ende setzen, und der Nekromanten-Junge wird der Akademie verwiesen.«

Sorry sah, wie Estrella an ihrem Rock nestelte. »Aber warum musste ich das machen? Was, wenn ihr etwas Schlimmeres passiert wäre?« Weinte Estrella etwa? Wenn ja, rührte das ihren Vater nicht, im Gegenteil: Er wurde wütend.

»Das schon wieder?«, dröhnte er, so scharf, dass Estrella zusammenzuckte. »Du bist eine Astra, verdammt! Du hast eine Pflicht zu erfüllen, und ich bin nicht nur dein Vater, sondern auch das Familienoberhaupt. Und du weißt genau, was passiert, wenn du mir nicht folgst. Denk an deinen Bruder!«

Estrella schluchzte. Dann nickte sie tapfer. Mit einem Mal hatte Sorry Mitleid. Die Strenge ihrer Mutter war nichts im Gegensatz zu der von Taurus! War er für das Verschwinden seines Sohnes verantwortlich? Weil der sich nicht an die Regeln der Astras gehalten hatte?

Sorry schob den Gedanken weg. Das war gerade nicht ihr Problem.

»Glaub mir, dies ist der einzige Weg! Sorrys Kräfte sind zu schwach. Jetzt können wir endlich gewinnen. Es ist für alle das Beste.«

Estrella sah auf. »Aber zu welchem Preis!« Mut hatte sie, das musste Sorry ihr lassen. Sie hätte sich nicht getraut, Taurus das zu sagen.

Dieser musterte seine Tochter abschätzig, und seine Stimme hatte etwas Drohendes, als er antwortete. »Horror's Cope ist die Hochburg des Wahrsagens. Hier leben die besten Wahrsager der Welt. Die Akademie Fortuna steht für höchste Qualität – und die Menschen glauben an die Wahrsagerei. Aber mit den Fortunes – und allen voran Sorry – sind wir auf dem besten Weg, unseren Ruf zu verlieren. Das dürfen wir nicht zulassen. Deshalb muss ich etwas tun. Sonst steht uns dasselbe Schicksal bevor wie all den schwächeren Wahrsagern, die nicht an die Akademie gehen: Wir werden in Telefonhotlines oder Wohnwagen auf Jahrmärkten sitzen und den Menschen vorhersagen, was sie am nächsten Tag kochen sollen. Willst du das?!«

Estrella schüttelte den Kopf. »Natürlich nicht.«

Taurus nickte bestimmt. »Siehst du! Diese Fortune-Sippe hat die Akademie Fortuna schon viel zu lange in ihrer Hand. Wir hätten sie hier niemals mit offenen Armen begrüßen dürfen. Nicht, nachdem sie die Nekromanten unterstützt haben. Wer die Schule leitet, herrscht indirekt auch über die Stadt. Und das sollten wir sein! Horror's Cope gehörte schon immer den Astrologen.«

Sorry bekam eine Gänsehaut. Herrscher über die Stadt. Das war es also. Mit dem Schulleiterposten war Taurus noch nicht am Ziel. Was würde er tun, wenn er erst einmal »herrschte«?

Taurus verengte die Augen, er schien sich an etwas zu erinnern.

»Hast du sie dabei?«

Estrella zögerte. Dann öffnete sie ihre Tasche und zog eine schwarze Jacke mit den goldenen Verzierungen heraus. Sorry schnappte nach Luft und merkte, wie auch Ben hinter ihr zusammenzuckte. »Was siehst...?«, fragte er, doch verstummte sogleich, als Sorry ihm bedeutete, still zu sein.

Estrella strich den Stoff glatt, so penibel, als wäre jede Falte ein Todesurteil. Sie sah Bens Jacke wirklich täuschend ähnlich. Bis auf die Kapuze. Sie reichte sie Taurus, und Sorry sah, wie ihre Hände zitterten. Er nahm die Jacke und ging zu dem Gemälde, auf dem der Sterndeuter Neptune Astra zu sehen war, gelehnt an einen kleinen Schrank. Taurus zog einen Schlüssel aus der Tasche und steckte ihn in das Gemälde, genau an der Stelle, wo sich das Schlüsselloch des Schränkchens befand. Zu Sorrys Überraschung schwang die

Tür auf. Sie beschloss, sich die Gemälde in der Akademie in Zukunft genauer anzugucken.

»Mithilfe dieser Jacke könnte Silka beweisen, dass wir für Merrys Sturz verantwortlich sind. Doch hier wird sie niemand finden, und jeder wird glauben, dass Ben Dulum sie gestoßen hat.«

»Und warum verbrennen wir sie nicht?«

Taurus legte die Jacke in den Schrank und hielt einen Moment inne. »Wer weiß, ob wir sie nicht noch einmal brauchen.« Die Art, wie er das sagte, jagte Sorry einen erneuten Schauer den Rücken hinunter.

Als der Sternendeuter die Tür mit einem Klicken verschloss, entspannte Estrella sich ein wenig, als wäre eine große Bürde von ihren Schultern genommen. »Glaubst du wirklich, dass Ben gefährlich ist?« Taurus überlegte, ob er ihr darauf eine Antwort geben sollte. »Wir können nicht vorsichtig genug sein«, sagte er schließlich. »Auch Nevil Chievous wurde unterschätzt, bis er Zwietracht säte und unzufriedene, schwächere Wahrsager um sich scharte. Ben Dulum hätte niemals aufgenommen werden dürfen.«

Taurus klopfte Estrella auf die Schulter. »Ich muss noch ein paar Dinge vorbereiten, bevor wir die Prüfung morgen offiziell ankündigen. Wir sehen uns zu Hause.«

Er wollte gerade gehen, als Estrella fragte: »Ist Ben wirklich ein Chievous?«

Taurus hielt inne, seine Miene war wie versteinert. »O ja. Ganz sicher.«

Kaum hatte er diese Worte gesagt, verschwamm die Vision, und die Kugel wurde wieder klar.

Sorry starrte sie fassungslos an. Warum hatte Taurus so sicher geklungen? Hatte er etwa einen Beweis?

»Und?«

Sie erschrak, als sie Bens Stimme hörte. Sie hatte ganz vergessen, dass er hinter ihr saß. Sie drehte sich um und nickte. Dann berichtete sie ihm in knappen Sätzen, was sie gesehen hatte. Nur den letzten Teil verschwieg sie ihm. Ben war fassungslos. »Was für ein furchtbarer Typ!«

Sorry nickte. »Das Gute ist, dass wir jetzt wissen, wie wir die Schuld der Astras beweisen können.« Sie gab Ben das Pendel zurück. »Wir müssen diese Jacke zu Silka Chlore bringen.«

Ben ließ nachdenklich das Pendel an der Kette hin- und herschwin-gen. »Das stimmt. Nur müssen wir erst mal an die Jacke heran-kommen.

Zum Astrologieraum haben nur die Sterndeuter Zutritt, und den Schlüssel zum Schrank im Gemälde hat Taurus. Wie sollen wir das anstellen?«

Sorry legte die Arme um ihre Knie. Verdammt! Ben hatte recht. Plötzlich bemerkte sie, wie das Pendel in Bens Hand zielgerichtet hin- und herschwang. Er selbst schien es nicht zu bemerken. »Ich glaube, dein Pendel hat eine Idee.«

Ben sah erst erstaunt zu Sorry und dann auf das Pendel. »Was zur Fortuna? Das habe ich ja noch nie erlebt!« Er stand auf und ging zum Kreidekreis, ohne den Blick vom Pendel zu lösen, das nun auf ein paar Buchstaben zeigte. Sorry und Ben sprachen sie gemeinsam. »M – I – S – S – Y.«

Natürlich! Für Missy würde es kein Problem sein, über die Geheimgänge in den Raum zu kommen. Und ein Schloss zu knacken, wäre für die Hausmeistertochter sicher auch ein Leichtes.

»Anscheinend gibt es auch beim Pendeln unkontrollierte Vorhersagen.« Ben steckte das Pendel in seine Tasche. »Wir sollten Missy gleich morgen fragen.« Er schielte zu dem orangefarbenen Sweatshirt. »Wenn ich mir meine Klamotten abhole.«

Sorry lachte. »Schade, dabei stand dir Orange so gut!«

Ben bedachte sie mit einem düsteren Blick. Dann hob er die Kristallkugel auf. »Ich bringe die mal zurück, bevor Crystal denkt, wir wollen sie behalten.«

Sorry fiel die Vision von vorhin wieder ein. »Stimmt – wäre echt blöd, wenn du dir deswegen eine neue Schachpartnerin suchen müsstest.«

Ben sah zur Kristallkugel, und ein leicht roter Schimmer bildete sich auf seinen Wangen. »Ich habe ein Monster erschaffen«, murmelte er, während er zur Tür hinaushuschte. Sorry war sich sicher, dass es ein Kompliment war.

Als Sorry nach Hause kam, saß ihre Mutter verloren an dem langen Glastisch, der besonderen Anlässen vorbehalten war. Etwa, wenn Verwandte von weit her zu Besuch kamen. Oder eben, wenn der Ruf der Familie mit einem Schlag zerstört wurde.

Euphoria starrte auf eine Glasschale, in der noch Puddingreste klebten. Wenn ihre Mutter Süßes aß, war die Lage ernst. Sie ließ einen silbernen Löffel gedankenverloren über die Innenseite der Schale gleiten, was ein schabendes Geräusch erzeugte.

»Weißt du, wie es Merry geht?«, fragte Sorry leise.

Ihre Mutter schien sie jetzt erst zu bemerken. »Hallo, Äuglein«, sagte sie und stoppte den Löffel. »Es geht ihr den Umständen entsprechend gut. Die Ärzte haben gesagt, dass sie morgen nach Hause kann. Aber sie wird eine Weile das Bett hüten müssen. Und Visionen sind wegen der Gehirnerschütterung erst mal nicht möglich.«

Sorry nickte.

»Wo warst du so lange?«, fragte ihre Mutter.

Was sollte Sorry sagen? Wenn sie »bei Freunden« antwortete, würde ihre Mutter fragen, welche das wären. Die Hausmeistertochter und der Nekromant, der anscheinend ihre Tochter die Treppe heruntergestoßen hatte, war wohl nicht das, was Euphoria jetzt hören wollte.

»Ich bin um den See gelaufen, um den Kopf ein wenig freizukriegen.« Natürlich wäre Sorry niemals auf die Idee gekommen, das zu tun. Aber sie erinnerte sich, dass ihre Mutter das jeden Tag getan hatte, als ihr Vater gestorben war.

Tatsächlich schien Euphoria ihr die Antwort abzunehmen. »Setz dich zu mir.« Sie deutete mit dem Löffel auf den Stuhl neben sich, und Sorry nahm Platz. Ihre Mutter klang müde, aber bestimmt.

»Es wird eine erneute Prüfung geben, um die Schulleiterfrage zu klären. Die anderen sorgen sich um unsere Sicherheit.« Sorry gelang es, so überrascht zu tun, dass Euphoria keinen Verdacht schöpfte. Dabei wäre sie am liebsten aufgesprungen und hätte ihr alles erzählt. Aber sie hielt sich zurück. Wenn sie es jetzt verriet, würde das ihren ganzen Plan zunichtemachen. Stattdessen lauschte sie weiter, während Euphoria Ben als wahrscheinlichen Täter benannte. Dabei tippte sie mit dem Löffel immer wieder auf die Schale, und das leise, rhythmische Klirren erfüllte den Raum. *Tak, tak, tak.* Es war beklemmend.

»Wird Ben der Akademie verwiesen?«, fragte Sorry.

Euphoria hielt sich den Löffel vor die Augen und zuckte mit den Schultern. »Wahrscheinlich. Allerdings ist das nicht mehr unser Problem, sondern das des nächsten Schulleiters.«

Sorrys Herz pochte schneller. »Aber wir haben die Prüfung doch noch gar nicht verloren!«

Der Blick ihrer Mutter war wie ein Stich in Sorrys Herz.

»Aber Äuglein. Merry wird nicht an der Prüfung teilnehmen, sondern du!«

Sorry hatte gedacht, auf alles vorbereitet zu sein. Aber diese hoffnungslosen Worte zogen ihr den Boden unter den Füßen weg. Ihre Mutter glaubte nicht an sie!

Sorrys Augen füllten sich mit Tränen. Ihre Kehle war wie zugeschnürt. »Es tut mir leid, dass ich so eine Enttäuschung für dich bin«, presste sie hervor und stand auf. »Und jetzt entschuldige mich, ich muss mich darauf vorbereiten, für den Rest meines Lebens für das Scheitern der Fortunes verantwortlich zu sein.«

Sie meinte, Erstaunen im Gesicht ihrer Mutter aufblitzen zu sehen. Etwa ein Anflug von Reue?

»Äuglein, bitte!«, rief sie und es klang schwach und schmerzerfüllt. Doch Sorry drehte sich um.

Erst auf der Treppe blieb sie stehen und wischte sich die Tränen aus dem Gesicht. Dann bemerkte sie ein Geräusch, das aus dem Esszimmer kam. Sorry brauchte eine Weile, um zu begreifen, was sie da hörte, so ungewohnt klang es. Mit einem Mal war Sorrys Wut wie weggeblasen. Ihre Mutter weinte.

Das hatte sie nicht einmal getan, als Sorrys Vater gestorben war. Und jetzt schluchzte sie, als würden alle Gefühle, die sie die letzten Jahre unterdrückt hatte, aus ihr herausbrechen. Sorry wurde mit einem Mal klar, dass ihre Mutter unter einem noch größeren Druck stand als sie selbst. Auf ihren Schultern lastete das gesamte Vermächtnis der Fortunes. Auch Sorrys Versagen würde auf sie zurückfallen.

Das Schluchzen wurde lauter, und mit einem Mal wurde Sorry übel. Sie rannte hinauf in ihr Zimmer, schmiss ihre Tür zu und lehnte sich von innen dagegen. Ihr Plan musste funktionieren. Sie mussten die Prüfung verhindern und Taurus Astra aufhalten – ihre Mutter musste Schulleiterin bleiben! Denn Sorry wollte dieses Weinen nie wieder hören.

Ben stand schon im Flur der Haps, als Sorry eintrat. Es war kurz vor Unterrichtsbeginn, und dementsprechend chaotisch ging es im Hausmeisterhaus zu.

In der Küche stand Belle und kontrollierte zum sechsten Mal ihre Schultasche, Faith half Rocky beim Schulbrote schmieren. Hope drückte Sorry ihre gewaschenen Sachen vom Vortag in die Hand.

»Missy hat verschlafen«, sagte sie und lief in die Küche.

»Wie immer!«, krähte Faith. Ben hatte seinen dunklen Wollpulli und die schwarze Jacke bereits angezogen und sah sichtlich erleichtert aus. Ihre Sachen verströmten einen angenehmen Lavendelgeruch, und schnell verstaute Sorry sie in ihrer Tasche.

Missy stürmte die Treppe herunter. Über der Schulter hing ihre Schultasche, im Mund hatte sie einen halb gegessenen Müsliriegel. Sie schnallte sich den Werkzeuggürtel um. Überrascht, Sorry und Ben im Flur zu sehen, verfehlte sie eine Treppenstufe.

Stifte, Hefte, Schraubenzieher und der Müsliriegel flogen durch die Luft. Sorrys Vision kam diesmal verhältnismäßig spät, doch sie schaffte es gerade noch, sich an die richtige Stelle zu stellen, um Missy aufzufangen.

»Du hast mich schon wieder gerettet!«, rief diese und umarmte Sorry heftig.

»Aber mich nicht!«, grummelte Ben.

Sorry und Missy drehten sich um. Ben starrte fassungslos auf den Fleck, den der Müsliriegel auf seinem frisch gewaschenen Pullover hinterlassen hatte.

»Dieses Haus macht mich fertig«, murmelte er.

Missy beäugte den Fleck nachdenklich. »Vielleicht kann Lucky dir ja ein Shirt leihen.«

»Auf keinen Fall!«, rief Ben mit dem finstersten Blick, den er zustande brachte, und Sorry musste sich ein Lachen verkneifen.

Missy schien einen Moment überrumpelt, dann begann sie, ihre Sachen einzusammeln. »Ich schätze, ihr habt Neuigkeiten.«

Sorry schielte zur Küche, doch der Rest der Familie war beschäftigt. »Ja, haben wir«, flüsterte sie. »Es waren die Astras. Estrella hat Merry geschubst.«

Sie hatte erwartet, dass Missy überrascht war, aber die zuckte nur mit den Schultern. »Das war mir klar. Diese Estrella und ihr Vater sind mehr als verdächtig.«

»Aber wir brauchen einen Beweis«, fuhr Ben fort. »Und das Pendel meinte, du könntest uns dabei helfen.«

Ein Lächeln breitete sich auf Missys Gesicht aus, während sie die Stifte wieder in ihre Tasche steckte. »Oh, du scheinst da ja ein sehr schlaues Pendel zu haben. Vielleicht solltest du ihm einen Namen geben. Ich bin für Harold.«

Ben starrte sie entsetzt an. »Ich werde mein Pendel nicht Harold nennen.«

Missy steckte die Werkzeuge in ihren Gürtel. »Na gut. Dann eben George.«

»Missy!«

Sorry gluckste. »Also mir gefällt George, das Pendel.«

Ben sah fassungslos von Sorry zu Missy. Anscheinend fand er das überhaupt nicht lustig. »Hilfst du uns jetzt?«

Missy setzte sich auf die Treppe. »Um was geht's denn?«

»Taurus hat die Jacke, die Estrella anhatte, in einem Geheimfach im Astrologieraum eingeschlossen«, erklärte Sorry. »Du könntest dich da durch einen Geheimgang rein-schleichen, das Schloss aufbrechen und uns die Jacke brin-gen.«

Missy, die eben gerade noch zuversichtlich gegrinst hatte, wurde plötzlich ganz ernst. »Das geht nicht.«

Sorry fühlte sich, als hätte ihr jemand in die Magengrube geboxt.

Ben ging es offenbar genauso. »Wieso nicht?«

»Ich kenne das Gemälde«, sagte Missy, während sie einen Zollstock in ihren Gürtel schob. »Es ist ziemlich schlau, die Jacke dahinter zu verstecken. Der Astrologieraum ist näm-lich der einzige Raum in der Akademie, zu dem kein Ge-heimgang führt. Das macht das Gemälde zum sichersten Versteck in der ganzen Schule. Offenbar waren die Stern-deuter schon immer sehr misstrauisch und glaubten, dass die anderen Wahrsager die Geheimgänge nicht nur zu Fluchtzwecken nutzen würden, sondern auch, um andere auszuspionieren. Was ja auch stimmt.«

Sorrys Mund wurde trocken. Hatten die Astras denn wirklich an alles gedacht? Ben fing sich schneller. »Dann benutzt du eben keine Geheimgänge. Als Hausmeister hat dein Vater doch bestimmt den Schlüssel zu dem Raum. Den besorgst du, knackst das Schloss und holst die Jacke.«

Missy starrte ihn mit offenem Mund an, als könnte sie nicht fassen, was er gerade vorgeschlagen hatte. »Ich kann doch meinem Vater nicht die Schlüssel klauen, um in einen Unterrichtsraum einzubrechen. Geheimgänge sind eine Sache, aber wenn das jemand bemerkt, ist mein Vater seinen Job los!«

Sie hatte recht. Bei dieser Aktion hätte Missy einiges zu verlieren. Ben sah schuldbewusst zu Boden. »Tut mir leid, das war ein dummer Vorschlag.«

Missys Züge wurden weicher. Sie stand auf und zog ihre Schuhe aus dem Schrank. »Ich möchte euch wirklich helfen. Wenn wir sicherstellen könnten, dass niemand es mitbekommt, würde ich es machen.«

Bens Kopf fuhr so ruckartig hoch, dass Sorry erschrak. »Das können wir! Es gibt einen Zeitpunkt, an dem alle Schüler und Lehrer weit weg vom Astrologieraum sind.« Er sah so begeistert aus, dass ihn selbst Sorrys und Missys fragende Gesichter nicht beirren konnten. »Wann denn?«

»Während der Prüfung!«

Seine Worte schienen Missy zu elektrisieren. Sie warf die Schranktür so begeistert zu, dass die Blumenvase, die sie letztes Mal schon fast zerlegt hatte, bedrohlich wackelte. »Das ist genial!«, quietschte sie. »Alle werden im Prüfungssaal auf der anderen Seite des Gebäudes sein. Selbst wenn die Astras etwas merken, können sie nicht weg.«

»Du könntest die Jacke unbemerkt stehlen und zum Prüfungssaal kommen, wo wir sie dann Silka Chlore präsentieren.«

Missy und Ben waren mit jedem Satz begeisterter, lauter und schneller geworden, während Sorry noch verarbeitete, was Ben gesagt hatte. Das konnte doch nicht sein Ernst sein! »Leute, nein!«, rief sie endlich. Ben und Missy sahen Sorry verwundert an.

»Warum nicht?«, fragte Ben. »Der Plan ist perfekt!«

»Nein, ist er nicht!«, rief Sorry. »Wir müssen doch verhindern, dass die Prüfung überhaupt stattfindet!«

Missy begann, die Knoten ihrer Schuhbänder zu lösen. »Aber es ist die einzige Chance, die wir haben.«

Sorry konnte es nicht glauben. Verstanden die beiden denn nicht, was für ein Risiko das war? »Diese Prüfung entscheidet alles! Was, wenn irgendetwas dazwischenkommt und Missy es nicht rechtzeitig schafft, die Jacke zu besorgen? Dann gewinnen die Astras, meine Mutter verliert ihren Posten, und Ben wird von der Akademie geschmissen! Habt ihr daran mal gedacht? Nein, wir müssen einen Weg finden, wie wir die Prüfung verhindern.«

Ben sah nachdenklich aus. »Da ist was dran. Wenn Missy zu lange braucht, haben wir unsere Chance vertan.«

»Na, das ist doch ganz einfach«, bemerkte Missy, die mittlerweile versuchte, ihre Schnürsenkel mit einer Zange zu entwirren. »Sorry nimmt doch an der Prüfung teil. Du musst ganz einfach Zeit schinden.«

Es klang, als hätte Missy gerade ihr Todesurteil verkündet. Sorry wurde kalt. Wenn sie an der Prüfung teilnahm, dann musste sie vor der ganzen Akademie wahrsagen. Das, was ihr bei der Einschulung erspart geblieben war. »Ich kann das nicht«, hauchte sie.

Doch Ben widersprach ihr heftig. »Natürlich kannst du das! Du dehnst deine Vorhersage einfach ein wenig aus und verschaffst so Missy die Zeit, die sie braucht.«

Warum hörte ihr denn niemand zu?!

»Mach du es doch, wenn es so einfach ist. Du nimmst doch selbst an der Prüfung teil!«

Ben starrte sie an. »Nein, tue ich nicht.«

»Natürlich tust du das. Das musst du sogar. Du bist der einzige Nekromant, so wie ich die einzige Visionistin bin.«

Ben griff in den Schal um seinen Hals, als bräuchte er mehr Luft. »Aber der Unterschied zwischen uns ist, dass du eine Familie hast, die eine Schulleiterin stellen kann, und ich nicht. Deshalb werden die Oberhäupter mich von der Prüfung ausschließen, selbst wenn ich daran teilnehmen wollte.«

Das hatte Sorry nicht bedacht.

»Du musst ja nicht gewinnen!«, versuchte Missy, sie aufzumuntern.

Sorry schnaubte. »Darum geht es doch gar nicht! Ich werde einfach niemals genug Zeit schinden können, dazu sind meine Vorhersagen zu klein. Und auf mich wollt ihr euch verlassen? Mal abgesehen davon, dass danach der Ruf meiner Familie ruiniert ist.« Sie holte tief Luft und sprach dann ihre eigentliche Sorge aus. »Alle werden mich auslachen! Ich werde nie wieder irgendwem unter die Augen treten können. Jeder wird wissen, dass ich es nicht wert bin, eine Schülerin der Akademie zu sein. Bitte, lasst uns einen anderen Weg finden!«

Missy war noch immer mit ihren Schuhen beschäftigt. Ben dachte nach. Dann machte er einen Schritt auf sie zu und legte ihr die Hand auf die Schulter. Seine Miene war ernst, obwohl er lächelte. »Sorry, ich verstehe, dass du Angst hast. Aber es ist die einzige Möglichkeit. Und du hast gestern bewiesen, was für eine fantastische Wahrsagerin du bist. Außerdem weißt du doch, was Madame Demain gesagt hat: Das Wichtigste am Wahrsagen ist die Präsentation.« Er hob die Finger, um die Regeln aufzuzählen. »Selbstbewusst auftreten. Positiv sein. Dein Gegenüber kennen. Und immer eine Prise Show. Ich weiß, dass du das hinkriegst.«

Sorry öffnete den Mund, um zu protestieren, als plötzlich Hopes Stimme durch das Haus gellte. »Kinder! Ihr müsst los, sonst kommt ihr zu spät!«

Missy gab den Kampf mit den Schnürsenkeln auf und quetschte ihre Füße in die Schuhe. »Gut, dann haben wir einen Plan!« Sie sprang auf und schnappte sich die Schultasche. »Wir sehen uns heute Nachmittag!« Schon sprintete sie aus der Tür.

»Ich gehe auch«, schloss Ben sich an. »Warte du am besten noch. Die Wahrsager sollen lieber nicht mitbekommen, dass wir miteinander reden, oder?« Er zwinkerte ihr zu und huschte aus der Tür, ohne dass Sorry auch nur ein Wort sagen konnte. Wie sollte sie das nur hinkriegen?

»Warum schummelst du nicht einfach?« Die Stimme überraschte Sorry so sehr, dass sie kurz aufschrie. Sie wirbelte herum.

Lucky lehnte am Treppengeländer, den Rucksack über einer Schulter hängend.

»Hast du uns belauscht?« Sorrys Stimme klang schrill.

Lucky zuckte mit den Schultern. »Na ja, ihr wart ziemlich laut.«

Sorry beschloss, nicht weiter darauf einzugehen. »Was meinst du mit schummeln?«

Missys Bruder steckte die Hände in die Hosentaschen. »Na ja, kannst du nicht einfach so tun, als würdest du wahrsagen?«

»Wie bitte?« Was für eine Frechheit! »Wahrsagen ist eine komplizierte Angelegenheit, da kann ich mir nicht einfach was ausdenken.«

Lucky schüttelte sich das kupferfarbene Haar aus den Augen. »Mir kommt es ehrlich gesagt immer so vor, als würdet ihr irgendwas erfinden, und trotzdem glaubt euch jeder. Egal, wie lächerlich es ist.«

Sorry ballte wütend die Fäuste. »Ich weiß, dass du nicht viel von Wahrsagern hältst«, zischte sie. »Aber das Vertrauen, dass die Menschen zu uns haben, haben wir uns hart erkämpft. Wenn wir lügen, zerstören wir es.« Sie atmete tief ein, um Lucky keine Beleidigungen an den Kopf zu werfen, bei denen sie selbst erröten würde.

»Abgesehen davon bemerken Wahrsager, wenn sich jemand eine Vorhersage ausdenkt. Vor allem bei der Prüfung werden nur Fragen gestellt, die sich sofort überprüfen lassen. Also nein, ich kann nicht einfach so tun als ob.«

»Dann lass dir die Antworten von jemandem vorsagen,

der besser wahrsagt als du. Dann ist es eine echte Vorhersage, die sie nachprüfen können.«

Er verzog spöttisch den Mund und drängte sich an ihr vorbei. »Aber hey, was weiß ich schon über eure Wahrsager-Eitelkeiten? Ich dachte nur, das Wichtigste ist, euren Plan umzusetzen und nicht wie eine Idiotin dazustehen.« Dann verließ auch er das Haus.

Sorry wollte ihm noch allerlei gemeine Dinge hinterherrufen. Aber sie zögerte. Vielleicht war etwas dran an dem, was Lucky gesagt hatte, und sie konnte so tatsächlich die Prüfung bestehen und Missy genug Zeit verschaffen. Aber es war sehr gewagt, und wenn es herauskam, konnte sie sich auf was gefasst machen. Andererseits tat sie es, um für Gerechtigkeit zu sorgen.

»Du willst was?!« Bens Ausruf ließ Sorry zusammen-
zucken.

»Psst! Nicht so laut«, sagte Sorry mit Blick auf Rune und
Waxine, die vor ihnen saßen. Hatten sie sie gehört?

In Geschichte der Wahrsagerei saßen sie zusammen,
ohne dass jemand Verdacht schöpfte, weil Sorry in der ersten Stunde gefehlt hatte. Somit war nur der Platz neben
Ben am Tisch in der letzten Reihe frei geblieben, was für
sie Glück im Unglück bedeutete. Dennoch mussten sie aufpassen.

»Die Wahrsager verstehen beim Betrügen keinen Spaß.
Wenn sie dich erwischen, werfen sie dich hochkant raus«,
flüsterte Ben.

»Und dich, wenn ich es nicht tue.«

Darauf wusste Ben nichts zu erwidern. Er starrte geradeaus an die Tafel, wo Mr Relic gerade den Unterschied
zwischen Chiromantie und Chirologie erklärte, also dem Lesen der Handlinien und der Handform. Die meisten Schüler
schien das zu langweilen. Entweder betraf sie diese Wahr-
sageform nicht, oder sie wussten schon alles darüber.

Estrella versuchte, Aufmerksamkeit zu heucheln, doch selbst von ganz hinten konnte Sorry sehen, wie glasig ihr Blick war. Sie war mit ihren Gedanken offenbar woanders. Chiara neben ihr war sogar eingenickt. Der Einzige, den der Unterricht wirklich interessierte, war Magnus, der eifrig mitschrieb und dabei seine eigene Hand betrachtete. Ab und zu stellte er sogar Fragen, was mit einem leisen Stöhnen der anderen und einem freudigen Lächeln von Mr Relic kommentiert wurde. Wenn man so neu in der Wahrsagerei war, war es sicher spannend, alles über die eigene Kraft und die der anderen zu erfahren. Die meisten Wahrsagerkinder lernten aber bereits alles darüber, bevor sie überhaupt an die Akademie Fortuna kamen.

Ben schüttelte den Kopf. »Abgesehen davon – wer soll dir die Antworten vorsagen? Das macht doch keiner!«

Sorry holte ihren Anspitzer aus dem Etui und begann, konzentriert ihren Bleistift zu spitzen. Mit jedem Ratsch wuchs ihre Aufregung.

»Na du.«

Ben wandte sich so ruckartig zu ihr, dass er dabei ihr Etui vom Tisch fegte, das klappernd auf dem Boden landete. Alle drehten sich um, und Sorry wurde rot. »Tut mir leid, bei so viel Gerede über Hände hat meine wohl Lampenfieber bekommen«, rief Ben laut, während er das Etui aufhob.

Sorry wollte nach diesem schlechten Witz am liebsten im Boden versinken. Waxine schlug sich die Hand vor die Stirn. Nur Thea kicherte, hörte aber schnell wieder auf, als niemand einstimmte.

»Sehr witzig, Mr Dulum«, kommentierte Mr Relic trocken. »Einfach zum Brüllen.« Dann widmete er, wie der Rest der Klasse, seine Aufmerksamkeit wieder der Tafel.

»Wieso ich?«, zischte Ben.

»Überleg doch mal! Du bist der Einzige, der von dem Plan weiß, und du kannst gut wahrsagen! Außerdem wissen wir, dass ich deine Vorhersagen sehen kann. Du versteckst dich einfach in der Nähe und pendelst die Antworten zu den Fragen – die ich mit meinen Visionen sehen kann.«

Ben sortierte die Stifte im Etui. »Ich soll mich also wegschleichen, um dir beim Schummeln zu helfen?«

Sorry spitzte den Stift immer weiter, obwohl er längst spitz genug war. »Niemand wird dich vermissen. Je besser meine Leistung ist, desto eher glauben die Prüfer uns.«

Ben lachte leise auf. »Das ist doch Blödsinn! Wenn sie herausfinden, dass ich dir dabei helfe, schmeißen sie uns beide von der Akademie. Das Risiko ist zu groß.« Er hielt kurz inne. »Ehrlich gesagt finde ich das ganz schön egoistisch. Nur, weil du nicht zu deinen Visionen stehen kannst und dir die Meinung der anderen so wichtig ist, bist du bereit, unseren ganzen Plan zu opfern.«

Der Bleistift knackte. Die Spitze war abgebrochen. Hatte er das wirklich gesagt? Sie drehte ihm so langsam den Kopf zu, dass sie jeden einzelnen Halswirbel spürte. »Du hältst MICH für egoistisch?«

Sorry sah, wie sein Augenlid zuckte, aber er hielt ihrem Blick stand. Der Gong verkündete das Ende der Stunde. Sorry sprang auf. »Dann überleg dir noch mal, für wen Missy und ich das alles machen!«

185

Den Rest des Tages fiel es Sorry nicht schwer, ihre Tarnung aufrechtzuerhalten. Sie ging Ben ganz von selbst aus dem Weg. Doch als sie nach dem Unterricht auf den Brunnenvorplatz trat, erkannte sie, dass nicht nur Ben von der Idee des Schummelns wenig begeistert war.

Der Himmel war wieder klar, und die Fortuna stand stolz wie eh und je in ihrem Brunnen. Um ihre unterste Hand war ein Gerüst aufgebaut worden, und das gestürzte Pendel lag, mit Zäunen gesichert, neben dem Brunnen auf dem Boden. Noch arbeitete niemand daran, das Pendel wieder anzubringen. Wenn Taurus Schulleiter würde, würde man sich damit wohl ewig Zeit lassen.

Neben dem Gerüst lehnte Missy am Brunnenrand und ließ den Schraubenzieher um ihren Zeigefinger kreisen. Ihre Schultasche hing ihr noch über der Schulter, offenbar war sie gleich nach Schulschluss hergekommen. Als sie Sorry erblickte, steckte sie sich den Schraubenzieher in ihren rechten Zopf und marschierte auf sie zu. Ihre Augenbrauen hatte sie so tief zusammengezogen, dass sie wie zwei Gewitterwolken über ihren funkelnden Augen hingen. Es war merkwürdig, Missy so wütend zu sehen. Als wüsste ihr Gesicht nicht richtig, wie man das machte.

»Hat Lucky dir gesagt, dass du bei der Prüfung schummeln sollst?«, rief sie.

Sorry sah sich nervös um, ob jemand sie gehört hatte. War Missy verrückt, das hier so herumzubrüllen? Zum Glück waren sie die Einzigen auf dem Vorplatz.

»Sei doch leise«, zischte sie Missy zu.

Die baute sich mit in die Hüften gestemmten Händen

vor Sorry auf und funkelte sie böse an. »Hat er nun oder nicht?«

»Ja, hat er«, gab Sorry zu. »Aber woher weißt du davon?«

Auf Missys Gesicht erschien ein boshaftes Lächeln, das noch viel beängstigender war als ihre wütende Miene. »Ich kriege alles raus. Vor allem die Dinge, die man mir verheimlichen will.« Das Lächeln verschwand wieder. »Du denkst doch nicht tatsächlich darüber nach, oder?«

Sorry wusste, dass jede Erklärung Missy nur noch wütender machen würde. Das Schweigen, während sie fieberhaft nachdachte, reichte Missy wohl als Antwort, denn ihre Augen weiteten sich und sie packte Sorry so unvermittelt an den Händen, dass sie erstarrte. »Sorry, nein! Du hast so etwas nicht nötig. Du bist eine fantastische Wahrsagerin, und wenn du betrügst, bist du nicht besser als die Astras!«

Sorry löste sich aus Missys Griff. »Mag sein, dass dir meine Vorhersagen gefallen. Aber für die Prüfer reichen sie nicht. Ich muss auch irgendwie Zeit schinden. So ist es nun mal. Außerdem…« Sie hielt inne, als sie sich an die Töne ihrer weinenden Mutter wieder erinnerte. »Außerdem leidet meine Mutter schon genug.«

Plötzlich erklang ein glockenhelles Lachen, bei dem sich Sorry die Nackenhaare sträubten. Sie sah, wie Estrella und Chiara aus dem Schulgebäude kamen.

»Na toll«, murmelte Sorry.

Missy folgte ihrem Blick, und ihre Wut schien plötzlich verschwunden zu sein. »Oh, die Sternenschubse und ihr aus der Hand fressender Dackel«, murmelte sie. Sorry unterdrückte ein Lachen, während sie Missy in der Hoffnung zum Brunnen zog, dass die beiden sie dort nicht bemerken würden. Leider ohne Erfolg. Estrella und Chiara steuerten mit überheblichem Grinsen direkt auf sie zu.

»Lachst du über deine traurigen Fähigkeiten und dein bevorstehendes Versagen bei der Prüfung?«, stichelte Estrella. »Das kann ich verstehen, ich lache auch manchmal darüber.«

Chiara lachte so heftig, als hätte Estrella den lustigsten Witz der Welt gemacht, und klang dabei tatsächlich wie ein kläffender Dackel. Sorry verdrehte nur die Augen.

»Nein, eigentlich lachen wir darüber, wie fertig Sorry dich machen wird!«, konterte Missy.

Estrella sah Missy an, als hätte sie sie erst jetzt bemerkt. »Du solltest besser aufpassen, dass dir nicht noch eine

Statue auf den Kopf fällt.« Sie schielte hoch zur Fortuna. »Diese hier ist ja auch schon ein bisschen brüchig.«

»Vielleicht fällt ja als Nächstes das Auge ab«, ergänzte Chiara und deutete zum Kopf der Fortuna.

Beide lachten wieder, und Sorry stöhnte. »Ja, wir haben's verstanden. Was willst du, Estrella?«

Die Sterndeuterin zuckte mit den Schultern und tat überrascht. »Gar nichts! Ich wollte mir nur die Arbeiten an der Statue angucken. Auch wenn ich wirklich nicht verstehen kann, warum sie das Pendel wieder anbringen. Jetzt, wo sich gezeigt hat, dass wirklich nichts Gutes von Nekromanten kommt.«

Estrellas hochnäsiges Grinsen ließ die Wut in Sorry aufbrodeln, und es fiel ihr schwer, ihr nicht ins Gesicht zu

schreien, was sie wusste. Wieso hatte sie ihr gestern nur leidgetan? Bevor Sorry allerdings eine schlaue Antwort einfiel, verschwamm ihre Sicht, und sie sah, wie der Träger von Missys Schultasche riss.

»Missy, pass auf, dein Träger!«, rief sie und deutete auf Missys Schulter. Doch es war zu spät und die Tasche plumpste zu Boden.

Für Estrella und Chiara gab es kein Halten mehr – sie lachten wieder laut los. »Ich hab's doch gesagt«, keuchte Estrella. Chiara hielt sich die Hand vor die Augen, während sie mit der anderen blind herumtastete und glucksend und mit verstellter Stimme rief: »Ich bin die Wahrsagerin Sorry Fortune, und ich sehe, dass dein Marmeladenbrot falsch herum landen wird.«

Sorry fühlte sich schrecklich. Sie wollte Missy zu verstehen geben, dass sie gehen sollten, doch diese katapultierte ihre Tasche mit einem Tritt über den Platz. Dabei sah sie noch wütender aus als zuvor. Und das war sehr, sehr beängstigend.

»Ach, das findet ihr witzig? Ich wette, ihr hättet das nicht vorhersehen können! Oder das mit der Statue bei der Einschulung. Bei euch läge ich jetzt wohl im Krankenhaus?«

Estrella blickte Missy mitleidig an. »Das mag sein. Aber selbst wenn wir das könnten, sind unsere Fähigkeiten leider zu schade, um sie an dir zu verschwenden.«

Noch bevor Sorry richtig verstanden hatte, was Estrella gesagt hatte, stürzte Missy auf sie zu. »Ach, und habt ihr das auch vorhergesehen?« Sorry reagierte blitzschnell und griff

Missy um die Taille, um sie davon abzuhalten, den beiden das Gesicht zu zerkratzen.

Missy trat und strampelte wie wild, während Sorry sie davonzog. »Wie wäre es, wenn du DEINE Zukunft aus MEINER Faust in DEINEM Gesicht liest!«, keifte sie in Chiaras Richtung, und Sorry musste aufpassen, dass sie nicht von Missys strampelnden Beinen getroffen wurde. »Gleich deutest du nur noch die Sterne, die du siehst, nachdem ich dir deine Brille in den Kopf gehämmert habe!« Es folgte eine ganze Reihe weiterer Verwünschungen, und Estrella und Chiara gingen laut lachend davon.

Sorry zog Missy am Brunnen vorbei, weit weg von den Mädchen. Eigentlich hätte sie Missy gerne gewähren lassen. Aber sie wusste auch, dass Estrella und Chiara es ihren Vätern brühwarm erzählt hätten. Die Konsequenzen wollte Sorry sich gar nicht ausmalen. Irgendwann hörte Missy auf zu schimpfen, und Sorry ließ sie los.

»Na, denen hast du es aber gegeben«, bemerkte sie.

Missy schob ihre Schutzbrille zurecht. »Bitte mach sie fertig!«, zischte sie, außer Puste von ihrer Schimpftirade. »Und wenn du dafür schummeln musst!« Ihre Miene duldete keinen Widerspruch.

»Geht klar«, sagte Sorry, froh und auch ein wenig überrascht.

Das genügte Missy. Mit einem wütenden Nicken verabschiedete sie sich und stapfte davon, ihre Schultasche an dem gerissenen Träger hinter sich her schleifend. Sie bemerkte nicht einmal, dass sie sich geöffnet hatte und der Inhalt sich Stück für Stück auf dem ganzen Platz verteilte.

Sorry wollte ihr nachlaufen, als sie Ben bemerkte, der auf dem Brunnenrand saß und sie anstarrte. Das Baugerüst hatte ihn verdeckt, sodass sie ihn nicht gesehen hatte. Wie lange hockte er schon da? Kaum hatte sie ihn bemerkt, sprang Ben auf und rannte Missy nach, wobei er ihre Schulsachen aufsammelte. Gut, sie wollte eh nicht mit ihm reden und machte sich auf den Weg nach Hause.

Das Klingeln ließ Sorry von den Hausaufgaben aufschrecken. Wer konnte das sein? Die Pfleger, die sich um Merry kümmerten, und die Bediensteten hatten einen Schlüssel, und Freunde und Verwandte neigten nicht zu unangemeldeten Besuchen. Auch wenn Wahrsager selten wirklich überrascht waren – als Sorry die Haustür öffnete, war sie es zutiefst.

»Ben?!«

Er hatte die Hände in den Jackentaschen vergraben und tippte mit der Schuhspitze unaufhörlich gegen den pinkfarbenen Pflanzenkübel neben der Haustür.

»Hey, Sorry!«

»Was willst du?«

Er nahm einen tiefen Atemzug und sah auf. »Ich wollte dir sagen, dass es mir leidtut. Du bist nicht egoistisch. Es ist ganz schön viel verlangt, deine Kräfte vor der ganzen Akademie zu zeigen, obwohl es dir unangenehm ist.«

Sorry verschränkte die Arme. Sie versuchte, sich nichts anmerken zu lassen, aber innerlich fiel ihr ein Stein vom Herzen, der so groß war wie das Pendel der Fortuna-Statue.

»Okay?«

Ben stupste wieder gegen den Kübel. »Deshalb werde ich dir bei der Prüfung helfen. Du hattest recht: Wir müssen so viel Zeit wie möglich gewinnen, und das geht am besten mit guten Vorhersagen. Wichtig ist, dass wir die Astras überführen, koste es, was es wolle.« Er druckste ein wenig herum. »Und außerdem freue ich mich auf das Gesicht, das Estrella machen wird, wenn sie dich wahrsagen hört.«

Sorry merkte, wie ein Lächeln sich auf ihr Gesicht schlich. »Du hast am Brunnen alles mitgekriegt, oder?«

Er grinste. »Am liebsten hätte ich mir Popcorn geholt und Missy angefeuert.«

Sorry lachte. Dann trat sie einen Schritt zurück. »Willst du vielleicht reinkommen?«

Ben schien überrascht. »Ist das denn okay?«

»Warum nicht? Die Einzige, die etwas dagegen haben könnte, ist meine Mutter, und die ist nicht da.«

Als Ben an Sorry vorbei in die Eingangshalle der Familie Fortune trat, fiel ihm die Kinnlade herunter. »Das ist ja ein Palast!« Er drehte sich im Kreis, um alles zu betrachten. Die pink-weiß karierten Fliesen auf dem Boden, die breite Wendeltreppe, die zur Galerie führte, und das Familienwappen an der Wand.

Sein Staunen war Sorry unangenehm. »Es ist seit Generationen das Wohnhaus der Fortunes. Ich schätze, es muss schon etwas hermachen.« Plötzlich fiel ihr etwas auf. »Woher weißt du eigentlich, wo ich wohne?«

Ben löste seinen Blick vom Kronleuchter, den er bestaunt hatte. »Na ja, jeder in Horror's Cope scheint

zu wissen, wo die Fortunes wohnen. Und als ich das Haus mit dem Türmchen und dem riesigen Auge sah, wusste ich, dass ich richtig bin.«

Sorry lachte. »Ja, das ist wirklich nicht sehr dezent.«

Sie deutete nach oben. »Was hältst du davon, wenn wir noch etwas für die Prüfung üben?«

Ben runzelte die Stirn. »Was meinst du mit ›üben‹?«

»Vielleicht sollten wir einmal testen, ob ich dein Gependel wirklich immer sehen und deuten kann«, sagte Sorry und legte ihre Hand auf das Treppengeländer.

Das leuchtete Ben ein, und er folgte ihr die Treppe hinauf. Als sie an den Zimmern von Merry und Tante Agony vorbeischlichen, bedeutete Sorry Ben, leise zu sein. Sie durften nicht riskieren, entdeckt zu werden.

Sorry drückte vorsichtig die Türklinke zu ihrem Zimmer hinunter. »Das sieht ja schon normaler aus«, flüsterte er, während sie die Tür hinter sich schloss. Er betrachtete das Hochbett mit dem Vorhang und der Lichterkette darum, den Schreibtisch mit dem aufgeschlagenen Hausaufgabenheft und die Bücherregale. Schließlich blieb sein Blick an ihrer Kommode hängen, auf der sie ihren Schmuck aufbewahrte. »Du hast echt einen besonderen Geschmack«, bemerkte er und hob eine Kette hoch, an der ein geschmückter, rotschwarzer Thron als Anhänger baumelte. Sie war sich nicht sicher, ob er es ironisch meinte oder nicht. »Besonders diese hier gefallen mir.« Er hielt ein Paar goldene Ohrringe hoch, die lange Stäbe darstellten, an denen rosafarbene Kristalle baumelten. Tatsächlich waren sie Pendeln sehr ähnlich. Deshalb trug Sorry sie nie – und weil sie eines der wenigen

Geschenke ihres Vaters waren. Sie würde es nicht ertragen, diese Ohrringe zu verlieren.

Ben hielt sie sich an seine Ohren. »Würden mir auch hervorragend stehen, oder?«

Sorry fühlte, wie ihr Herz anfing zu flattern, so, als würde sie an einer hohen Klippe stehen.

»Leg sie bitte wieder hin!« Ihr scharfer Ton ließ Ben den Schmuck sofort zurücklegen.

»Tut mir leid.«

Sorry räusperte sich. »Schon gut.«

Sie ging zum Bücherregal und zog ein dickes Buch heraus.

»Wahrsageübungen für Anfänger?«, fragte Ben erstaunt.

»Ich wusste gar nicht, dass es so etwas gibt!«

»Tja, bei uns hat das jedes Kind im Regal!« Sorry blätterte zu der Seite mit den Übungsfragen. »Ich setze mich mit dem Rücken zu dir aufs Bett und stelle eine Frage. Du pendelst, und ich sage dir, was ich gesehen habe, okay?«

Er nickte.

Der Anfang gestaltete sich schwierig. Bei der Frage »Wovor sollte ich mich heute in Acht nehmen?« sah Sorry nicht das, was Ben pendelte, sondern den Vogel vor dem Fenster, der vor einer Katze floh. Aber nach einer Weile gelang es ihr tatsächlich, sich auf das vorgestellte Bild zu konzentrieren, wie Ben auf ihrem Teppich saß und pendelte.

Erst war das Pendel häufig zu schnell für ihr Auge, aber nach einer Weile hatte sie sich an den Rhythmus gewöhnt.

Als sie am Ende des ersten Fragenkatalogs angekommen waren, klappte Sorry das Buch zu. »Das reicht für heute.« Sie erhob sich und merkte, wie steif ihre Beine und der Rücken vom langen Sitzen waren. Ben rieb sich den Arm. Draußen dämmerte es bereits.

»Ich glaube, du solltest jetzt nach Hause gehen«, sagte Sorry mit einem Nicken zum Fenster.

Sie schlichen auf den Flur, und Sorry hob den rechten Zeigefinger an die Lippen. Ben nickte.

Sie hatten es fast bis zur Treppe geschafft, als sich plötzlich die Tür vom Zimmer der Großtante öffnete. Erschrocken pressten Sorry und Ben sich an die Wand.

Die alte Dame wankte langsam auf den Flur, wobei sie sich an der Wand abstützte. Meistens saß sie im Rollstuhl, aber manchmal konnte sie auch noch ein paar Schritte alleine gehen. Als hätten sich noch einmal alle ihre Kräfte mobilisiert. Es musste einer ihrer guten Tage sein.

Sorry und Ben beobachteten jede ihrer Bewegungen. Wenn die Großtante sie bemerkte, würde sie Merry und die Angestellten alarmieren, und jeder würde erfahren, dass Ben da gewesen war. Geh zurück, beschwor Sorry die Großtante in Gedanken. Doch leider gehörte es nicht zu den Möglichkeiten einer Wahrsagerin, das Handeln im Hier und Jetzt zu beeinflussen.

Agonys Augen huschten wild herum, als wüsste sie weder, wo sie sich befand, noch, wonach sie suchte. Plötzlich sah sie zu Sorry und Ben. Mist! Sorrys Herz schlug bis zum Hals. Vielleicht schlafwandelte sie ja und übersah sie einfach. Auch das war schon vorgekommen.

»Was tun Sie in meinem Haus?«, krächzte Agony, und Sorry zuckte zusammen. Die Stimme ihrer Großtante war nicht besonders laut, aber in die vorherige Stille hinein klang sie ohrenbetäubend. Sorry musste sie schnell besänftigen! Sie lächelte und flüsterte: »Ich bin's doch, Tante Agony. Sorry, deine Großnichte. Weißt du nicht mehr? Ich begleite nur einen Freund zur Haustür.«

Zum Glück wusste sie nicht, wer Ben war. Und wenn sie ihrer Mutter von einem unbekannten Jungen erzählen sollte, würde Euphoria es sicher auf ihre Verwirrtheit schieben.

Ben lächelte und hob die Hand zur Begrüßung. Agonys Augen weiteten sich, und Sorry glaubte, dass ihre Hände noch mehr zitterten als vorher.

»Malvin! Bist du das?« Im nächsten Augenblick packte sie Bens Jacke und zog daran. »Du bist zurückgekommen. Oh, du warst so lange weg!«

Ben erstarrte. »Malvin?«, stammelte er.

Oh nein, was sollte das werden? Vorsichtig löste Sorry Agonys Finger von Bens Jacke und beschloss mitzuspielen. »Ja, Malvin ist wieder da. Allerdings muss er jetzt auch wieder los, okay?«

Sorry gab Ben ein Zeichen, dass er ihr folgen sollte, doch er starrte Agony immer noch fassungslos an. Was war denn los mit ihm? Hatte Tante Agony ihn so sehr verschreckt?

In Agonys Augen sammelten sich Tränen. »Malvin, geh nicht! Du darfst nicht werden wie er.«

Normalerweise ließ Agony schnell wieder von Fremden ab, aber an Ben hatte sie sich offensichtlich festgebissen.

Er bewegte sich noch immer keinen Zentimeter. »Es tut mir leid«, stammelte er.

Sorry zog ihn an der Jacke, und endlich stolperte er ein paar Schritte vorwärts.

»Er kommt ja wieder«, sprach Sorry weiter, als wäre Tante Agony ein kleines Kind. »Malvin wollte dir nur gute Nacht sagen. Du kannst wieder ins Bett gehen.«

Ben sah Agony fast panisch an. War er blasser geworden? »Gute Nacht!«, sagte er leise.

Anscheinend schien Agony das zu beruhigen, denn die Tränen stoppten, und sie blickte sanfter. »Gute Nacht«, antwortete sie, wankte in ihr Zimmer zurück und schloss die Tür etwas zu laut.

Sorry atmete erleichtert auf. »Das war knapp. Komm jetzt!«

Doch Ben starrte reglos auf die Tür, als hätte er einen Geist gesehen, und seine Hände zitterten.

Sorry knuffte ihm in die Seite. »Kein Grund, so verstört zu gucken. Tante Agony ist manchmal so.«

Er sah sie an. »Warum hat sie mich Malvin genannt?«

War das echte Panik in seiner Stimme?

»Malvin war ihr Sohn, also der Cousin meines Vaters«, erklärte Sorry. »Er ist vor meiner Geburt verschwunden, und man hat nie wieder etwas von ihm gehört. Seitdem sieht sie ihn in jedem fremden Mann.«

Aber das beruhigte Ben nicht, im Gegenteil. »Du bist mit diesem Malvin verwandt?« Sorry runzelte die Stirn. »Ja, aber viel weiß ich nicht, die Familie spricht nicht über ihn. Wahrscheinlich, weil er kein Wahrsager war.« Tatsächlich hatte sie sich noch nie besonders viele Gedanken über Tante Agonys Sohn gemacht.

Doch Ben schien immer schockierter. »Kein Wahrsager?«

Sorry schüttelte den Kopf. »Das kommt doch in den besten Wahrsagerfamilien vor, auch wenn niemand gerne darüber spricht. Malvins Vater war übrigens auch keiner. Wahrscheinlich ist er deswegen weggegangen.«

Ben schluckte. »Und er sollte nicht so werden wie wer?«

Langsam wurde Sorry das zu unheimlich. »Keine Ahnung. Warum interessiert dich das?«

Mit einem Mal entspannte Ben sich und lächelte, obwohl es gequält aussah. »Ach, ich bin nur ein bisschen überrumpelt, das ist alles.« Er räusperte sich. »Ich finde den Weg nach draußen alleine. Wir sehen uns morgen.«

»Ist gut«, murmelte Sorry, und kurz darauf war Ben die Treppe hinuntergeeilt und leise aus der Tür geschlüpft.

23

Am Tag der Prüfung war Sorry schon früh wach und beobachtete durch ihr Fenster, wie die Sonne aufging. In ihr
kämpften zwei Wünsche – zum einen wollte sie, dass dieser
Tag endlich begann und sie ihn hinter sich bringen konnte.
Zum anderen wünschte sie, dass der Tag noch unendlich
weit in der Ferne lag. Die ganze letzte Woche hatte sie
mit Ben geübt, und noch immer fühlte sie sich nicht bereit.
Als der Wecker schließlich klingelte, schwang sie sich aus
dem Bett.

Schon wollte sie nach dem Kleid greifen, das sie auch zur
Einschulung getragen hatte, doch sie zögerte. Nein. Heute
wollte sie lieber etwas tragen, in dem sie sich absolut wohl-
fühlte. Also zog sie ihren Lieblingspullover aus dem Schrank,
grün mit schwarzen Verzierungen an Ärmeln und Kragen,
und kombinierte ihn mit einem weiten Rock.

Auch wenn es ihrer Mutter nicht gefallen würde. Sorry
überlegte, ob sie die Augenhaarspange auf der Kommode
liegen lassen sollte. Aber nein, sie war trotz allem eine Fortune. Zudem würde ihre Mutter ihr mit Sicherheit nicht erlauben, ohne das Familiensymbol aus dem Haus zu gehen.

Sie steckte sich die Spange an den Haarknoten. Ihr Blick blieb an den Ohrringen hängen, die Ben in der Hand gehalten hatte. Sie zögerte. Was, wenn sie sie verlor? Andererseits, welch besseren Anlass gab es, sie zu tragen, als heute, wenn sie gemeinsam mit einem Pendelschwinger alle an der Nase herumführen würde. Sie lächelte, als sie sich die Ohrringe ansteckte. Irgendwie hatte sie das Gefühl, dass ihrem Vater diese Vorstellung gefallen würde. Sie schlüpfte in ihre Sneaker und lief nach unten. Heute keine hohen Schuhe.

Als sie in der Küche ankam, rührte ihre Mutter in einer Tasse Kaffee. Offenbar hatte sie auch nicht schlafen können. Sie trug eines ihrer grellpinkfarbenen Kostüme und war wieder akkurat geschminkt, offenbar bestrebt, selbst im Angesicht der Niederlage keine Schwäche zu zeigen. In ihrer perfekten Frisur steckte ebenfalls eine kleine Augenhaarspange, und ihr Rosenparfüm wirkte irgendwie beruhigend. Ein Stück Vertrautheit, das ihr vorgaukelte, alles sei wie immer, obwohl es das nicht war.

Euphorias Augenbrauen schossen in die Höhe, und ihre Lippen spitzten sich, als Sorry sich eine Scheibe Toast schnappte.

»So willst du zur Prüfung gehen?«

Sorry wollte sofort nach oben laufen und das enge Kleid anziehen, damit es keinen Streit gab. Aber nein! Sie würde nicht nachgeben. Nicht heute!

»Wenn ich schon versage, dann will ich dabei wenigstens so aussehen, wie ich möchte«, entgegnete sie und reckte das Kinn in die Höhe.

Ihre Mutter sah aus, als hätte sie einen Frosch verschluckt, der ihr von innen die Luft abschnürte.

Es gefiel Sorry, ihre Mutter zum Schweigen gebracht zu haben. Sie grinste. »Solltest du auch mal versuchen.«

Euphorias Mund klappte auf.

Noch bevor sie etwas erwidern konnte, erklang von der Tür her ein Quietschen, begleitet von einem leisen Fluchen. Sie drehten sich um. Merry hatte sich mit ihrem Rollstuhl so im Rahmen der Küchentür verkeilt, dass sie ihn alleine nicht freibekommen würde. Ihr linkes Bein war hochgelegt und mit einer Decke umwickelt, um eventuelle Stöße abzufedern. Die Schrammen in ihrem Gesicht waren bereits gut verheilt, nur die Naht über der Augenbraue würde wohl eine Narbe hinterlassen. Gestern hatte sie vom Arzt die Erlaubnis erhalten, für Ausnahmen das Bett zu verlassen und sich im Rollstuhl zu bewegen. Ausnahmen legte Merry allerdings recht weiträumig aus.

Verärgert ließ Euphoria den Löffel in die Tasse fallen, sodass der Kaffee überall hin spritzte, und rannte zu ihrer Tochter.

»Was machst du denn hier unten? Du solltest im Bett sein!« Sie befreite Merrys Rollstuhl. Bevor sie ihre Tochter allerdings wieder zurück zum altmodischen Aufzug schieben konnte, den normalerweise nur Tante Agony benutzte, war Merry schon in die Küche gerollt.

»Ich werde es mir doch nicht nehmen lassen, meiner Mutter und meiner Schwester am Tag der Prüfung viel Glück zu wünschen. Wenn ich schon nicht mitkommen kann.« Sie grinste Sorry zu. »Schick siehst du aus!« Dann trat ein erstaunter Ausdruck in ihre Augen. »Diese Ohrringe? Sind das ...?« Sie verstummte, und Sorry nickte. »Die von Papa.«

Einen Moment lang sah Merry aus, als würde sie anfangen zu weinen. Aber dann lächelte sie. »Ganz sein Humor, dir Ohrringe zu schenken, die wie Pendel aussehen.«

Jetzt kämpfte Sorry mit den aufsteigenden Tränen. Sie war noch so klein gewesen, als ihr Vater gestorben war. Ihre Schwester hatte viel mehr Erinnerungen an ihn.

Merry musterte Euphoria, die wiederum Sorrys Ohrringe anstarrte. Selbst unter der dicken Schicht Make-up war zu erkennen, dass sie blass geworden war.

»Aber du hast mal wieder das volle Programm aufgefahren«, sagte Merry lachend.

Euphoria erwachte aus ihrer Starre und ließ den Blick zwischen ihren Töchtern hin- und herschweifen. »Nun, auch wenn ich vielleicht nur noch ein paar Stunden Schulleiterin bin, dann will ich trotzdem besser aussehen als dieser aufgeblasene Sternenflüsterer!« Sie fuhr sich am Kinn entlang. »Ich meine, nichts gegen Glitzer in Männerbärten, aber es steht halt nicht jedem.« Sie grinste frech, und Sorry und Merry mussten lachen. Sorry hätte nicht gedacht, dass ihre Mutter Witze machen konnte. Und schon gar nicht an diesem Tag.

Schnell war Euphoria wieder ernst und räusperte sich. »Sorry, wir müssen los. Und du«, sie deutete auf Merry, »ruhst dich wieder aus!«

Merry seufzte resigniert und rollte aus der Küche, diesmal, ohne irgendwo hängen zu bleiben. »Viel Erfolg!«

Als sie im Wagen saßen, sah Sorry zu Merry hinauf, die

aus ihrem Fenster schaute. Als sich ihre Blicke trafen, hob ihre Schwester den Daumen. Sorry lächelte. Wenn Merry ihren Mut nicht verlor, dann wollte sie es auch nicht.

»Zumindest bei den Haaren hättest du dir ein bisschen mehr Mühe geben können, Äuglein«, murmelte ihre Mutter, die neben ihr saß, und zupfte an der Spange herum. Sorry seufzte, als Linus den Motor startete. Ob ihre Mutter Schulleiterin blieb oder nicht – mit dem Gezuppel an ihrem Äußeren würde sie wohl nie aufhören.

In der Eingangshalle hatten sich Schüler und Lehrer versammelt. Auch einige Familienmitglieder waren da. Im Gegensatz zur Einschulung durften Nichtseher bei der Prüfung allerdings nicht anwesend sein, für die Schüler und Lehrer war dies jedoch Pflicht, weswegen für alle der Unterricht ausfiel. Allen anderen Wahrsagern war es freigestellt, der Prüfung beizuwohnen. Euphoria verschwand sofort ins Schulleiterbüro, wo die anderen Familienoberhäupter bereits warteten. Sorry sah sich um. Als sie sicher war, dass niemand sie beobachtete, huschte

sie schnell neben die große Treppe, öffnete in der holzvertäfelten Wand eine unsichtbare Klappe, die Missy ihr gezeigt hatte, und kletterte in den Gang, der dahinter lag.

Ben und Missy warteten dort bereits im Schein von Missys Taschenlampe.

Ben grinste Sorry an. »Schicke Ohrringe.« Seine Haare waren zurückgegelt und schimmerten im Schein des Lichts.

Sorry grinste zurück. »Schicke Schuhe«, sagte sie mit einem Nicken in Richtung der goldglänzenden Mokassins, die er schon bei der Einschulung getragen hatte.

Er zuckte mit den Schultern. »Selbst wenn ich nicht geprüft werde, dachte ich mir, dass es zum Anlass passt.«

»Ja, ihr seht beide fantastisch aus«, bemerkte Missy. »Wenn auch nicht so gut wie ich!« Sie lächelte ihr Zahnlückenlächeln und strich sich über die orangefarbene Latzhose. »Also, noch mal zum Plan.«

Ben und Sorry nickten ernst, und Sorry fasste zusammen: »Ben wird sich im Prüfungssaal hinter dem Gemälde von Argus dem Beäuger verstecken. Von dort aus kannst du alles beobachten, mithören und die Ergebnisse erpendeln. Weißt du noch, wie du dahin kommst?«

Ben nickte und tippte sich an den Kopf. »Alles unauslöschlich eingespeichert. Ich betrete den Gang zum Prüfungssaal bei Wolf dem Opferer, weil sich da nie jemand herumtreibt.«

Missy grinste. »Oh, der gute Wolfi. Wer hätte gedacht, dass er noch mal so nützlich sein würde?«

Sorry hoffte, dass Ben sich auf dem Weg dorthin nicht verlief, wie sie es zweifelsohne getan hätte. Sie fuhr fort.

»Missy, um Punkt 10 Uhr beginnen die Prüfungen. Dann betrittst du den Astrologieraum und knackst das Schloss im Gemälde.«

Zur Bestätigung zog Missy einen Schlüsselbund hervor. »Zum Glück habe ich meinen Vater überzeugt, heute an der Reparatur der Statue zu arbeiten, sodass er hoffentlich nicht gleich merkt, dass seine Schlüssel fehlen.« Sie steckte den Bund wieder weg. »Wenn ich die Jacke habe, laufe ich so schnell wie möglich durch die Geheimgänge zu Ben in den Prüfungssaal.«

»Wenn Missy angekommen ist, gebe ich dir in deinen Visionen ein Zeichen«, ergänzte Ben.

Sorry nickte. »Es werden acht Leute geprüft, ich bin als Vierte dran. Ich werde versuchen, das Ganze so lange hinauszuzögern, bis du da bist«, schloss sie.

Im Gegensatz zur Einschulung bestimmte bei der Prüfung das Los die Reihenfolge. Sorry hatte gehofft, noch später dranzukommen. Aber sie war froh, zumindest nicht als Erste an der Reihe zu sein.

Missy setzte ein entschlossenes Gesicht auf. »Ich bin so schnell wie der Wind!«

»Dann ist ja alles klar«, sagte Ben. »Zeigen wir den Astras, wo der Hammer hängt.«

»Viel Glück!«, rief Sorry und alle drei nickten sich ermutigend zu. Missy packte Ben an der Hand und zog ihn durch die Gänge davon. Sorry sah ihnen nach.

Der Prüfungssaal befand sich in einem der Türme der Akademie und wurde seit der Gründung nur für diesen Zweck genutzt. Sorry stellte sich zu ihren Klassenkameraden, die bereits vor der Tür warteten. Madame Demain kontrollierte die Anwesenheit. »Weiß jemand von Ihnen, wo Ben Dulum ist?«, fragte sie, als sie ihn nicht entdecken konnte. Sorry versuchte, so ratlos wie die anderen auszusehen.

Schließlich meldete Crystal sich zu Wort. »Er hat mir heute Morgen gesagt, dass er krank ist. Er wohnt ja im Zimmer neben mir.« So wie sie ihre ausgebeulte Tasche umklammerte, war es ihr sichtlich unangenehm, vor der ganzen Klasse zuzugeben, dass sie mit Ben Kontakt hatte. Sorry konnte es ihr nicht verübeln, denn die abschätzigen Blicke von Estrella und Chiara bezeugten, dass dieses Gefühl durchaus berechtigt war.

Madame Demain hob eine Augenbraue, sodass sie aussah wie eine äußerst skeptische Eule. »Warum hat er sich dann nicht bei einem Lehrer abgemeldet?«

Crystal verzog genervt das Gesicht. »Woher soll ich das wissen?«

Weil dann die Lüge aufgeflogen wäre, dachte Sorry. Crystal glaubte es vielleicht, wenn Ben röchelnd vor ihrer Tür den Kranken spielte, aber ein Lehrer mit Sicherheit nicht.

Madame Demain spitzte die Lippen. »Nun gut. Regeln gehören wohl nicht zu Mr Dulums Stärken.« Sie klang nicht besonders überrascht. Natürlich hatten Ben und Sorry auf diese Reaktion gehofft. Dennoch war es erschreckend, wie einfach die Lehrerin es akzeptierte. Ob sie das auch bei anderen getan hätte? Sorry wusste, dass in den Vorjahren Schüler von Lehrern höchstpersönlich ins Krankenzimmer begleitet worden waren, wenn diese am Prüfungsmorgen angaben, krank zu sein. Schuleschwänzen war an der Akademie eine echte Herausforderung. Aber da es längst die Runde gemacht hatte, dass Ben der Rausschmiss drohte und alle die Gründe dafür kannten, beschloss Madame Demain wohl, dass sie Bens Fehlen nicht weiter nachgehen musste.

Die Lehrerin zog weiter zu den anderen Jahrgängen, und Sorry entspannte sich ein wenig. Es war nur ein Detail ihres gesamten Plans, aber auch der hätte schließlich scheitern können. Sie hörte, wie Chiara ein »Was hat sie denn anderes von dem erwartet?« murmelte. Estrella nickte. Sie trug einige Papierrollen unter dem Arm und war in ein noch edleres weißes Kleid als bei der Einschulung gehüllt. Es war über und über mit silbernen Sternen besetzt, ihre Schuhe waren so hoch, dass sie alle überragte, und die Haare waren kunstvoll hochgesteckt, sodass ihre Teleskop-Ohrringe gut zu sehen waren. Ihr Aufzug war vollkommen übertrieben für diesen Anlass.

»Sorry?« Sie zuckte zusammen. Es war Baton, der sich ihr mit Arkana genähert hatte.

Arkana sah sie so durchdringend an, dass Sorry sich wie eine verurteilte Schwerverbrecherin fühlte. Baton machte eher einen nervösen Eindruck. »Ben ist nicht krank, oder?«

Die Frage traf Sorry vollkommen unvorbereitet. »Wie kommst du denn darauf?« Sie versuchte, ihre aufsteigende Panik zu unterdrücken und eine schlagfertige Antwort zu finden. »Und wieso fragst du mich, ich wohne doch nicht mal im Wohnheim!«

Baton warf seiner Schwester einen unsicheren Blick zu und schien sich auf Gebärdensprache mit ihr abzustimmen. Arkana antwortete ziemlich entschlossen. Hätte Sorry nicht gewusst, dass sie Worte mit ihren Händen formte, hätte sie gedacht, sie wollte ihren Bruder angreifen.

Baton nickte und richtete sich wieder an Sorry.

»Arkana fand, dass du ziemlich auffällig darauf reagiert hast, als Crystal erzählt hat, Ben sei krank. Als wüsstest du mehr darüber.« Er schielte zu seiner Schwester, hielt dann so die Hand vor den Mund, dass diese seine Lippen nicht sehen konnte, und flüsterte überflüssigerweise: »Glaub mir, in der Regel deutet meine Schwester das Verhalten von Leuten richtig. Körpersprache und so, keine Ahnung, wie sie das macht.«

Arkana sah ihn an und zog genervt ihre Augenbrauen hoch, als wollte sie fragen, ob er ernsthaft das Gesagte vor ihr verheimlichen wollte.

Sorry überlegte fieberhaft, wie sie aus dieser Situation wieder herauskommen konnte. »Und warum sollte das heißen, dass Ben nicht krank ist?«, unterbrach sie die beiden.

Die Zwillinge hielten inne und sahen Sorry an. Mit einer schwungvollen Bewegung zog Arkana ihren Kartenstapel aus ihrem Ärmel. Sie mischte ihn so schnell, dass Sorry schwindelig wurde. Dann hielt sie ihn Sorry aufgefächert hin und nickte ihr zu. Zögerlich zog sie eine der Karten und deckte sie auf. Auf einem prunkvollen gelben Thron, der nur aus Verzierungen zu bestehen schien, saß eine festlich gekleidete Person mit kurzen Haaren und einer Krone auf dem Kopf. Ihre Gesichtszüge waren weich wie die einer Frau, doch Sorry konnte nicht mit Sicherheit sagen, ob es sich wirklich um eine Königin oder einen König handelte. Beides schien nicht zu stimmen. In den Händen hielt die Person ein Schwert und zwei Waagschalen. Darunter stand groß »Die Gerechtigkeit«.

Arkana hob bedeutungsvoll die Augenbrauen.

»Diese Karte steht für die Wahrheit und dass man sie sagen sollte«, erklärte Baton. »In deinem Fall also, dass etwas nicht so ist, wie es aussieht. Ben ist nicht krank, und du weißt etwas darüber.«

Arkana lächelte triumphierend, nahm Sorry die Karte aus der Hand und steckte sie wieder zurück in den Stapel.

Sorrys Herz pochte wild. Die beiden waren ihr auf die Schliche gekommen. Das Einzige, was ihr blieb, war der Angriff. »Und wenn es so ist? Was wollt ihr jetzt dagegen tun?« Sie hoffte, dass ihre Stimme kräftig genug klang, um zu verschleiern, dass sie vor Angst am liebsten weggerannt wäre.

Ihr Plan durfte doch nicht scheitern, nur weil die Tarot-Zwillinge so aufmerksam waren!

Arkana und Baton tauschten Blicke und zuckten dann beide mit den Schultern.

»Nichts«, sagte Baton. »Wir waren nur neugierig.«

Sorry starrte sie mit offenem Mund an. War das ihr Ernst? So einfach ließen sie sie davonkommen? Ohne zu hinterfragen, warum sie offenbar mit Ben Geheimnisse teilte? Sie wurde aus den beiden nicht schlau.

Madame Demain erhob die Stimme. »Schülerinnen und Schüler, die an der Prüfung teilnehmen, bitte zu mir!« Sorry hatte keine Zeit mehr für die Zwillinge. Es ging los!

25

Die Lehrerin begleitete Sorry und die sieben anderen Prüflinge in den noch leeren Saal. Weil Lehrer unparteiischer
waren als die Familienoberhäupter, war es heute ihre Aufgabe, die Schüler durch die Prüfung zu führen.

Sorry beäugte die anderen Teilnehmer. Cinder Smoke
von den Orakeln, der ältere Bruder ihres Klassenkameraden
Rune, der seine muskulösen Arme vor der Brust verschränkt
hielt und sich mit finsterer Miene umsah. Annie Chlore von
den Naturlesern, auf deren Schulter eine Ratte saß, anhand
deren Bewegungen sie die Zukunft vorhersagen konnte. Obsidian Glass von den Kristalllesern, der so entspannt wirkte,
als wäre er schon tausendmal geprüft worden. Sie alle waren Profis. Sorry fühlte sich absolut fehl am Platz. Sie und
Estrella waren die Einzigen, die aus dem jüngsten Jahrgang
der Akademie antreten würden. Natürlich verließen die
Familien sich eher auf Schüler, die kurz vor dem Abschluss
standen, als auf Siebtklässler, die gerade erst mit der Ausbildung begonnen hatten. Bei ihr als einziger Visionistin gab es
schlicht keine anderen Optionen. Aber Estrella mussten die
Astrologen wirklich für ausgezeichnet halten, wenn sie an-

treten durfte. So überheblich wie Estrella wieder einmal in die Runde lächelte, war ihr das durchaus bewusst.

Sorry ließ den Blick durch den Turmsaal wandern. Hier war sie noch nie zuvor gewesen. Er war viel höher, als sie ihn sich vorgestellt hatte. An der einen Wand waren übereinander mehrere Balkone angebracht. Hier würden die Zuschauer sitzen. Auf der gegenüberliegenden Seite, an der sich keine Balkone befanden, hingen bis hinauf in die Turmspitze Gemälde berühmter Wahrsagerinnen und Wahrsager. Salomea Mantik-Ore zum Beispiel, Großmutter von Vitali Mantik, die angeblich an der Seite eines Präsidenten einen Putsch verhindert hatte, indem sie dessen politischen Gegnern aus der Hand gelesen hatte. Tarek Pentacle, ein Tarotkartenleger, der den zweifelhaften Ruf hatte, mit seinen Vorhersagen eine Menge Geld angehäuft zu haben, und sich mit ziemlicher Sicherheit den Platz an der Wand erkauft hatte. Ganz unten, direkt neben der leeren Fläche, auf der geprüft werden würde, hing das Gemälde von Argus Fortune, genannt Argus der Beäuger. Sorrys Vorfahr, von dem es hieß, die Visionen zu einer eigenständigen Form der Wahrsagerei gemacht zu haben. Er war in einen prächtigen pinkfarbenen Mantel gehüllt und schien sie direkt anzublicken. Auf seiner Stirn prangte ein drittes Auge, was seinen Blick noch Furcht einflößender machte. Vielleicht bildete Sorry es sich ein, aber sie hatte das Gefühl, dass darin auch ein Vorwurf mitschwang. Sorry könnte es verstehen.

Hinter dem Gemälde saß Ben, unsichtbar für alle im Saal. Sorry schluckte. Sie war in den letzten Tagen immer wieder auf der anderen Seite des Gemäldes gewesen, um sich einen

Eindruck von dem Gang zu verschaffen und besser vor ihrem inneren Auge sehen zu können, wie Ben dort saß. Sie hatte sowohl durch die Leinwand in den Raum geblickt als auch vor der Tür des Prüfungssaals gestanden und geübt, aus dieser Entfernung Bens im Versteck erpendelte Vorhersagen zu sehen. Doch es war das erste Mal, dass sie das Gemälde von vorne sah.

Die Holzdielen knarzten, als Sorry und die anderen Prüflinge darüberschritten. Es zeigte die Abnutzungsspuren vieler Generationen von Wahrsagern, die hier bereits ihre Prüfung abgelegt hatten.

Bis auf die Stühle, auf denen Platz zu nehmen Madame Demain sie jetzt anwies, gab es auf dieser Seite des Raumes keine Möbel. Nichts sollte die Zuschauer von den Prüflingen ablenken. Sorry fühlte sich wie auf dem Präsentierteller.

Nun erklärte Madame Demain offiziell den Ablauf der Prüfung. Jeder Prüfling würde drei Fragen beantworten müssen und dafür benotet werden im Hinblick auf Aussagekraft, Präsentation und handwerkliches Geschick. Wenn alle geprüft wären, würde unverzüglich nach der kurzen Beratung der Prüfer die Schulleiterin den oder die Beste verkünden.

Sorry hörte Madame Demains Ausführungen kaum. Sie versuchte, sich noch einmal alles in Erinnerung zu rufen, was sie im Unterricht gelernt hatte – zumindest die Dinge, die sie beeinflussen konnte. Selbstbewusstsein, Positivität, das Gegenüber kennen … und eine Prise Show. Sie schielte zu den anderen. Estrella hörte Madame Demain aufmerksam zu, wie eine Streberin, die auf eine gute Note hoffte. Tarotkartenlegerin Keylie Good, die Einzige in der Runde, die aus keiner großen Familie stammte, schien das Ganze wenig zu interessieren. Aus irgendeinem Grund trug sie keine Schuhe, hatte ihren rechten Fuß auf den linken Oberschenkel gelegt und puhlte Gedanken verloren an ihren Zehen. Mara Night von den Traumlesern schien Schwierigkeiten zu haben, die Augen offen zu halten. Annie Chlore fütterte ihre Ratte. Nur Romeo Mantik von den Handlesern schien auch nervös zu sein. Sorry sah wieder zu Argus Fortune. Von seinem vorwurfsvollen Blick bekam sie eine Gänsehaut. Nein, sie musste sich auf das konzentrieren, was dahinter war, die kleine Höhle, in der Ben mit einer Taschenlampe saß und über dem Seidentuch mit den im Kreis angeordneten Zahlen und Buchstaben darauf wartete, dass die Prüfung begann.

Schließlich beendete Madame Demain ihre Ansprache, und die Eingangstür wurde geöffnet. Jetzt gab es kein Zurück mehr. Die Schüler erklommen vom Saal aus die Wendeltreppen zu den Balkonen. Auf dem linken unteren Balkon nahmen die Lehrer Platz. Der rechte untere Balkon war für die Familienoberhäupter bestimmt und verfügte neben einer Treppe auch über eine eigene Tür, die direkt in den dahinter liegenden Flur führte. Nachdem schließlich alle Zuschauer versammelt waren und sich das Gemurmel im Saal gelegt hatte, öffnete sich diese Tür, und die Oberhäupter nahmen ihre Plätze ein. Ihre Stühle standen aufgereiht nebeneinander. Die Banner der Familien hingen am Balkon herab, genau unter dem jeweiligen Familienoberhaupt. Sorry bemerkte, dass, obwohl auch das schwarze Banner der Nekromanten herabhing, es auf dem Balkon nur acht Plätze gab. Heuchlerisch, fand Sorry. Offiziell wurde die Nekromantie als neunte Wahrsagekraft aufgeführt, aber hier wurde unübersehbar, dass Nekromanten in Wahrheit niemand haben wollte.

Madame Demain richtete das Wort an die Zuschauer: »Bitte erheben Sie sich: die Prüfer!«

Alle folgten ihren Anweisungen und blickten zum mittigen Balkon. Er war nur etwa drei Meter über dem Boden angebracht und mit Abstand der prächtigste. Über und über war er verziert mit goldenen, silbernen und bronzenen Symbolen aller Wahrsagearten, was ihn offenbar so schwer machte, dass er mit Holzpfeilern abgestützt werden musste. Keine Treppe führte hinauf. Er konnte ausschließlich über eine Tür in der Wand betreten werden, damit die Prüfer sich unter keinen Umständen vorher unter die Anwesenden mischten und sich von ihnen beeinflussen ließen. Sie wurden unter allen Absolventen der Akademie durch das Los bestimmt und kurzfristig benachrichtigt, um Betrug zu vermeiden. Die Prüfer waren ausschließlich hier, um in diesem Moment die Leistungen zu bewerten, nicht mehr und nicht weniger.

Den ersten Prüfer, der nun durch die Tür trat, kannte Sorry nicht. Offenbar ging es vielen im Saal so, denn leises Getuschel kam auf. Der Mann hatte abstehendes Haar, trug eine rote Brille, hinter der sich leicht schielende Augen verbargen, und einen Anzug, der ihm ein wenig zu groß war. Er lächelte nervös in die Runde. Sorry bemerkte, dass er noch jung war, wahrscheinlich noch keine dreißig.

Tinothy Lead erhob sich und verkündete: »Prüfer Edison B. Right von den Orakeln, bewandert in der Hellseherei durch elektrische Impulse.«

Edison B. Right verbeugte sich und stellte sich hinter seinen Stuhl rechts auf dem Balkon.

Als Nächstes trat eine Frau heraus. Sie hatte kurzes, kupferfarbenes Haar, rosige Haut und trug so schwere goldene Ohrringe, dass Sorry befürchtete, ihre Ohrläppchen würden einreißen. Ein fröhliches Lächeln umspielte ihre Lippen. Als Silka Chlore aufstand und verkündete, dass es sich um Phya Chair von den Naturlesern handelte, fiel Sorry wieder ein, dass sie sie kannte. Die Wahrsagerin war darauf spezialisiert, Zukunft und Vergangenheit anhand von Möbelstücken vorherzusehen, die sie berührte. So war es auch kein Wunder, dass sie ein eigenes Sitzkissen hervorholte und es auf ihren Platz in der Mitte des Balkons legte. Sie wollte ihre Aufmerksamkeit ganz der Prüfung widmen können, ohne von der Geschichte ihres Sitzmöbels abgelenkt zu werden. Es hätte ihr ohne den Puffer sicher einiges über all die Wahrsager berichtet, die zuvor darauf gesessen hatten. Das Getuschel war lauter als bei dem Prüfer. Phya Chair war früher einmal Lehrerin an der Akademie gewesen und hatte sie verlassen, um einen Nichtseher zu heiraten – für einige im Saal eine skandalöse Entscheidung.

Das Getuschel erstarb, als die Tür sich zum dritten Mal öffnete. Die letzte Prüferin trat ein und damit die Person, die den Vorsitz innehatte.

Sorry blieb fast das Herz stehen. Estrella neben ihr begann, siegessicher zu grinsen. Die Prüferin war eine hagere Frau, die mit selbstsicherem Schritt auf den Balkon trat. Ihre krausen weißen Haare hoben sich stark von ihrer schwarzen Haut ab und verliehen ihr etwas Erhabenes. Sie ließ ihren Blick durch den Saal gleiten, als würde sie alle Prüflinge und alle Zuschauer einzeln mustern. Ihre Miene war versteinert.

Taurus Astra erhob sich, und es war offensichtlich, dass er nur halbherzig versuchte, sein zufriedenes Lächeln zu verbergen. »Cassiopeia Astra von den Sterndeutern.«

Eine Astra. Und noch dazu eine lebende Legende. Sie war die jüngste Astrologin, die jemals die Bedeutung einer Mondfinsternis für das folgende Jahr verkündet hatte und nur nie Schulbeste geworden, weil Euphoria stets noch besser gewesen war. Auch wenn Prüfer immer objektiv bleiben mussten, so war diese Frau den Fortunes gegenüber sicher voreingenommen. Wäre es nur um die Prüfung gegangen, hätte das Sorry nicht weiter gestört. Aber was, wenn sie den Beweis, den Sorry vorbrachte, abschmetterte und Taurus unterstützte? Als Vorsitzende der Prüfer war sie heute die Richterin.

Sorry atmete tief durch. Nein, auch Cassiopeia Astra musste sich an die Fakten halten. Und nur weil sie dieser Familie entstammte, hieß das nicht selbstverständlich, dass sie genauso durchtrieben war wie ihre Verwandten.

Als erst sie und dann alle anderen Platz genommen hatten, wurde es ruhig im Saal.

Madame Demain richtete sich an die Prüfer. »Bitte verlesen Sie die Prüfungsfragen.«

Edison B. Right stand auf. »Die erste Frage bezieht sich auf die Vergangenheit«, verkündete er mit überraschend hoher Stimme. »Sie ist, wie gewohnt, für das jeweilige Familienoberhaupt der geprüften Disziplin zu beantworten. Die Frage lautet: Beschreiben Sie die schwerste Entscheidung, die Ihr Familienoberhaupt jemals treffen musste.«

Mara rutschte nervös auf ihrem Stuhl herum, und Cinder sog scharf die Luft ein. Auch Sorry fühlte sich nicht wohl. Wollte sie das überhaupt über ihre Mutter wissen?

Als Nächste richtete sich Phya Chair an die Versammelten. »Die zweite Frage bezieht sich auf die Gegenwart: Beschreiben Sie eine Frage, die das Familienoberhaupt gerade beschäftigt.«

Eigentlich eine dumme Frage, fand Sorry. Sicherlich fragten sich alle gerade, wer als Nächstes die Schulleitung übernehmen würde. Diesen Gedanken teilten die anderen wohl auch, denn sie sah, wie Estrellas triumphales Lächeln breiter wurde und Obsidian verächtlich schnaubte.

Schließlich erhob sich Cassiopeia Astra. Sie sprach langsam, als würde sie jedes Wort genießen, damit es seine Wirkung voll entfalten konnte. »Die dritte Frage befasst sich mit der Zukunft«, verkündete sie. »Beschreiben Sie ein Ereignis, das dazu führt, dass das Familienoberhaupt eine drastische Veränderung erfährt.«

»Einfach«, murmelte Estrella neben Sorry. Annie streichelte nervös die Ratte, die sich hinter ihren hüftlangen Haaren versteckte. Romeo knabberte an seinen Fingernägeln.

Nachdem Cassiopeia Astra sich wieder gesetzt hatte, ergriff Madame Demain erneut das Wort. »Den Anfang macht Keylie Good von den Tarotkartenlegern.«

Keylie ließ die Finger vor Vorfreude knacken und hüpfte zur Prüfungsfläche in der Mitte des Raumes, sodass ihr dicker, dunkelroter Flechtzopf um ihren Kopf flog. Ihr Haaransatz verriet, dass die Haare eigentlich schwarz waren. Sie lächelte und offenbarte eine glitzernde Zahnspange.

»Hallo, alle miteinander!«, rief sie. »Herzlichen willkommen zu meiner Vorhersage.« Mit Schwung zog sie ein Kartendeck heraus und warf es hoch. Für einen Moment standen die Karten schwerelos in der Luft, doch als sie drohten, zu Boden zu fallen, fing Keylie sie gekonnt wieder auf und begann, sie zu mischen. Im Gegensatz zu ihren schienen Arkanas Fingerfertigkeiten geradezu plump. Die Karten tanzten mit einer schwindelerregenden Geschwindigkeit zwischen Keylies Händen. Es war eine perfekt einstudierte Choreografie. Keylie wusste offensichtlich ganz genau, was sie tat und wozu sie fähig war. Das war definitiv mehr als nur eine Prise Show.

Schließlich fächerte sie die Karten auf und hielt sie in Richtung der Familienoberhäupter. »Familienoberhaupt Pentacle, wähle bitte drei Karten!«, rief sie mit dem charmanten Lächeln eines unbedarften Kindes. Dabei bewegten sich die Karten unaufhörlich weiter. In einem betörenden Rhythmus schoben sich einzelne aus dem aufgefächerten

Stapel vor und zurück, sodass eine wellenförmige Bewegung entstand. Wie eine Schlange, die sich in Keylies Händen wand.

»Vier, siebzehn, fünfunddreißig!«, rief Karo Pentacle.

Kaum hatte sie ausgesprochen, hielt die Kartenschlange inne, und drei Karten stachen heraus. Sorry musste nicht nachzählen, um zu erkennen, dass es genau die Karten waren, die Karo genannt hatte.

Keylie zog sie heraus und ließ den Rest des Fächers zusammenschnappen. Dann platzierte sie die Karten blitzschnell auf dem Boden. »Vergangenheit, Gegenwart und Zukunft«, erklärte sie.

Sie schlug ein Rad über die drei Karten und verteilte weitere sieben Karten nach einem vorgegebenen Muster auf dem Boden.

Ein Jauchzen erklang vom Rang der Prüfer, und Sorry sah, wie Edison B. Right aufgeregt klatschte. Er hörte jedoch sofort wieder auf, als er merkte, wie unangebracht diese Reaktion war. Auch wenn Phya Chair nicht so ausgelassen reagierte wie der junge Prüfer, war auch sie offensichtlich beeindruckt. Cassiopeia Astra jedoch zog missbilligend eine Augenbraue hoch. Anscheinend hatte die Prüferin nichts für derartige Show-Einlagen übrig. Kenne dein Gegenüber, schoss es Sorry durch den Kopf. Wenn so eine Darbietung nur bei zwei von drei Prüfern zog, war das immer noch einer zu wenig.

Mit ihrem nackten Fuß drehte Keylie die erste Karte um. »Karo Pentacle, in der Vergangenheit gab es vieles, was dich beschäftigte. Das Größte jedoch ist die Frage, ob es besser ist, alles zu wissen, oder darauf zu vertrauen, dass jemand die beste Entscheidung trifft.« Sie tippte auf eine Karte.

Sorry erkannte, dass die Karte eine Frau in einem Sari zeigte, die Keylie sehr ähnlich sah. Genau wie Baton hatte Keylie die Karten wohl nach ihrem Abbild erstellt. Ob das so ein Ding bei Tarotkartenlegern war? Und warum waren die Figuren von Arkana dann weder eindeutig weiblich noch männlich?

Keylie deckte die nächste Karte auf. »Dies nimmst du mit in die Gegenwart: Du bist in einer guten Situation, du denkst, du brauchst keine Veränderungen.« Sie deckte die Karte auf, die noch auf der zuletzt umgedrehten lag. »Doch ist es richtig, dass du das glaubst? Sollte sich nicht etwas verändern? Schätzt du die Situation falsch ein?« Blitzschnell drehte Keylie die anderen Karten bis auf eine um und betrachtete sie eingehend. »Du musst erkennen, dass Freunde auch Feinde sein können. Dass deine Meinung zählt. Dass du unterschätzt wirst. Und dass nicht immer passiert, was du willst. Nur so kannst du zu einer Veränderung beitragen.« Sie drehte die letzte Karte um. »Denn das wirst du. Du wirst eine wichtige Rolle für die Zukunft der Akademie spielen.«

Es war still im Saal. Sorrys Mund war trocken. Es war eine Aussage mit vielen möglichen Bedeutungen, eine Prophezeiung, wie sie im Lehrbuch stand. Sie konnte zum Beispiel bedeuten, dass Karo bald Schulleiterin werden würde. Mit Keylies beeindruckender Darbietung war das nicht abwegig. »Also, wenn du schon dabei bist, etwas zu verändern«, unterbrach Keylie die unangenehme Stille, »dann wäre ich für Fahrstühle in der Akademie. Ich meine, wer hat sich das mit den ganzen Treppen ausgedacht!« Es war zwar kein besonders guter Witz, aber er lockerte die angespannte Stimmung. Die Zuschauer lachten befreit, und dann erhob sich ein ohrenbetäubender Applaus.

Edison B. Right war von seinem Sitz aufgesprungen und klatschte begeistert in die Hände. Phya Chair strahlte. Und Sorry bemerkte erstaunt, wie Cassiopeia Astras Mundwinkel sich eine winzige Spur gehoben hatten. Offenbar konnte sie mit Humor etwas anfangen. Kenne dein Gegenüber. Keylie verbeugte sich, sammelte ihre Karten ein und kehrte zu ihrem Stuhl zurück.

Madame Demain trat vor und kündigte Obsidian Glass an. Sorry konnte sich nicht vorstellen, wie er Keylies Leistung übertreffen wollte. Sie blickte zum Gemälde von Argus Fortune. Missy müsste jetzt im Astrologieraum sein. Hoffentlich schaffte sie es rechtzeitig.

Obsidian nahm einen schwarzen Koffer und ging in die Mitte des Saals. Es schien, als könnte ihn nichts aus der Ruhe bringen. Obsidian war bereits im Abschlussjahrgang und nahm zum vierten Mal an der Prüfung teil. Also wusste er, wie es ablief. Er ließ sich nicht hetzen, während er ein bronzenes Gestell aus dem Koffer nahm und aufbaute. Eine Halterung für eine Kristallkugel. Er stellte ihre Höhe so ein, dass die Kugel ihm bis zur Brust reichte. Nachdem er sich vergewissert hatte, dass das Gestell stabil stand, hob er seine Kristallkugel aus dem Koffer. Sie ließ nicht nur Sorry nach Luft schnappen. Die Kugel war so tiefschwarz wie Obsidians Haare. Schwer zu glauben, dass es sich tatsächlich um Glas handelte. Eine solche Kugel hatte sie noch nie gesehen. Das schwarze Glas reflektierte nicht den kleinsten Lichtstrahl. Sorry fragte sich, ob es schwieriger war, daraus die Zukunft zu lesen als aus einer klaren Kugel. War das etwas, was nur fortgeschrittenen Kristalllesern vorbehalten war?

Als Obsidian mit sanfter Stimme zu sprechen begann, spitzten alle die Ohren. »Wie Ihnen bewusst ist, ist Beryl Glass das jüngste Oberhaupt der Familie Glass. Eine Entscheidung, die viele neue Erfahrungen für sie mit sich brachte. Einfache und schwere, aber vor allem prägende.« Er wählte die Worte mit Bedacht. »Niemals hatte sie damit gerechnet. Sie, die gerade erst ihre Ausbildung an der Akademie abgeschlossen hatte. Sie, die die Welt bereisen und an den ärmsten Orten der Welt mit Vorhersagen Gutes tun wollte. Und nun sollte sie die Geschicke ihrer ganzen Familie leiten? Die Verantwortung für alle Kristallleser übernehmen, obwohl sie dies kaum für ihr eigenes Leben konnte? Und vor allem sollte sie all ihre eigenen Träume zum Wohle ihrer Familie aufgeben.« Es war unmöglich, Obsidian nicht zuzuhören. Kein Wort zu viel. Sorry war wie gebannt. Obsidians Hände kreisten über die Kugel, in die er starrte, ohne zu blinzeln.

»Beryl ging fort, um nachzudenken. Niemand konnte ihr dabei helfen, die richtige Entscheidung zu treffen. Und dann beobachtete sie, wie in Horror's Cope zwei Schwestern auf offener Straße von älteren Kindern schikaniert wurden. Bevor Beryl eingreifen konnte, setzte sich das ältere Mädchen zur Wehr. Die anderen Kinder schubsten es zu Boden und liefen davon. Das jüngere Mädchen weinte furchtbar, weil ihre Schwester verletzt war. Doch trotz ihrer Verletzungen tröstete die ältere die jüngere Schwester, sie schob ihre eigenen Schmerzen beiseite, um die Tränen der anderen zu trocknen. Und da erkannte Beryl, dass sie es schaffen konnte, ihre Familie zu repräsentieren. Und welche Ehre das war. Denn wenn dieses Mädchen ungeachtet seiner eigenen Situation für ihre bedürftige kleine Schwester da sein konnte, dann konnte sie das auch. Und so nahm sie den Posten als Familienoberhaupt an.«

Erst als der Applaus losbrach, erinnerte Sorry sich daran, wo sie war. Sie sah sich um. Anscheinend war es vielen so gegangen wie ihr. Obsidians Vorhersage war ganz anders als die von Keylie und auf ihre Weise noch beeindruckender. Das hier war eine ganz andere Liga als bei der Einschulung.

Sorry sah zu den Prüfern hinauf. Edison B. Right klatschte erneut begeistert, und Phya Chair wischte sich eine Träne aus dem Augenwinkel. Dann schaute Sorry zu Beryl Glass. Sie sah erstaunt aus, ja, vielleicht war sie sogar schockiert über Obsidians Worte. Aber dann lächelte sie anerkennend. Sorry wurde klar, dass in Beryls Erinnerung das Ereignis ein wenig anders abgelaufen war und dass Obsidian vieles offensichtlich heller ausgemalt hatte, als es tatsächlich gewesen war. Positivität und Selbstbewusstsein, zwei Pfeiler einer gelungenen Vorhersage! Dies schien auch Cassiopeia Astra erkannt zu haben. Sie war nicht emotional geworden wie die anderen beiden Prüfer – aber sie war sichtlich angetan.

Auch Obsidians nächste Vorhersagen über Beryls zögerlichen Wunsch nach Veränderung und wie sie bald mit fester Entschlossenheit und ihrer Stimme zu dieser beitragen konnte, verfehlten ihre Wirkung nicht. Das Publikum klatschte anerkennend, als er geendet hatte. Seine Worte hatten Sorry nicht überrascht. Beryl wollte einen Schulleiterwechsel, sie wollte die Fortunes gehen sehen. Nur, was hatte er damit gemeint, dass auch ihre Stimme etwas beitragen konnte?

Nachdem Obsidian mit seinem Koffer wieder an seinen Platz zurückgegangen und wieder Ruhe eingekehrt war, trat Madame Demain nach vorne und kündigte die dritte Teilnehmerin an: Estrella. Sorrys Herz schlug bis zum Hals. Jetzt würde sich zeigen, ob es Estrella, wie ihr Vater glaubte, schaffen würde, die anderen zu übertreffen. Estrella griff ihre Papierrollen, stand auf und warf Sorry einen Blick zu, der an Überheblichkeit nicht zu überbieten war. Sorry schluckte. Als sie die Prüfungsreihenfolge gesehen hatte, hatte sie geflucht. Direkt nach Estrella dranzukommen, würde einmal mehr betonen, wie schlecht sie war. Noch dazu bedeutete es, dass sie nicht mehr viel Zeit hatten. Sie hoffte, dass Missy schon auf dem Weg hierher war. Sorry würde die Prüfer nicht ewig hinhalten können, und niemand würde ihnen zuhören, wenn sie die Prüfung nach Sorrys Darbietung dafür unterbrechen wollten. Sie überlegte, ob sie bereits eine Vision riskieren sollte. Vielleicht saß Missy ja bereits hinter dem Gemälde. Aber ein Blick auf die anderen Teilnehmer neben ihr ließ sie den Plan verwerfen. Sie saßen so dicht bei ihr, dass sie bemerken würden, wenn Sorry eine Vision hatte. Und es war verständlicherweise absolut verboten, außerhalb der eigenen Prüfung hellzusehen.

Estrella stand nun am Rande der Prüfungsfläche und lächelte die Familienoberhäupter an. »Ich danke der Familie

Astra, dass ich bereits in meinem ersten Jahr hier meine Fähigkeiten unter Beweis stellen darf.« Natürlich musste sie das extra betonen.

Dann richtete sie sich an die Prüfer. »Und ich freue mich sehr, dass ich mich von solch herausragenden Prüfern bewerten lassen darf. Die grandiose Wahrsagerin Cassiopeia Astra, die absolut unparteiisch und fair beurteilen wird.« Sie sah Cassiopeia Astra an. Estrella war bewusst, dass man ihr unterstellen würde, die Prüferin würde sie bevorzugen. So wollte sie das wohl entkräften, auch wenn sie es ein wenig übertrieb.

Nun wandte Estrella sich an Phya Chair. »Mrs Chair, ich weiß, wie viele Wahrsager Sie in Ihrer Zeit als Lehrerin begleitet haben, und verspreche, Sie nicht zu langweilen. Übrigens stehen Ihnen die Ohrringe ausgezeichnet.«

Sorry wollte wütend schnauben – so ein Geschleime würde bei der Prüferin niemals gut ankommen. Aber zu ihrer Überraschung lächelte sie Estrella breit und dankend an.

Dann sprach Estrella den Prüfer an. »Mr Right, ich freue mich ganz besonders, dass Sie hier sind. Denn Ihre These über die Verbundenheit von Astrologie und Orakeln hat

mich sehr beschäftigt, und ich hoffe, dies in Zukunft in meine Arbeit einfließen lassen zu können.«

Edison B. Right sah aus, als wäre dies das schönste Kompliment seines Lebens.

»Ganz schön clever«, murmelte Keylie. »Ich glaube, diesen öden Aufsatz hat noch nie jemand komplett gelesen, aber Right bildet sich eine Menge darauf ein.«

Da kapierte Sorry, was Estrella vorhatte. Regel drei – das Gegenüber kennen. Auch wenn Taurus die Prüfer nicht bestimmen konnte, hatte er seine Tochter wohl sehr gut über sie informiert. So konnte sie ihnen genau die Komplimente machen, die sie brauchten. Das war nicht verboten, denn schließlich machte auch eine gründliche Vorbereitung einen guten Wahrsager aus. Wenngleich Sorry dabei ihr Frühstück hochkam.

Estrella rollte nun ihre Papiere auf dem Boden aus, eine davon war bestimmt fünf Meter lang. Es waren Zeichnungen und Karten, die nur Sterndeuter lesen konnten.

Sorry war sich sicher, dass Estrella auch anhand eines Notizzettels die Zukunft hätte vorhersehen können, aber so machte es natürlich viel mehr Eindruck. »Anhand des Geburtshoroskops meines Vaters werde ich nun die Fragen beantworten«, erklärte Estrella.

Sie hob eine der Karten auf. »Ich prüfe einige Tage der Vergangenheit, um herauszufinden, was seine Entscheidungen beeinflusst.« Estrella fuhr die Karte hinab und murmelte dabei »Sonne aufsteigend«, dann verharrte sie. Langsam ließ sie die Karte sinken und strahlte, als sie zu Taurus sah. »Als Stier ist mein Vater ein sehr bedachter und bodenständiger Mensch«, erklärte sie. »Das bedeutet, er wartet ab und handelt, auch wenn schwere Entscheidungen ins Haus stehen, niemals überstürzt. Somit kann ich keine Antwort auf Ihre Frage geben, denn Taurus Astra fällt Entscheidungen so bedacht, dass sie ihm niemals schwerfallen.«

Im Saal war kein Ton zu hören. Eine solche Vorhersage hatte niemand erwartet. Das war etwas absolut Neues. Nach einer gefühlten Ewigkeit begannen die Leute zu johlen und zu klatschen. Estrella warf den Kopf zurück, und ihre Ohrringe klimperten, als sie sich verneigte und bedankte.

»Sind wir hier im Theater?«, stöhnte Cinder, doch sein Protest schien halbherzig. Auch er wusste, dass der Zweck die Mittel heiligte. Trotzdem freute es Sorry, dass sie nicht die Einzige war, die von Estrella genervt war. Aber ihre Vorhersage machte ihr Bauchschmerzen. Denn auch wenn Estrella es geschafft hatte, die Eigenschaften ihres Vaters positiv zu formulieren, bestätigte sie, dass Taurus stets danach ging, was ihm nutzen würde. Taurus Astra war gefühllos, berechnend – und somit brandgefährlich.

Estrella hob nun eine weitere Sternenkarte auf. Sorry sah von ihrem Platz aus, dass darauf ein Kreis mit allerlei bunten Strichen und Symbolen abgebildet war.

»Die Sonne gibt meinem Vater Kraft, und so bleibt er seinem Stierwesen treu. Momentan ist er vollkommen beruhigt, seine Gedanken sind der Zukunft zugewandt, er ist entschlossen.«

Dieses Mal war das Gemurmel im Saal etwas zögerlicher. Es handelte sich um die erste Vorhersage heute, bei der das Familienoberhaupt nicht zumindest ein wenig Aufregung zeigte. Das schien auch die Prüfer zu irritieren, denn sie blickten zu Taurus. Dieser zeigte jedoch keinerlei Reaktionen und sah selbstsicher zu seiner Tochter. Edison B. Right und Phya Chair betrachteten ihn bewundernd, offenbar hielten sie seine Stärke und Sicherheit in dieser Situation für außerordentlich. Nur Cassiopeia Astra schaute skeptisch.

Für die dritte Frage zog Estrella überraschenderweise eine kleine Lampe aus ihrem weiten Ärmel hervor und richtete sie auf die Wand mit den Gemälden. Sie knipste das Licht an und in dem gedämpften Licht des Prüfungssaales erschienen die angeleuchteten Wahrsager ein wenig gruselig.

Dann hob sie eine Folie vom Boden auf und hielt sie vor die Lampe. »Dies ist der Himmel von heute Nacht.« Edison B. Right machte ein erstauntes Gesicht. Ihn hatte Estrella bereits komplett um den Finger gewickelt.

Sorry schielte zu dem Gemälde, hinter dem Ben saß. Wenn Estrella noch weiter so ausführlich alles erklärte, würde Missy genug Zeit haben.

Estrella deutete mit dem Finger auf ein paar Sterne. »Alles, was mein Vater sich heute wünscht, wird in Erfüllung gehen. Er tut recht daran, jetzt nicht nachzulassen und auf das Beste zu vertrauen!«

Diese Vorhersage ließ Sorrys Herz stocken. Wenn Taurus' Wünsche in Erfüllung gingen, hieß das, dass ihr Plan scheiterte.

Doch da stockte Estrella. »Dennoch gibt es eine Möglichkeit, dass dies verhindert wird.« Sorry sah, wie Estrellas Finger zitterte, offenbar hatte sie tatsächlich etwas Erschreckendes gesehen. Aber statt sich wieder ans Publikum zu wenden, flüsterte sie, so leise, dass Sorry sie nur mühsam verstand:

»Mars im Sternzeichen Fische...« Nachdem Estrella sich wieder gefangen hatte, blickte sie lächelnd ins Publikum. »Einige wollen ihn aufhalten und nutzen dazu jedes Mittel. Doch dies wird durch seine Weisung unterbunden.«

Sie knipste die Lampe aus, worauf die Sterne verschwanden, und verbeugte sich.

Tosender Applaus und Jubel brandete auf, noch viel lauter als bei Keylie und Obsidian. Auch die Prüfer klatschten, selbst Cassiopeia Astra, wenn auch nicht so überschwänglich wie Edison B. Right und Phya Chair. Sorry hörte es nur wie durch Watte, zu sehr dachte sie noch über das nach, was Estrella gemurmelt hatte. Mars im Sternzeichen der Fische. Was konnte das bedeuten? Immerhin war sie Sternzeichen Fische, wie Estrella bereits am Tag der Einschulung angemerkt hatte.

Selbstbewusst lächelnd setzte Estrella sich neben Sorry auf ihren Platz.

Es war so weit – Madame Demain kündigte Sorry an. Alle
Augen richteten sich auf sie. Es war so still, als wären die
Geräusche aus dem Saal gesaugt worden. Selbst der Staub in
der Luft schien stehen geblieben zu sein.

Sorry erhob sich langsam und ging zur Prüfungsfläche.
Mit jedem Schritt hoffte sie, dass Missy aus dem Gemälde
stürzen und die Jacke schwenken würde. Doch als sie in der
Mitte ankam, rührte sich dort nichts. Die Prüfer fixierten sie.
Sorry schloss die Augen und atmete durch.

Selbstbewusstsein. Positivität. Das Gegenüber kennen. Und
eine Prise Show. Sie sah zu ihrer Mutter, die ganz blass war.

»Die schwerste …«, stammelte Sorry, und die Worte schienen nicht so recht aus ihrem Mund kommen zu wollen.
Nein. Sie musste lauter reden, die erste Regel beachten. Sie
räusperte sich. »Die schwerste Entscheidung in der Vergangenheit von Euphoria Fortune«, verkündete sie. Sie glaubte,
hinter sich ein leises Kichern von Estrella zu hören, doch sie
durfte sich davon nicht ablenken lassen.

Sie schloss die Augen und konzentrierte sich auf Ben hinter dem Gemälde. Sie hoffte, dass er bereit war. Und noch

mehr hoffte sie, dass Missy bereits bei ihm saß und nur auf ihr Zeichen wartete.

Ihre Sicht verschwamm. Sie sah Ben tatsächlich im Schneidersitz im Geheimraum sitzen – doch von Missy fehlte jede Spur. So ein Mist! Das Pendel begann zu schwingen und Sorry konzentrierte sich auf die Bewegungen, so wie sie es oft geübt hatten. Sie wusste, wo sich jeder Buchstabe und jedes Symbol befand. »Ich sehe«, murmelte sie, um Zeit zu gewinnen, bevor die Nachricht klar war. Dann blieb das Pendel stehen, und Sorry setzte schnell die Buchstaben zusammen. Sie erschrak, als sie das Ergebnis sah. Grand Fortune heiraten. Ihre Gedanken überschlugen sich. Es war die schwerste Entscheidung ihrer Mutter gewesen, ihren Vater zu heiraten? Aber das konnte doch nicht sein!

Die Vision verschwand, und Sorry schielte zu ihrer Mutter, die so verstört guckte, wie Sorry sich fühlte. Ob sie ahnte, was Sorry gesehen hatte? Oder fürchtete sie die Schande, wenn Sorry wieder nur etwas Kleines sah? Sie konnte es nicht beurteilen. Sorrys Gedanken kreisten umeinander. Ihre Eltern waren doch glücklich gewesen – warum hätte ihre Mutter ihren Vater nicht heiraten wollen?

»Bestimmt, dass ihre Mutter sich nicht zwischen zwei Lippenstiften entscheiden konnte«, flüsterte Estrella hinter ihr. Die Worte holten Sorry zurück in die Gegenwart. Sie konnte ihre Mutter später zur Rede stellen, jetzt ging es um die Vorhersage.

Sie überlegte, wie sie sie vortragen konnte. Pendel arbeiteten mit Worten, Visionen mit Bildern. Sie musste es umschreiben. »Ich sehe einen Mann mit tiefschwarzen Haaren.«

Sorry hielt die Augen geschlossen, damit niemand merkte, dass die Vision längst vorbei war. Dennoch öffnete sie sie manchmal einen kleinen Spalt, um zu den Prüfern zu spähen. Das Gegenüber kennen. Humor kam gut an. Das musste sie nutzen! Sie grinste. »Er sieht ziemlich gut aus!« Einige Leute lachten, und die Prüfer schmunzelten. Es funktionierte.

»Da ist ein Herz, anscheinend ist es Euphorias Freund.« Edison B. Right und Phya Chair warfen sich schmachtende Blicke zu. Emotionen funktionierten also auch. Es war Zeit für eine Prise Show. Sorry schnappte nach Luft. »Der Mann ist mein Vater!« Ein Raunen ging durch den Saal, einige sogen die Luft ein. Alle wussten, was Grand Fortune zugestoßen war. Jetzt noch das Ende der Vorhersage – doch Sorry fiel nicht ein, wie sie dies positiv verpacken konnte. Sie beschloss, dass die Emotionen reichen mussten. Nicht immer musste alles gut ausgehen, oder? Ihr Vater war schließlich tot. »Ich sehe eine Waage, in einer Waagschale liegen Eheringe.« Sorry holte tief Luft. »Die schwerste Entscheidung meiner Mutter war, ob sie meinen Vater heiraten sollte.«

Im Saal war es totenstill. Sorry öffnete die Augen. Sie sah in die staunenden Augen einiger Mitschüler und vor allem der Familienoberhäupter. Mit offenem Mund schaute Euphoria zu ihr, und Sorry wusste nicht, ob es wegen der Vorhersage war oder weil Sorry sie gemacht hatte. Auch Taurus Astra schien zum ersten Mal überrascht. Sorry hörte hinter sich ein Klacken und wandte sich um. Estrella hatte ihre Brille fallen gelassen, die sie gerade geputzt hatte. Sorry hätte alles dafür gegeben, ihren fassungslosen Gesichtsausdruck für immer festzuhalten. Jetzt war es an Sorry, ihr einen triumphalen Blick zuzuwerfen. Estrella presste wütend die Lippen zusammen und tastete nach ihrer Brille.

Die Zuschauer begannen zu applaudieren, erst zögerlich, dann immer lauter. Sorry wandte sich wieder zu ihnen. Jemand rief ihren Namen, und Sorry glaubte, dass es Thea aus ihrer Klasse gewesen war. Auch die Prüfer waren begeistert. Bei Edison B. Right und Phya Chair war es offensichtlich, bei Cassiopeia Astra nur an einem angedeuteten Nicken zu erkennen. Sorry sah, dass ihre Mutter den Schreck wohl überwunden hatte, denn zum ersten Mal seit Tagen breitete sich ihr selbstsicheres Lächeln auf ihrem Gesicht aus. Sie grinste Taurus an, der sich bemühte, seine Fassung wiederzuerlangen. Offenbar waren seine Pläne ins Wanken geraten. Keiner hatte damit gerechnet, dass Sorry wirklich wahrsagen konnte.

Doch neben all der Freude spürte Sorry einen Stich in der Brust. Es waren nicht ihre Fähigkeiten, sondern Bens. Ihm galt der Applaus. Wenn sie so gewahrsagt hätte, wie sie es immer tat, würde niemand klatschen. Es war nötig zu schummeln, damit alle sie für fähig hielten. Kurz überlegte sie, alles zuzugeben. Um ihnen vor Augen zu führen, wie sehr sie sich blenden ließen. Aber wenn sie das tat, konnten sie ihren Plan vergessen. Es ging hier nicht nur um sie.

Der Applaus ebbte ab, und Sorry wusste, dass es Zeit für die zweite Vorhersage war. Wieder konzentrierte sie sich auf Ben. »Eine Frage, die Euphoria Fortune gegenwärtig beschäftigt«, rief sie laut. Ihre Sicht verschwamm. Sie sah Ben in dem Versteck. Bevor das Pendel zu schwingen begann, blickte Ben Sorry direkt an – und schüttelte kurz den Kopf.

Noch immer keine Spur von Missy. Ihr Herz klopfte schneller, aber es gelang ihr trotzdem, die Vision zu halten.

Das Pendel bewegte sich, und Sorry setzte die Buchstaben zusammen. Schulleiter bleiben möglich. Doch noch bevor das Pendel wieder zur Ruhe gekommen war, klarte sich ihr Blick plötzlich auf. Sorry fluchte innerlich. Nun musste sie mit dem arbeiten, was sie hatte. »Ich sehe die Tür des Schulleiterbüros«, erklärte sie. Wie würde es in einer Vision aussehen, dass ihre Mutter Schulleiterin blieb? Sie schielte zu ihrer Mutter, die sie erwartungsvoll anblickte. Die Augenspange in ihren Haaren glänzte. Das war es! »Darauf prangen neun Symbole, eines für jede Wahrsageart.« Es ging um die Schulleiterwahl, und jeder im Saal, das spürte Sorry, wusste es. »Eines rückt in den Vordergrund. Es ist das Auge. Meine Mutter glaubt daran, Schulleiterin zu bleiben.«

Wieder gab es Applaus, doch diesmal sah Sorry, wie Taurus ihrer Mutter einen missbilligenden Blick zuwarf. Die Vorhersage war eine Kampfansage, besonders nach Estrellas hoffnungsvoller Prophezeiung. Ihre Mutter bemerkte ihn jedoch nicht, zu sehr war sie mit Klatschen beschäftigt. Es war keine besonders aufregende Aussage, aber das hätte auch alle verwundert. Und doch griff sie die Gedanken auf, die jeden im Saal beschäftigten. Bis eben hatte niemand geglaubt, dass Sorry in der Prüfung gut abschneiden würde.

Edison B. Right und Phya Chair staunten mit offenen Mündern. Sorry glaubte sogar, vom Prüfer ein leises »Wow« gehört zu haben.

Doch sie konnte den Applaus nicht wirklich genießen, denn es war nur noch eine Vorhersage zu machen. Als das

Klatschen geendet hatte, sah Sorry zum Gemälde und betete, dass Missy nun dahinter wartete. Sie atmete tief durch. »Ein Ereignis, durch das Euphoria Fortune eine drastische Änderung erfährt«, verkündete sie und merkte, dass ihre Stimme leicht zitterte. Dann schloss sie die Augen und konzentrierte sich auf die Vision. Ihr Blick verschwamm. Bitte lass Missy da sein, betete sie. Doch als sich die Vision zeigte, saß Ben immer noch alleine im Geheimgang. Sorry wurde übel. Ihre Gedanken rasten. Was sollte sie nur tun? Ben hob das Pendel – als die Vision plötzlich verschwand. So ein Mist!

Sie konzentrierte sich erneut. »Oh, da ist so viel«, murmelte sie, um zu vertuschen, dass sie die Vision verloren hatte. »Die Zukunft will sich noch nicht recht offenbaren.« Sie fasste sich an die Stirn, als müsste sie ihre Gedanken ordnen. Endlich verschwamm ihre Sicht erneut, und wieder sah sie Ben pendeln. »Sturz«, zeigte das Pendel. Was sollte das heißen? Auch Ben schien verwirrt. Er pendelte weiter. »Altes Holz. Bruch.« Was war mit diesen Worten nur gemeint? Was hatte das mit ihrer Mutter zu tun? Die Vision endete ohne weitere Hinweise. Sollte sie es noch einmal probieren? Sie merkte, wie die Prüfer unruhig wurden. Sie musste etwas sagen. »Ich sehe ein Bauwerk aus Holz«, erklärte sie, denn was sonst sollte es sein. »Es ist alt und es zerbricht.« Das war nicht besonders positiv. Sie hörte ein unzufriedenes Tuscheln bei den Zuschauern. Wie sollte Sorry das noch retten? Ihr wurde kalt. Nein, sie musste sich konzentrieren! Eine Prise Show. »Aber!«, rief sie laut, und alle verstummten. »Ich sehe noch mehr.« Sie konzentrierte sich erneut, und tatsächlich kam eine weitere Vision. Ben, der sich bereits zurückgelehnt hatte, setzte sich erschrocken auf und pendelte erneut. Sorry sah Schweißperlen auf seiner Stirn. Das Pendel war ungenau, aber es gelang Sorry schließlich, Worte zu erkennen. »Visionen retten.« Sie atmete auf. Das war die Lösung für ihr Problem.

»Doch ich sehe ein Auge!«, rief sie, so dramatisch sie konnte. »Es fängt das stürzende Holz ab.« Nur, was sollte das bedeuten? Mit einer Vision einen Sturz verhindern? Das wäre viel zu einfach. Und plötzlich durchzuckte Sorry die Erkenntnis wie ein Blitz. »Das alte Holz ist die Akademie!«, rief sie. »Und meine Mutter Euphoria Fortune wird ihren Fall aufhalten.« Wieder brandete Gemurmel auf. War Euphoria nicht für den Fall der Akademie verantwortlich? Warum sollte ausgerechnet sie ihn aufhalten? Sorry sah, wie alle Familienoberhäupter erblassten. Sie sahen von Taurus zu Euphoria und begannen zu diskutieren. Sorry war klar, was die Vorhersage bedeutete: Die Astras bedrohten die Akademie. Und sie, die Fortunes, würden sie aufhalten. Das mussten sie!

Plötzlich klatschte jemand, und das Stimmengewirr erstarb. Madame Demain war vorgetreten. »Ich bitte um Ruhe. Vielen Dank, Miss Fortune. Kommen wir nun zu Anomalie Chlore.«

Sorrys Herz blieb beinahe stehen. Nein, das durfte nicht passieren. Es durfte noch nicht zu Ende sein, bevor Missy da war. Schon erhob Annie sich von ihrem Stuhl.

»Halt!«, rief Sorry. Annie verharrte erstaunt. »Ich bin noch nicht fertig, da ist noch mehr!«

Madame Demain klopfte ihr auf die Schulter. »Miss Fortune, ich denke, wir haben genug gehört.«

»Bitte, ich ...« In diesem Moment vernebelte sich Sorrys Sicht, und sie sah, wie Missy außer Atem bei Ben ankam. In ihrem Arm hing die Jacke, und sie rang nach Luft, als sie vor ihm auf die Knie sank. Ihr Gesicht war knallrot und schweißüberströmt. Sie war endlich da. Sorrys Sicht klarte auf. Sie sah zu dem Gemälde, hinter dem sich nun die Lösung ihrer Probleme verbarg. Argus Fortunes Blick schien auf einmal viel milder. Sorry strahlte die Prüfer an. »Ich werde ihnen jetzt zeigen, was diesen Sturz der Akademie bewirkt, den ich gesehen habe. Nämlich ...«

»... dass Anniversary Fortune betrogen hat!« Estrellas Stimme schnitt so eisig durch die Luft, dass Sorry erstarrte. Wie durch einen Schleier nahm sie wahr, wie Estrella neben sie trat.

Madame Demain fächelte sich Luft zu und murmelte: »Heilige Fortuna!«

»Das ist eine ziemlich große Anschuldigung!«

Mit Mühe hob Sorry den Kopf. Cassiopeia Astra hatte gesprochen. In ihrer Stimme lag eine Drohung.

Aber Estrella ließ sich davon nicht einschüchtern. »Ich kann es beweisen.« Sie deutete auf Sorry. »Anniversary Fortune konnte bis gestern nichts weiter vorhersehen, als dass jemand fünf Minuten später über seine eigenen Füße stolpert. Und jetzt will sie plötzlich in der Lage sein, so bedeutsame Prophezeiungen zu machen? Das kann unmöglich sein!«

Die Prüferin schien nicht überzeugt. »Das ist noch kein Beweis, Miss Astra!«

»In meiner Prophezeiung sah ich, dass nur eines verhindern könnte, dass sich der große Wunsch meines Vaters erfüllt, diese Schule zu leiten. Ich sah den Mars im Sternzeichen Fische. Das heißt, jemand betrügt. Aber Fische ist auch das Sternzeichen von Anniversary Fortune. Sie hat etwas damit zu tun!«

»Das ist doch albern!«, rief Edison B. Right. »Ich bin auch Fische, also könnte auch ich gemeint sein!«

Zustimmendes Gemurmel erklang.

Estrella wiegte den Kopf. »Zugegeben, aber hinzu kommt noch der Planet Mars. Als Astrologin habe ich mich mit allen Geburtshoroskopen meiner Mitschüler befasst, und es gibt nur einen einzigen Schüler, dessen Geburtsplanet Mars ist. Und genau diese Person hat sich heute krankgemeldet. Nekromant Ben Dulum,

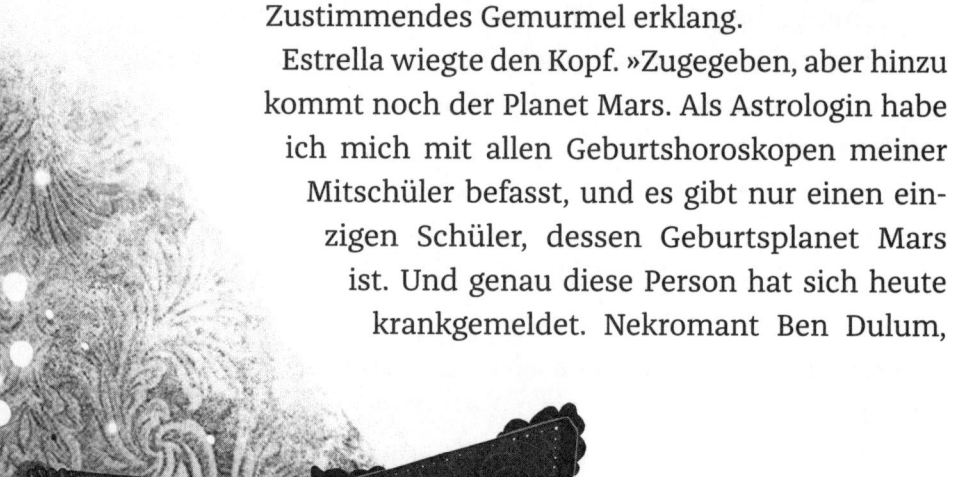

wie sollte es auch anders sein!« Sorry wurde abwechselnd heiß und kalt.

Einige Zuschauer schnappten nach Luft. Nun erhob Phya Chair die Stimme, so leise, dass alle sich anstrengten, keinen Pieps von sich zu geben. »Ich verstehe nicht, was dieser Ben Dulum mit Miss Fortunes angeblichem Schummeln zu tun haben sollte.« Sie lächelte verwirrt.

Estrella hatte wohl genau auf diese Frage gehofft. »Dann will ich es Ihnen zeigen.« Ohne dass Sorry reagieren konnte, ging Estrella zu dem Gemälde von Argus Fortune und griff an die linke untere Ecke. Es schwang auf. Ein Aufschrei ging durch den Saal. In Sorrys Ohren rauschte das Blut und dämpfte alle Geräusche. Alle starrten auf Ben und Missy.

»Was zum ...?«, flüsterte Madame Demain. »Mr Dulum?«

Ben regte sich nicht. Er sah Hilfe suchend zu Sorry. »Oje«, entfuhr es Missy. Zum ersten Mal sah Cassiopeia Astra wirklich erstaunt aus. Sie räusperte sich: »Würden Sie bitte beide in den Saal treten?«

Ben und Missy kletterten aus dem Gang, gingen vorbei an der zufrieden grinsenden Estrella und stellten sich neben Sorry. Ben hatte die Augen weit aufgerissen und sah aus, als würde er gleich zusammenbrechen.

»Mr Dulum, erklären Sie mir bitte, was Sie hinter dem Gemälde zu suchen hatten?«, verlangte die Prüferin nun. Ben antwortete nicht. Vielleicht konnte er nicht, vielleicht wusste er auch nicht, was er sagen sollte.

»Ich erkläre es Ihnen gerne!«, rief Estrella. »Ist Ihnen aufgefallen, wie oft Miss Fortune zu diesem Gemälde geblickt hat?« Sie deutete auf Argus Fortune. »Da Sie die Akademie kennen, wissen Sie, dass es eine Reihe von Geheimgängen gibt – und einer davon endet zufälligerweise direkt hinter diesem Gemälde. Auch wenn Ben Dulum ein Nekromant ist, so sind seine wahrsagerischen Fähigkeiten doch um einiges größer als die von Anniversary Fortune.« Estrella hob das Seidentuch mit den Buchstaben und Zahlen auf, das noch immer im Geheimgang lag, und hielt es hoch. »Ich glaube, dass Ben Dulum die Antworten für Anniversary gependelt und sie diese mit ihren Visionen gesehen hat.«

Estrella schloss das Gemälde mit einem lauten Knall, und das Echo hallte durch den Saal.

»Ist das wahr, Miss Fortune? Mr Dulum?«, fragte Cassiopeia Astra.

Ben blickte wortlos zu Boden. Sorry sah die vorsitzende Prüferin an, konnte ihrem stechenden Blick jedoch nicht standhalten und schaute zu ihrer Mutter. Die Enttäuschung in Euphorias Augen war noch schlimmer.

»Weißt du eigentlich, dass keiner Petzen leiden kann!« Missys Stimme zerriss die bedrohliche Stille mit der Kraft einer verstimmten Posaune.

Alle starrten Missy an. Cassiopeia Astra schien Missy jetzt erst zu bemerken. »Und wer sind Sie?«

Missy lächelte ihr Zahnlückenlächeln. Wie konnte sie so fröhlich sein? »Missy Hap, Tochter des Hausmeisters und ohne jegliche seherischen Fähigkeiten. Tachchen!«

Sorry blieb die Spucke weg.

»Ich bin hier, weil ich etwas weiß, was euch vielleicht alle interessiert.« Missy tastete an ihrem Gürtel herum – und wurde blass. Sorry verstand im selben Moment, wieso. Die Jacke war weg! Sie musste sie im Geheimgang liegen gelassen haben.

Plötzlich donnerte Taurus Astras Stimme durch den Saal. »Was macht diese Nichtseherin hier? Warum hören wir sie überhaupt an? Hier wurde betrogen! Allein darum geht es!« Er zeigte auf Sorry und Ben.

Cassiopeia Astra nickte. »Du hast vollkommen recht, Taurus!« Sie sah zu den Familienoberhäuptern. »Würde bitte jemand die Anschuldigungen überprüfen?«

Es war Karo Pentacle, die aufstand. »Ich mach das.« Schon stapfte die große Frau die Wendeltreppe herunter und eilte mit flatterndem Mantel zu Ben und Sorry. Dann holte sie ihr Tarotkartendeck heraus, mischte es und hielt es Sorry und Ben hin. »Eure Freundin behauptet, Estrella hätte euch verraten und ihr dementsprechend geschummelt. Entspricht das der Wahrheit?«, rief sie und hielt den beiden das aufgefächerte Kartendeck hin. Was würde es noch bringen, alles abzustreiten? Die Karten logen nicht.

»Das habe ich nicht gesagt!«, rief Missy, doch diesmal fuhr Karo sie an. »Wenn Sie jetzt nicht sofort still sind, sorge ich dafür, dass die Akademie einen anderen Hausmeister bekommt.« Missy verstummte.

»Also, ihr streitet es ab?«, fragte Karo. Sorry und Ben tauschten Blicke. Sorry schluckte. Dann streckte sie zitternd ihre Hand aus und zog eine Karte. Karo drehte sie um und hielt sie in die Menge.

»Die Gerechtigkeit«, verkündete Karo. »Die Karte ermahnt, dass der Befragte die Wahrheit sagen soll, da dies anscheinend nicht geschehen ist.« Es war die Karte, die Arkana und Baton Sorry zuvor gezeigt hatten, und sie verstand die Bedeutung schon, bevor Karo sie aussprach: »Das heißt, die beiden haben betrogen!«

Die Zuschauer schimpften. Wer könnte es ihnen verübeln? Sie hatten die Ehre der Akademie und der Wahrsager beschmutzt. Das kam Hochverrat gleich. Am schlimmsten aber war die bodenlose Enttäuschung ihrer Mutter, die Sorry fühlte, ohne sie anzusehen.

Taurus Astra stand auf. »Auch wenn es mich erschüttert, kann ich nicht behaupten, dass mich diese Handlung überrascht. Wie wir wissen, findet diese Prüfung statt, um nach dem Angriff auf Merry Fortune die Besetzung der Schulleitung zu überprüfen. Eine richtige Entscheidung, wie sich jetzt zeigt. Offenbar schrecken die Fortunes vor nichts zurück, um ihre Macht zu erhalten. Zudem ist es wahrscheinlich, dass Ben Dulum diesen Anschlag auf die ältere Fortune-Tochter durchgeführt hat, da die Jacke des Täters laut diverser Zeugenaussagen mit seiner übereinstimmt!« Er deutete auf Ben. »Und wir wissen alle, was Nekromanten in der Vergangenheit für Unheil über uns gebracht haben – gemeinsam mit den Fortunes!« Erneut folgte zustimmendes Gemurmel. Sorry sah, dass Ben mit den Tränen kämpfte. Es tat ihr unendlich weh, ihn so zu sehen.

Taurus war noch nicht fertig. »Da die Fortunes und Ben Dulum anscheinend zusammenarbeiten, liegt der Verdacht nahe, dass der Angriff nur inszeniert war. Ich empfehle deshalb, Anniversary Fortune und Ben Dulum sofort der Akademie zu verweisen und Euphoria Fortune die Schulleitung zu entziehen.«

»Nein«, wimmerte Ben und sank zu Boden. Sorry konnte sich nicht bewegen. Ein Schulverweis. Das war das Ende. Die Astras hatten endgültig gewonnen. Und sie hatte alles kaputtgemacht. Wie Ben gesagt hatte.

»Bitte nicht«, flehte Sorry. Sie wagte nicht, ihre Mutter anzusehen. Stattdessen fixierte sie Cassiopeia Astra. »Das ist nicht wahr!«, rief sie ihr zu.

Sorry sah den mitleidigen Blick von Karo Pentacle. Missy liefen Tränen über die Wangen. Und auf Estrellas Gesicht stand das größte und triumphalste Lächeln aller Zeiten.

»Nun«, sagte Cassiopeia Astra und griff nach dem Geländer des Balkons. »Das ...«, doch ihre nächsten Worte hörte Sorry nicht mehr, denn ausgerechnet jetzt verschwamm ihre Sicht. Sie sah, wie Cassiopeia Astra die Hand auf das Geländer legte, dieses abbrach und direkt auf Karo Pentacle zustürzte. Sorry hörte sich selbst schreien. »STOPP!« Die Vision verschwand. Alle starrten sie an.

Cassiopeia Astras Hand stand in der Luft, ihr Gesicht war wutverzerrt. »Miss Fortune! Was erlauben Sie sich ...« Doch dafür war keine Zeit. Wenn sie die Hand sinken ließ, würde das Geländer stürzen. Sorry musste etwas tun. »Wenn Sie das Geländer berühren, wird der Balkon ...«

»MISS FORTUNE!«, brüllte Cassiopeia Astra nun. »Unterbrechen Sie mich nicht!« Sie legte die Hand ab. Schon preschte Sorry los und stieß die überraschte Karo Pentacle blitzschnell zur Seite. Dann brach das Balkongeländer ab und donnerte nur wenige Zentimeter neben der Tarotkar-

tenlegerin auf den Boden. Alle starrten auf das zerschmet-
terte Geländer. Karo starrte Sorry an. »Was ...?«, murmelte
Cassiopeia Astra. In diesem Moment krachte es erneut, und
der rechte Stützpfeiler des Balkons knickte ein.

Phya Chair schrie und Edison B. Right klammerte sich an das verbliebene Geländer neben sich, als der Balkon in Cassiopeia Astras Richtung absackte.

Die Sterndeuterin verlor den Halt und drohte abzurutschen. Auf den anderen Balkonen sprangen die Schüler auf.

Karo Pentacle rappelte sich auf. »Oben bleiben!«, rief sie.

Die Schüler verharrten, nur die Familienoberhäupter liefen die Treppe ihres Balkons hinunter.

Karo deutete auf die Tür, die sich in der Mitte des prunkvollen Balkons der Prüfer befand. »Mr Right, Mrs Chair – gehen Sie vorsichtig zur Tür. Mrs Astra, wir helfen Ihnen herunter!«

In dieser Sekunde bekam Sorry erneut eine Vision. »Der rechte Pfeiler hält noch!«, rief sie und deutete auf den mittleren. »Aber dieser wird als Nächstes brechen. Niemand darf darüber laufen!«

»So ein Quatsch!«, rief Karo. »Man sieht doch, dass ...« In diesem Moment drehte Phya Chair sich zur Tür, der mittlere Pfeiler riss knackend ein und der Balkon kippte wie in Zeitlupe ein Stück nach vorne. Phya Chair und Edison B. Right pressten sich panisch an die Wand.

Nun rannte Missy vor, zog ihren Helm ab und warf ihn hoch zu Cassiopeia Astra. »Setzen Sie den auf, während wir die anderen runterholen!«

Die Prüferin starrte den Helm an, als wäre er eine Nacktschnecke. »Das werde ich ganz sicher nicht tun!«

Missy stemmte die Hände in die Hüften. »O doch, das werden Sie. Vertrauen Sie mir. Ich bin Unglücksexpertin, und dieser Helm hat mir schon sehr oft das Leben gerettet.«

Gut, dass auf Missy in solchen Momenten Verlass war. Sorry versuchte, sich zu konzentrieren, damit ihr eine Vision zeigte, was als Nächstes passieren würde. Es funktionierte. »Achtung, der Stuhl in der Mitte!«, rief sie, doch mehr zeigte ihr die Vision nicht. Missy und Karo traten einen Schritt zurück und schon rutschte Phya Chairs Stuhl samt Kissen vom Balkon und zerschellte auf dem Boden. Phya Chair ruderte mit den Armen. Da flitzte Ben mit zwei Stühlen an Sorry vorbei und stellte sie mittig vor den Balkon. Er stieg auf den einen und reichte der Prüferin die Hand. »Kommen Sie!« Missy hielt den zweiten Stuhl fest, damit er nicht wegrutschte, wenn die Prüferin darauf landete. Phya Chair zögerte. »Ich trau mich nicht.« Ben wurde panisch und drehte sich um. »Sorry, was sollen wir tun?«

»Woher soll ich das...?« Moment! Brechendes altes Holz und ein Sturz. Rettende Visionen. Das hatte die Prophezeiung bedeutet – sie würde die Prüfer davor retten, vom brechenden Balkon zu stürzen!

Sorry musste sich weiter konzentrieren. Eine neue Vision blitzte auf. Sie war so kurz, dass Sorry kaum erkennen konnte, was passierte. »Ich glaube, der mittlere Pfeiler gibt noch weiter nach.« Kaum hatte sie es ausgesprochen, knackte es, und der Balkon sackte wieder ein Stück ab. Phya Chair kreischte, Cassiopeia Astra setzte den Helm auf, und der Stuhl von Edison B. Right segelte zu Boden. Mist! Das hatte Sorry nicht vorhergesehen. Ihre Visionen waren einfach zu kurz.

Der Prüfer presste sich stöhnend an die hintere Wand. Etwas rutschte ihm aus der Tasche und fiel zu Boden. Sorry erkannte erstaunt, dass es eine Tafel Schokolade war. Thymian-Mandel. Und mit einem Mal hatte sie eine Idee.

Sie rannte zu Obsidian und deutete auf seinen Koffer. »Darf ich mir die mal ausleihen?« Er starrte sie an, dann nickte er langsam. Sorry nahm die schwarze Kristallkugel heraus und setzte sich damit in die Mitte der Prüfungsfläche.

»Sorry, was tust du da?!« Ihre Mutter, die mit den anderen Familienoberhäuptern neben der Treppe zu ihrem Balkon

stand, starrte sie entsetzt an. Das war wirklich nicht der richtige Zeitpunkt für Ermahnungen!

»Vertrau mir, Mama!« Sie atmete tief ein und starrte auf die schwarze Kugel. Es dauerte einen Moment, doch dann erschien tatsächlich der halb zerstörte Balkon der Prüfer darauf. Sorry zwang sich, ruhig zu bleiben. Sie durfte sich nicht ablenken lassen. »Gleich wird der mittlere Balken dreimal laut krachen. Keine Sorge, er hält!«, rief sie.

»Das siehst du alles in der Kugel?«, fragte Cassiopeia Astra, die trotz der bedrohlichen Situation erstaunt klang. Sorry antwortete nicht.

»Beim dritten Knacken muss Ben Mrs Chair auf den Stuhl helfen, den Missy hält. Seid ihr bereit?«

»Ja, sind wir«, rief Ben.

Sorry hörte, wie ein weiterer Stuhl herangeschoben wurde. »Das lass ich den Jungen doch nicht alleine machen«, murmelte Karo und stellte sich ebenfalls auf einen Stuhl.

Schon krachte der Pfeiler, und Phya Chair wimmerte.

»Noch nicht springen!«, ermahnte Sorry noch einmal. Der Pfeiler krachte zum zweiten und dann zum dritten Mal. »Jetzt!«

Sie hörte, wie Phya Chair sprang und Ben und Karo keuchten, als sie die Prüferin auffingen.

Sorrys Vision zog weiter. »Als Nächstes wird es bei Mrs Astra gefährlich!«

»Hält der mittlere Pfeiler noch etwas durch, Miss Fortune?«, fragte Cassiopeia Astra. »Ja, im Moment ist er noch stabil.« Da rief Ben: »Mrs Astra, nicht!«

In der Kugel sah Sorry, wie Cassiopeia Astra zur Tür des Balkons sprang und sie im nächsten Moment öffnete. Der Pfeiler ächzte, doch die Prüferin war bereits in der sicheren Türöffnung verschwunden.

Nun war nur noch Edison B. Right übrig. Der Balkon hing bereits so niedrig, dass auch er sich mit einem Sprung auf einen Stuhl retten könnte. Sorry gab Ben und Karo Anweisungen, wie sie sich positionieren sollten. Der Balkon senkte sich wieder ein Stück.

»Mr Right. Springen Sie!«

»Ich kann nicht!«, kreischte er.

»Edison! Stell dich nicht so an! Das ist nicht so hoch, dir passiert nichts«, schrie Cassiopeia Astra, die durch die Haupteingangstür wieder in den Saal gekommen war.

Sorry atmete tief ein. Sie sah in der Kugel, wie der Prüfer stürzte, als der Balkon zusammenbrach. »Mr Right, das ist Ihre letzte Chance!«, rief sie, obwohl die Gelegenheit längst verstrichen war.

Er wimmerte. »Aber ich kann nicht!«

Sorry wusste, dass es sinnlos war. Sie konnte nicht mehr verhindern, dass der Prüfer fiel. Aber irgendetwas musste sie tun! »Wir müssen den Sturz von Mr Right abfedern!«

Da ertönte plötzlich die Stimme ihrer Mutter: »Zieht eure Jacken aus und stapelt sie! Sorry, wohin?« Sie klang plötzlich so voll Vertrauen. Mit einer kreisenden Fingerbewegung spulte Sorry das Bild auf der Kugel zurück zu der Stelle, wo der Balkon zusammenstürzte und Mr Right fiel – direkt auf einen Jackenstapel. War er eben auch schon da gewesen? Sie schüttelte die Frage ab. Natürlich. Selbst wenn sie aktiv eingriff, veränderte sich eine Vision nicht. Sie zeigte auf die richtige Stelle und hörte, wie mehrere Jacken auf dem Boden landeten. »Springen Sie, Mr Right!«, schrie Sorry.

Doch wieder war nur ein wehleidiges Jammern vom Balkon zu hören.

»Edison, hör endlich auf meine Tochter und spring, in Fortunas Namen!«, fluchte ihre Mutter.

Das saß. Sorry hörte Edison B. Rights spitzen Schrei. Kurz darauf erfüllte ein ohrenbetäubendes Donnern den Saal. Alles war voller Staub.

Es dauerte eine Weile, bis der Staub sich gelegt hatte. Sorry hörte Gehuste. Irgendwann spürte sie, wie Ben ihr die Hand auf die Schulter legte. »Alle sind in Sicherheit. Du hast es geschafft.« Jetzt erst wagte Sorry es, sich von der Kristallkugel zu lösen. Ihr Nacken war steif, und vor ihren Augen tanzten Punkte.

Überall auf dem Boden waren Bruchstücke des Balkons verteilt. Es herrschte ein heilloses Durcheinander. Sorry sah, wie Phya Chair den ziemlich wackeligen Prüfer stützte und Cassiopeia Astra sich den Staub vom Hosenanzug klopfte.

Ben reichte Sorry seine Hand und zog sie auf die Beine. Er war über und über mit Staub bedeckt, und Sorry war sich sicher, dass sie nicht besser aussah. Sie nahm die Kugel und ging zu Obsidian, der sich keinen Zentimeter bewegt hatte. »Vielen Dank!« Sie drückte ihm die Kugel in die Hand.

Er starrte erst sie, dann die Kugel an und wischte mit dem Ärmel den Staub ab. »Ich wusste nicht, dass man so etwas Genaues mit dem Ding sehen kann.«

»Nicht man. Sorry!« Missy stand plötzlich neben ihr und grinste. Sie schob ihre Schutzbrille nach oben, und Sorry musste prusten. Die zwei vollkommen sauberen Ringe um ihre Augen in dem sonst von Staub bedeckten Gesicht sahen zu komisch aus.

»Miss Fortune?« Sorry drehte sich um. Vor ihr stand Cassiopeia Astra, die Missys Helm abnahm. »Meinen Respekt! Ich denke, ohne Sie wäre das alles ziemlich böse ausgegangen.«

Dann trat sie zu Euphoria, die gerade ihren Blazer aus dem Jackenhaufen fischte. »Du hast eine bemerkenswerte Tochter. Ihre Gabe scheint mir ein wenig unkonventionell, aber außerordentlich nützlich.« Euphoria sah auf und lächelte. »Ja, Cassiopeia, da hast du wohl recht.«

Sorry spürte, wie ihr die Freudentränen kamen. Hatten die beiden das gerade wirklich gesagt?

Schließlich richtete Cassiopeia Astra sich an alle im Saal. »Angesichts der dramatischen Ereignisse, die wir gerade erlebt haben, und des glücklichen Ausgangs sehe ich als Vorsitzende davon ab, Miss Fortune und Mr Dulum der Akademie zu verweisen. Ohne die Hilfe dieser beiden Schüler stünde ich jetzt vermutlich nicht mehr vor Ihnen. Es wäre eine Schande, wenn die Akademie Fortuna auf sie verzichten müsste.«

Wie ein Feuerwerk erklang der Applaus von den verbliebenen Balkonen. Ein Sprechchor, der Sorrys und Bens Namen anstimmte, erfüllte den Saal. Sorry fiel ein Stein vom Herzen, mindestens so groß wie der abgebrochene Balkon. Sie fühlte sich, als würde sie schweben. Ben und Missy umarmten sie stürmisch. »Ich hab dir doch gesagt, wie toll deine Gabe ist!«, krähte Missy.

Sorry nickte überwältigt. Und Ben strahlte. So glücklich

hatte sie ihn noch nie gesehen. Sie hatten es geschafft. Ausgerechnet dank einer Astra durfte er bleiben – und alle feierten ihn!

»Das ist nicht dein Ernst, Cassiopeia!«, durchschnitt die Stimme von Taurus Astra die Jubelrufe. Er war der Einzige, dessen Kleidung nicht verstaubt war. Sein Anzug strahlte so weiß wie zuvor. Typisch. Statt zu helfen, hatte er also nur darauf geachtet, dass ihm nichts passierte. Der Applaus verstummte, als er auf die Prüferin zumarschierte. »Glaubst du wirklich, dass ein Nekromant und eine Visionistin, die mithilfe einer Kristallkugel alles voraussieht, was unmittelbar passiert, dieser Akademie würdig sind?!«

Sorry sah, wie Phya Chair und Edison B. Right verunsicherte Blicke tauschten. Doch Cassiopeia Astra ließ sich nicht einschüchtern. »Ja, das tue ich, Taurus. Hätten wir uns auf Wahrsager verlassen, die deiner Ansicht nach besser sind, hätten wir uns wohl alle Knochen gebrochen.« Taurus lief rot an. »Hast du vergessen, dass sie geschummelt und dadurch die Prüfung und alles, wofür die Akademie steht, mit Füßen getreten haben?«

Taurus wusste, welche Register er ziehen musste, um wieder die Oberhand zu gewinnen. Er grinste selbstgefällig. »Nicht zu vergessen, dass die Fortunes und Ben Dulum gemeinsam diesen Treppensturz geplant haben, um uns alle hinters Licht zu führen!«

»Ach, wo wir gerade dabei sind – genau deswegen bin ja ich hier!«, schaltete Missy sich ein. »Das ist nämlich Blödsinn. In Wahrheit haben Sie, Mr Astra, das alles geplant und Ihre Tochter dazu gezwungen, Merry zu schubsen.«

Estrella, die bis eben regungslos neben dem Gemälde gestanden hatte, zuckte zusammen. Taurus wurde noch röter, diesmal vor Wut. »Wie kannst du es wagen! Du dürftest nicht einmal hier im Saal sein!«

»Missy behauptet das aber nicht alleine!«, meldete sich Ben zu Wort. »Das haben Sorry, Missy und ich gemeinsam herausgefunden.« Dann nahm Sorry ihren ganzen Mut zusammen: »Das stimmt.« Und zögerte, bevor sie hinzufügte: »Und das mit dem Schummeln war allein meine Idee.«

»Jetzt bin ich aber gespannt, wie ihr das beweisen wollt!« Hinter Taurus trat Beryl Glass hervor und schüttelte etwas Staub aus ihren Haaren. »Immerhin hatte der Täter ja die Jacke an, die Mr Dulum gerade trägt.«

Ben stopfte die Hände in seine Taschen und grinste schief. »Nein, das war eine andere.«

»Ganz genau!«, rief Missy, stürmte zum Gemälde von Argus Fortune, schob es blitzschnell zur Seite und zog die Jacke hervor. »Nämlich diese!« Sie sah zum Gemälde. »Danke, dass du drauf aufgepasst hast, Glubschi!«

Die Familienoberhäupter und auch die Prüfer starrten sie an. Edison B. Right fiel die Kinnlade herunter. Taurus Astra wurde blass. Das war Sorrys Moment. Sie grinste und deutete auf die Jacke. »Bens hat nämlich gar keine Kapuze.« Ben warf ihr einen Blick zu, als wollte er ihr alle High Fives der Welt geben.

»Aber wie kommt ihr an diese Jacke? Das kann gar nicht sein«, stammelte Estrella. Als alle Blicke sich auf sie richteten, wurde ihr bewusst, was sie gesagt hatte, und sie schlug sich die Hand vor den Mund.

Cassiopeia Astra verschränkte die Arme. »Willst du uns etwas erklären, Estrella?«

Doch die starrte nur mit panischem Blick auf den schwarzen Stoff in Missys Hand.

»Dann erkläre ich es Ihnen gerne!«, verkündete Sorry, und nun warf sie Estrella einen triumphierenden Blick zu.

»Taurus Astra hat diese Jacke in einem Geheimfach im Astrologieraum versteckt, aus dem Missy sie befreit hat.«

»Das Schloss zu knacken, hat ganz schön lange gedauert«, ergänzte Missy.

»Sorry hat mithilfe von Crystals Kristallkugel herausgefunden, dass die Jacke sich dort befindet.« Ben nickte zu dem Balkon, auf dem ihre Klassenkameraden saßen. Alle Blicke wanderten zum Balkon hinauf. »Ich werde euch nie wieder meine Kugel leihen!«, rief Crystal.

Sorry räusperte sich. »Jedenfalls können wir damit beweisen, dass Estrella auf Anweisung ihres Vaters meine Schwester die Treppe hinuntergestoßen hat. Er wollte es Ben in die Schuhe schieben, ihn von der Akademie verweisen und Misstrauen gegenüber den Fortunes säen, um diese Prüfung anzuordnen. Um endlich selber

Schulleiter zu werden, musste er dafür sorgen, dass meine Schwester nicht antreten konnte.«

Die Worte hingen in der Luft. Keiner sprach ein Wort.

Als Erste fand Euphoria ihre Sprache wieder. »Stimmt das, Taurus?«, hauchte sie. »Hast du das meiner Merry angetan?«

Dieser hatte sich ein wenig gefasst. »Lächerlich! Das erscheint mir doch sehr weit hergeholt!«

Sorry merkte, dass Taurus sich in die Enge getrieben fühlte, und grinste ihn frech an. »Wir können das gerne überprüfen!«

Nun trat Missy feierlich auf die Familienoberhäupter zu. Dann zögerte sie und drehte sich verwirrt zu Sorry um. »Welche ist noch mal die mit dem Wahrsagen aus Klamotten?«

»Ich bin das!« Silka Chlore trat hervor. »Darf ich?«

Missy gab ihr die Jacke. Silka drehte sie in den Händen und schloss die Augen, während sie über jede Faser des Kleidungsstückes strich. Sorrys Herz pochte wild. Was, wenn sie sich doch geirrt hatten, schoss es ihr durch den Kopf. Was, wenn die Astras auch das eingeplant hatten. Es dauerte eine gefühlte Ewigkeit, bis Silka die Augen wieder öffnete. Im Saal war es totenstill. »Es ist alles so, wie die drei gesagt haben«, verkündete sie, und Sorry spürte, wie ihre Knie vor Erleichterung weich wurden. Silka drehte sich zu Taurus. »Estrella hat die arme Merry geschubst. Und du ...« Statt weiterzusprechen, schüttelte sie nur den Kopf.

Ein Raunen ging durch den Saal. Einige der Familienoberhäupter schlugen sich die Hand vor den Mund. »Das beweist noch gar nichts!«, rief Taurus, doch die Panik in seiner Stimme war nicht zu überhören.

»Oh, Taurus, bitte!«, rief Sorrys Mutter. »Es beweist alles. Und das weißt du genau!«

Ihre Stimme war so klar und ihre Körperhaltung wieder so selbstbewusst, wie Sorry es von ihrer Mutter gewohnt war. Sie musste lächeln. Wer hätte gedacht, dass sie sich einmal über die stolze Euphoria Fortune freuen würde?

Cassiopeia Astra klatschte in die Hände. »Da diese Prüfung unter falschen Vorwänden einberufen wurde, schlage ich vor, dass wir sie als ungültig betrachten.« Sie sah zu Phya Chair und Edison B. Right, die ihr nickend zustimmten. Dann wandte Phya Chair sich an die geprüften Schüler. »Obwohl ihr alle natürlich fantastisch wart!«

»Dann ist es entschieden«, schloss Cassiopeia Astra. »Euphoria Fortune bleibt regulär bis zum Ende des Schuljahres Schulleiterin.«

Sorry, Ben und Missy fielen sich in die Arme. »Wir haben es geschafft!«, rief Sorry, als sie sich wieder losließen.

»Danke«, flüsterte Ben und sah sie an. »Für alles!«

»Und was machen wir nun mit Taurus und Estrella?«, wollte Tinothy Lead wissen.

»Ich finde, Estrella erhält einen Schulverweis«, schlug Karo Pentacle mit düsterer Stimme vor.

»Was?«, quiekte Estrella, und Sorry sah, wie ihr die Tränen in die Augen schossen. »Bitte nicht!« Sie krallte sich in ihr Kleid und sah nun wieder wie das verzweifelte Mädchen in Sorrys Vision aus. Es war nicht Estrellas Schuld gewesen. Ihr Vater hatte sie gezwungen, für die Ehre der Familie.

Sorry dachte daran zurück, wie ihre Mutter ihr verboten hatte, sich mit Ben anzufreunden. Auch wenn es da um etwas anderes gegangen war – sie und Estrella waren sich gar nicht so unähnlich. Sie schluckte. »Ich finde, dass Estrella nicht von der Akademie verwiesen werden sollte.« Ihre Stimme war fest und klar. Als sich jedoch alle ihr zuwandten, wurde sie nervös. »Ich meine, sie hat doch nur getan, was ihr Vater ihr gesagt hat. Es war nicht ihre Idee.«

Estrella starrte sie mit offenem Mund an. Sorry glaubte, in ihrem Erstaunen einen Hauch Dankbarkeit zu entdecken.

Cassiopeia Astra nickte Sorrys Mutter zu. »Deine Entscheidung, Euphoria.«

Diese überlegte nicht lange. »Ich stimme meiner Tochter zu.« Natürlich hatte Sorry gehofft, Unterstützung zu erhalten, aber gerechnet hatte sie nicht damit. Ihre Mutter war allerdings noch nicht fertig.

»Aber da Merry momentan auf einen Rollstuhl angewiesen ist, erwarte ich, dass du, Estrella, ihr in der Akademie hilfst, bis es ihr wieder gut geht.«

Estrella war anzusehen, dass sie lieber tausend Spinnen verspeist hätte. Sie schielte zu Sorry, und ihr Gesicht verdunkelte sich, als ihr klar wurde, dass sie jetzt in Sorrys Schuld stand. Sorry konnte und wollte sich ein Grinsen nicht verkneifen.

»Außerdem wirst du ein paar Wochen Strafarbeiten leisten. Putzen, aufräumen, was eben so anfällt. Gemeinsam mit Sorry und Ben.«

Sorry fiel das Grinsen aus dem Gesicht, und Ben zuckte zusammen. »Was?«

Euphoria hob die Augenbrauen. »Ihr habt doch nicht

wirklich geglaubt, dass ihr mit eurem Geschummel so einfach durchkommt!«

Dann nickte sie Missy zu. »Da du keine Schülerin der Akademie bist, kann ich dich nicht dafür bestrafen, dass du in einen Unterrichtsraum eingebrochen bist. Aber ich werde bei Gelegenheit mal mit deinen Eltern darüber sprechen.« Missy wurde blass, zog einen Schraubenzieher aus ihrem Gürtel und zwirbelte ihn nervös zwischen Zeige- und Mittelfinger.

Schließlich wandte Euphoria sich an Taurus Astra. »Und nun zu dir.«

Der weißbärtige Mann verengte seine Augen zu schmalen Schlitzen, wich jedoch keinen Schritt zurück, als die Schulleiterin vor ihm stand. »Ich schlage vor, dass Taurus Astra mit sofortiger Wirkung als Familienoberhaupt zurücktreten muss und niemals Schulleiter werden kann. Wer ist dafür?«

Sie hob ihre Hand, ebenso Tinothy Lead, Karo Pentacle, Silka Chlore und, mit einer kurzen Verzögerung, auch Beryl Glass. Das wiederum bewog auch Sigmund Night dazu, sich der Mehrheit anzuschließen. Vitali Mantik zögerte und schielte zu Taurus. Schließlich sah er zu Boden und hob seine Hand nicht. Es war ohnehin egal, er war überstimmt.

»Dann ist es entschieden«, verkündete Euphoria.

Jetzt verlor Taurus Astra die Fassung. »Das könnt ihr nicht tun!«, brüllte er. »Ich bin ein respektables Mitglied der Wahrsagergemeinde. Ihr könnt mich nicht einfach ausschließen!«

Euphoria verzog keine Miene. »Doch, das haben wir gerade.«

Taurus kochte vor Wut. Aber als er in die ungerührten Gesichter der anderen Familienoberhäupter blickte, wusste er, dass er verloren hatte. »Das wird ein Nachspiel haben!«, brummte er. Er winkte Estrella heran, und gemeinsam verließen sie den Saal.

Euphoria seufzte erleichtert. »So, das hätten wir.« Dann wandte sie sich an alle, die noch im Saal waren. »Ich finde, auf diesen Schreck haben wir uns etwas Schönes verdient. Im großen Festsaal werden, wie nach jeder Prüfung, Limonade und Häppchen gereicht. Ich hoffe, euch dort alle zu sehen.«

Fröhliches Gemurmel und Beifall kam auf, während sich alle auf den Weg machten.

Euphoria betrachtete den abgestürzten Balkon. »Darum kümmern wir uns morgen«, murmelte sie. Sie sah an sich herab und dann in die Runde. »Ich glaube, wir sollten uns alle erst einmal ein wenig frisch machen.«

Sorry betrachtete sich. Ihr farbiger Rock war unter einer Schicht Staub verschwunden. »Wenn du nicht nach Hause laufen willst, kannst du deine Sachen auch bei mir sauber machen«, schlug Missy vor und fügte dann, nach Sorrys skeptischem Blick, hinzu: »Ich halte meine Mutter auch davon ab, dir was zu leihen.«

Sorry lachte und nickte dankbar.

»Ich zieh mich schnell in meinem Zimmer um«, sagte Ben.

»Gut. Bis nachher.« Dann lächelte sie und fügte hinzu: »Ich freu mich schon auf die Strafarbeiten.« Er grinste. »Ja, das wird sicher super.« Dann wurde seine Miene ernster. »Und das meine ich so. Endlich ein bisschen Normalität.«

Er winkte ihnen noch einmal zu, bevor er losrannte. Sorry verstand, was er meinte. Er war nicht länger der böse Nekromant. Sondern einfach nur Ben Dulum, ein ganz normaler Schüler der Akademie Fortuna.

Im Saal, in dem die Einschulung stattgefunden hatte, war ein Buffet aufgebaut worden, und überall standen kleine Tische, um die sich die Leute nun versammelten.

Missy und ihre Geschwister hatten sich sofort Teller geschnappt, während ihre Eltern sich zu ein paar Orakel-Schülern gesellten und sie über ihre Wahrsagearten ausfragten. Sorry freute sich, dass die ganze Familie Hap mitgekommen war. Sie schaute nach Ben, konnte ihn jedoch nirgends entdecken. Stattdessen erspähte sie Crystal, die an der Wand lehnte und mit unbewegter Miene das Treiben beobachtete. In ihrer Hand hielt sie ein Glas Orangensaft.

Sorry ging zu ihr. »Entschuldige bitte, dass wir dich da mit reingezogen haben.« Crystal zuckte mit den Schultern. »Ist ja gut ausgegangen. Verstehe schon, warum ihr es mir nicht erzählt habt.«

Sie schwiegen. Anscheinend hatte Crystal keine Lust, sich mit ihr zu unterhalten. Als Sorry wieder gehen wollte, sagte Crystal: »Du warst echt gut mit der Kugel.«

Sorry fuhr herum. »Findest du?«

»Die schwarze Kugel von Obsidian ist nicht einfach. Selbst ich als Kristallleserin hätte da meine Probleme. Vielleicht seid ihr Visionisten ja doch gar nicht so schlimm.« Sie hielt kurz inne. »Oder du zumindest nicht.«

Sorry winkte ab. »Ach, Quatsch, du hattest ja recht, ich ...«

»Kannst du das Kompliment bitte einfach annehmen?«, unterbrach Crystal sie.

Sorry verstummte und nickte brav.

Crystal sah an ihr vorbei in den Saal. »Ich glaube, da will jemand was von dir.« Sie trank ihren Saft in einem Zug aus, stieß sich von der Wand ab und ging davon.

Sorry drehte sich um. Ihre Mutter kam auf sie zu. Ihr Kostüm strahlte wie frisch gewaschen.

»Hallo, Äuglein«, sagte sie und sah Sorry freundlich an. »Ich wollte dir sagen, dass du toll warst vorhin. Und dass es mir leidtut.« Sorry glaubte, sich verhört zu haben. Eine Entschuldigung?

Euphoria seufzte. »Ich habe all diese Sachen von dir erwartet und immer wieder gesagt, dass deine Fähigkeiten nicht gut genug sind. Das war falsch. Ohne deine Vorhersagen wäre das heute nicht gut ausgegangen.« Sie lächelte verlegen. »Ich hätte das nicht gekonnt.«

Sorry fühlte, wie sie rot wurde. Es war ihr unangenehm, wie emotional ihre Mutter wurde. »Du hast eben eine wichtige Position und bist dafür verantwortlich, die Ehre der Familie zu wahren.« Ihre Mutter lachte auf, was Sorry überraschte. »Oh, diese verflixte Ehre! All das Gerede darüber, wie Wahrsager sein sollten. Wir haben ja gesehen, was passiert, wenn man sich zu sehr darin verbeißt.«

Sorry starrte sie an. War das wirklich dieselbe Frau wie heute Morgen?

»Es war mutig von dir, Taurus so bloßzustellen. Und auch ganz schön riskant.« Sorry drehte eine Haarsträhne um einen Finger. »Ich weiß. Es tut mir leid, dass ich es dir nicht erzählt habe.«

Euphoria lachte auf. »Aber natürlich hast du das nicht. Ich hätte mit Sicherheit versucht, dich davon abzubringen.«

Die Reaktion ihrer Mutter überraschte Sorry.

Euphoria räusperte sich. »Und das ist genau der Punkt. Die wenigsten Wahrsager hätten getan, was ihr getan habt. Und als Taurus' Machenschaften bewiesen waren, habe ich mich furchtbar geschämt. Denn mir wurde klar, dass ich mich vielleicht zu ähnlich drastischen Dingen hätte hinreißen lassen, wenn es um unsere Familienehre gegangen wäre.« Sie sah zu den Gemälden an den Wänden und schüttelte den Kopf. »Was ist nur aus uns geworden? Wir sind in der Lage, alles zu sehen, und trotzdem ist nur wichtig, wie man UNS sieht. Dabei sind Wahrsager doch da, um anderen zu helfen. Egal wie und egal wie gut.« Sie sah Sorry direkt an. »Deine Visionen waren außerordentlich hilfreich. Dein Vater hat das immer verstanden. Und selbst, wenn sie es nicht gewesen wären, so hätte ich dich bedingungslos unterstützen müssen. Du bist doch meine Tochter, und ich bin stolz auf dich. Und dein Vater wäre es auch. Das weiß ich.«

Sorry spürte, wie ihr die Tränen kamen. Diese Worte hatte sie sich immer von ihrer Mutter gewünscht.

»Ach, mein Äuglein«, seufzte ihre Mutter, umarmte sie und ließ sie erst wieder los, als Sorry nicht mehr weinte.

Sie strich ihr eine letzte Träne von der Wange. »Du siehst ihm sehr ähnlich, weißt du.« Sie räusperte sich und guckte nun wieder fast so ernst drein, wie Sorry es von ihr gewohnt war. »Es war nicht immer einfach mit ihm«, sagte sie langsam, und Sorry wusste, dass sie damit auf ihre Vorhersage anspielte. »Aber ich glaube, es ist an der Zeit, dass du die hier bekommst.«

Sie reichte Sorry einen kleinen quadratischen Koffer aus dunkelrotem Leder, den Sorry zuvor gar nicht bemerkt hatte. Er ähnelte dem von Obsidian. Ihr Herz klopfte schneller. Das war doch nicht möglich! Ihre Hände zitterten, als sie die glänzenden Schnallen aufschnappen ließ. Eingebettet in goldfarbenen Samt lag darin eine perfekt glatte Kristallkugel, die rosa schimmerte. »Ist die von Papa?«

Ihre Mutter nickte. »Sie war Teil seiner Sammlung. Er wollte immer, dass du und Merry damit übt, solltet ihr Schwierigkeiten mit den Visionen haben. Ich habe mich stets dagegen gewehrt, wie du weißt. Nach seinem Tod wollte ich nicht, dass ihr sie findet. Also habe ich sie im Schulleiterbüro versteckt.« Sie zuckte mit den Schultern und wischte sich nun selbst eine Träne aus den Augen. »Ich denke, du kannst sie gut gebrauchen. Um noch mehr solcher Katastrophen zu verhindern.«

Sorry strahlte. Sie schloss die Schnallen und drückte den Koffer an ihre Brust. Sie hatte das Gefühl, dass er Wärme verströmte und nach dem Büro ihres Vaters roch.

»Danke, Mama«, hauchte sie.

Euphoria lächelte. Dann wurde ihr Gesicht ernst. »Aber dass das klar ist: Beim nächsten Schummeln lasse ich dich nicht so einfach davonkommen.«

Sorry schüttelte lachend den Kopf. »Keine Sorge, das wird nie wieder nötig sein.« Und während sie es aussprach, erkannte Sorry, wie ernst sie es meinte. Sie hatte mit ihrer Gabe ein riesiges Unglück verhindert. Da konnte es ihr doch egal sein, wie man über ihre Kräfte dachte.

Euphoria nickte. »Dann will ich dich nicht weiter von deinen Freunden fernhalten. Ben scheint ein richtig netter Junge zu sein.« Sie zwinkerte Sorry zu und ging davon.

Sorry strich über den Koffer. Eine eigene Kristallkugel. Und die Anerkennung ihrer Mutter. Das musste sie unbedingt Ben erzählen! Sie sah sich um. Wie lange brauchte er denn, um sich umzuziehen? Musste er die Klamotten erst nähen? Sie beschloss, ihn abzuholen. Nicht, dass er die ganze Feier verpasste.

30

Sorry hatte das Wohnheim noch nicht betreten, als ihr Arkana und Baton entgegenkamen. Perplex blieben sie stehen.

»Hey, was für ein Zufall«, rief Baton. »Zu dir wollten wir gerade!« Er fuhr sich nervös durch die Haare, bevor er, unterlegt mit Gebärden, sprach. »Wir wollten uns noch mal entschuldigen für die Sache mit der Karte und Ben vorhin. Das war doof.«

Arkana machte ein verlegenes Gesicht und rieb beide Hände übereinander.

»Das heißt ›Entschuldigung‹«, erklärte Baton.

Sorry grinste. Irgendwie süß, wie unangenehm es den beiden war. »Alles gut, ihr hattet ja recht.«

Baton grinste. »Vor allem wollten wir uns aber dafür bedanken, dass du unsere Tante gerettet hast. Ohne dich wäre sie zerquetscht worden.«

Arkana presste die Handflächen aneinander und machte ein Geräusch, als ob jemand platt gedrückt würde.

»Also, danke!«, sagte Baton.

Arkana hörte mit der zerquetschenden Geste auf und bewegte stattdessen die Hand von ihrem Kinn weg, als wollte sie Sorry einen Luftkuss geben. Nur halt vom Kinn aus.

Baton nickte in ihre Richtung. »Das heißt …«

»Danke. Rate ich mal so.« Sorry grinste beide an.

Baton nickte. »Stimmt. Vielleicht solltest du Gebärdensprache lernen. Das ist ziemlich praktisch.«

Wieder schirmte er die Hand ab, sodass Arkana nicht sehen konnte, was er sagte. »Auch, wenn Arkana ziemlich gut von den Lippen lesen kann und auch sonst ziemlich viel mitbekommt, ist es ein bisschen nervig, immer der Einzige zu sein, mit dem sie hier in der Akademie spricht. Sie redet nämlich wie ein Wasserfall.«

Sorry lachte. Es schien ihr, eine gute Idee zu sein. Sie hatte das Gefühl, dass dies so etwas wie ein Freundschaftsangebot war, und da wäre es sicher nützlich, die gleiche Sprache zu sprechen. Arkana stieß ihrem Bruder den Ellbogen in die Rippen. Sie ahnte wohl, wenn er seinen Mund mit der Hand abschirmte, dass er nicht gut über sie sprach.

Baton zuckte zusammen und rieb sich die Rippen. »Ach, und weißt du, wo Ben ist? Wir wollten uns auch bei ihm bedanken, aber er war weder im Wohnheim noch auf der Feier.«

Das überraschte Sorry. »Ich wollte ihn gerade holen.«

Baton übersetzte Sorrys Antwort für Arkana, die ein verwirrtes Gesicht machte, ihre Karten herauszog und begann, sie wild zu mischen.

»Merkwürdig«, murmelte Baton. »Na ja, ich geh erst mal zum Buffet, bevor der ganze Pudding weg ist! Kannst ja Bescheid sagen, wenn du ihn gefunden hast.«

Sorry nickte. Wo konnte Ben nur sein? Sie sah an dem Gebäude hoch und zuckte zusammen, als Arkana ihr auf die Schulter tippte und eine Karte vor die Nase hielt.

Sie zeigte wieder die Person mit dem langen Bart und der Laterne. So aus der Nähe erkannte Sorry, dass sie sich bei der Einschulung nicht getäuscht hatte – tatsächlich war die Person darauf geschminkt und aufwendig frisiert. Darunter stand »Einsiedler*in«. Was hatte Arkana damals gesagt? Jemand kommt, der neues Wissen bringt.

Nun drehte Arkana die Karte, sodass sie auf dem Kopf stand. Sorry runzelte die Stirn. Was hatte das zu bedeuten?

Arkana gab Sorry die Karte und machte eine Handbewegung, als würde sie ein Pendel schwingen. Und dann sprach sie zum allerersten Mal, seit Sorry sie kannte. Nur ein Wort. »Ben«. Dann folgte sie ihrem Bruder.

Sorry betrachtete die Karte. Warum hatte Arkana sie umgedreht? Und was hatte sie mit Ben zu tun? Bedeutete sie vielleicht etwas anderes, wenn sie auf dem Kopf stand?

Sorry hielt die Karte und den Kristallkugelkoffer fest umklammert und stieg die Treppe zum Büro ihres Vaters hinauf. Oben stellte sie den Koffer ab und ließ die Finger über die Notizbücher gleiten. Irgendwo musste es doch sein. Sie hielt inne, als sie das Buch mit der Aufschrift TAROT fand. Da! Sorry zog es aus dem Regal und schlug es auf. Der modrige Papiergeruch flog ihr entgegen und so viel Staub, dass Sorry niesen musste.

Mit seiner verschnörkelten Handschrift hatte ihr Vater in diesem Buch alles festgehalten, was er über Tarotkarten und ihre möglichen Deutungen herausgefunden hatte. Es war unglaublich. Sorry blätterte durch das Buch, bis sie fand, was sie suchte. Die neunte Karte: der Einsiedler. Sie hielt Arkanas Karte hoch. Das musste sie sein. Sorry konnte nicht alles entziffern, was ihr Vater geschrieben hatte. »Geheimes Wissen«, las sie. Und »Erleuchtung«. Also tatsächlich genau das, was Arkana gesagt hatte. Sie las weiter, und ganz am Ende fand sie es. »Auf dem Kopf« stand dort. Sie schluckte, als sie die Bedeutung las. »Unehrlichkeit« und »Furcht«. Sie richtete sich auf. Was sollte das bedeuten? Hatte Ben vor etwas Angst? Oder hatte er ihr vielleicht etwas verschwiegen?

Plötzlich rutschte ihr die Karte aus den Händen. »Mist!« Arkana wollte sie bestimmt zurück. Sorry hockte sich hin. Auch wenn sie in dem Zimmer ungern etwas verändern wollte, wünschte sie sich nun, dass sie ab und zu den Boden gewischt hätte. Der Staub lag zentimeterdick und kribbelte in ihrer Nase. Sorry sah sich um und entdeckte die Karte schließlich beim Teppich. Sie hob sie auf – und bemerkte in den Dielenbrettern am Rand des Teppichs gleichmäßige Vertiefungen.

Sorry schlug den Teppich zurück – und erschrak so heftig, dass sie nach hinten taumelte. Auf dem Boden waren Symbole eingeritzt. Sie fuhr sie mit dem Finger ab. Sorry kannte diese Zeichen. Buchstaben, Zahlen und einzelne, im Kreis angeordnete Wörter. Wie der Kreis, den Ben zum Pendeln nutzte. Was machte er hier, in dem Büro ihres Vaters?

Sie bemerkte ein Dielenbrett in der Mitte des Kreises, das nicht so recht zu den anderen passte. Sorry schob ihre Finger in die Ritzen und hob das Brett mühelos an. Darunter lagen eine längliche, dünne Holzscheibe mit der gleichen Anreihung von Buchstaben wie in dem Kreis auf dem Boden und ein Keil mit einem Loch darin – ein Hexenbrett. Außerdem entdeckte Sorry ein Glas, wohl zum Gläserrücken, in dem eine goldene Kette lag. Vorsichtig zog Sorry sie heraus. Es war ein Pendel. Doch statt eines goldenen Metallkörpers wie bei Bens Pendel, befand sich am Ende ein rosafarbener Edelstein. Wie an ihren Ohrringen.

Sorrys Mund war trocken. Ihr Vater hatte sich auch mit

Nekromantie beschäftigt! Aber wieso? War es Forscher-
drang gewesen? Oder doch etwas anderes? Sorry betrachtete Arkanas Karte erneut. Furcht. Unehrlichkeit. Gab es
eine Verbindung zwischen ihrem Vater und Ben? Plötzlich
fiel ihr der Vorfall mit Tante Agony wieder ein. Hatte Ben
den Namen Malvin doch schon früher einmal gehört? Sorry
wusste fast nichts über den Cousin ihres Vaters. Ein mulmi-
ges Gefühl machte sich in ihrem Bauch breit. Warum war
Ben nicht bei der Feier erschienen? Irgendetwas stimmte
hier nicht. Ihr Blick fiel auf den Lederkoffer mit der Kristallkugel. Sie griff sich den goldenen Kristallkugelhalter auf
dem Tisch und stellte ihn in die Mitte des Kreises, wobei sie
darauf achtgab, sie nicht direkt auf den Symbolen zu plat-
zieren. Dann nahm sie die Kugel aus dem Koffer. Sie war
kleiner als die von Crystal oder Obsidian, aber sie passte genau in die Halterung. Sorry setzte sich dahinter und
hielt das Pendel in die Höhe. Der Stein am Ende
hatte dieselbe Farbe wie die Kugel. Mit
der anderen Hand umklammerte
Sorry Arkanas Karte. Sie
konzentrierte sich

auf die Kugel. Atmete ein und aus, immer wieder. Schließlich verschwamm alles um sie herum.

Sie sah, wie Ben aus seinem Bad kam. Er trug andere Sachen als bei der Prüfung. Seine Haare waren nass. Er klopfte den restlichen Staub von seiner Jacke, bevor er sie anzog. Das musste kurz nach der Prüfung gewesen sein. Ben griff in die Tasche seiner Jacke und runzelte die Stirn.

»Suchst du das hier, Benedict?«, erklang eine knurrende Männerstimme, die Sorry noch nie gehört hatte. Ben schien plötzlich wie gelähmt. In seinen Augen stand die pure Angst.

Er wandte sich um, und nun sah auch Sorry, wie sich ein Mann vom Sofa erhob. Er war sehr dünn und etwas gebeugt. Der Mann schlurfte auf Ben zu, sein langer schwarzer Mantel umspielte seine Beine, und die goldenen Knöpfe reflektierten das Licht. Der Mantel hatte Ähnlichkeit mit Bens Jacke. In der Hand des Mannes schwang Bens Pendel hin und her.

»Wie hast du mich gefunden?«, stammelte Ben. Seine Stimme zitterte, so wie damals bei Tante Agony.

Das Lachen des Mannes klang boshaft, und Sorry lief ein kalter Schauer den Rücken hinab. »Hast du geglaubt, du könntest dich ewig vor mir verstecken? So dumm bist du nicht. Dir muss doch klar gewesen sein, dass ich dich irgendwann finden würde.« Der Mann trat in das Licht, das durch die Fenster hereinfiel, sodass Sorry auch sein Gesicht erkannte. Er hatte hellbraune Locken und schmale Gesichtszüge. Seine Mundwinkel zeigten verbittert nach unten und die Falten deuteten darauf hin, dass er selten lächelte. An seinen Augen blieb Sorry hängen. Die Farbe konnte sie in der Kugel nicht genau erkennen, aber sie waren stechend wie die eines Wolfs.

Ben antwortete nicht. Der Mann kam auf ihn zu. »Die Akademie Fortuna, soso. Da hast du ja ein schönes kleines Geheimnis vor mir bewahrt.« Er hob das Pendel vor sein Gesicht. »Ein Pendelschwinger also. Ich hätte gedacht, dass Hexenbretter eher dein Ding sind. Wie bei deiner Mutter.«

Bens Mutter. Er hatte erzählt, dass er sie nicht kannte. Was wusste dieser Mann über sie? Und was sollte das mit den Hexenbrettern bedeuten? War Bens Mutter etwa auch eine Nekromantin gewesen?

Ben schnappte nach dem Pendel. »Gib es mir zurück!« Die Sache über seine Mutter schien ihn kaltzulassen.

Der Mann zog das Pendel schnell aus Bens Reichweite. »Oh, das werde ich. Du brauchst es noch, wenn du mit mir kommst und mir hilfst, endlich den Platz einzunehmen, den ich verdiene.«

»Das werde ich nicht tun!« Sorry sah, wie Ben die Fäuste ballte. »Ich komme nie wieder zurück, mein Platz ist hier.«

Der Mann lachte hämisch. »Ach, wie niedlich. Du glaubst, du gehörst hierher, zu all diesen eingebildeten Wahrsagern? Haben sie dich etwa mit offenen Armen empfangen, wie den verlorenen Sohn? Dich, einen Nekromanten?«

Ben presste die Lippen zusammen, und der Mann lächelte. »Dachte ich es mir doch.« Er steckte das Pendel in seine Manteltasche. »Vergiss nicht, dass sie Wahrsager wie dich damals verstießen. Sie haben uns alles genommen, nur weil wir uns nicht mit dem zufriedengeben wollten, was man uns gab. Weil wir mehr wollten. Aber mit dir ist die Kraft der

Familie zurückgekehrt. Und wir werden es ihnen ein für alle Mal heimzahlen.«

»Du kannst doch nicht mal wahrsagen«, schnaubte Ben. Offenbar hatte er den wunden Punkt des Mannes getroffen, denn er huschte auf Ben zu und zischte: »Darum geht es nicht. In meinen Adern fließt auch sein Blut. Die Kraft hat in meiner Familie die Jahrzehnte überdauert.«

Ben machte einen Schritt zurück. »Deine Familie? Lustig, dass du es erwähnst. Ich habe deine Mutter kennengelernt. Agony. Eine recht verwirrte alte Frau, doch sie scheint dich sehr zu vermissen. Anscheinend hast du bei all deinem Hass auf die anderen Wahrsagerfamilien vergessen, dass du selbst ein Fortune bist.«

In diesem Moment schien die Zeit stillzustehen. Dieser gruselige Mann war Malvin, der Cousin ihres Vaters. Ben kannte ihn tatsächlich. Das erklärte seine verstörte Reaktion, als Tante Agony ihn erwähnt hatte.

Die Ohrfeige traf Bens Wange mit einer solchen Wucht, dass Sorry vor Schmerz zusammenzuckte. Ben schrie auf und taumelte zurück. Als er den Blick hob, hatte Sorry das Gefühl, dass er sie direkt ansah. Seine Lippen formten ein tonloses »Es tut mir leid«. Waren die Worte etwa für sie bestimmt? Wie konnte das sein? Das, was sie jetzt sah, war offensichtlich schon ein paar Stunden her. Es sei denn, er hatte gehofft, dass sie wieder in eine Kugel schauen würde, wenn sie nach ihm suchte. So, wie er in der Prüfung den Kopf geschüttelt hatte, um ihr mitzuteilen, dass Missy noch nicht da war. Sehr clever. Aber eine Entschuldigung? Dafür, dass er ihr nicht gesagt hatte, dass er Malvin kannte?

Der Mann packte Ben am Kragen und riss ihn zu sich hoch. »Das ist nicht mehr mein Name. Diese Familie hat mich immer verachtet, weil ich kein Wahrsager bin und wegen der Familie meines Vaters. Ich trage seinen Namen, und du weißt, welcher das ist!«

Ben röchelte. »Sag ihn!«, schrie der Mann, und Ben kniff die Augen zusammen, so laut war es.

»Chievous«, presste er hervor. »Mal Chievous.«

Der Mann ließ ihn los, und Ben fiel zu Boden.

Tausend Gedanken rasten durch Sorrys Kopf. Chievous. Wie Nevil Chievous. Aber das konnte nicht sein! Diese Familie gab es nicht mehr.

Aber ... es gab wieder Nekromanten! Ben war einer. Also war es durchaus möglich, dass es auch die Familie Chievous noch gab. Taurus Astra und all die anderen hatten doch recht. Ben, der eigentlich Benedict hieß, wie Sorry nun wusste, hatte etwas mit den Chievous zu tun! Er kannte sie und hatte allen etwas vorgemacht. Auch ihr. Warum nur? Um von diesem Mann wegzukommen? Offenbar hatte Ben ihm verschwiegen, dass er ein Wahrsager war. Dieser Mann war ihr Onkel Malvin. Er war auch ein Chievous! Hatte ihre Familie das gewusst und deshalb nie über ihn gesprochen? Weil Agony mit einem Mann ein Kind gehabt hatte, der von den Chievous abstammte, und Malvin somit auch?

Ben schnappte nach Luft. In seinen Augen standen Tränen.

Der Mann blieb ganz ruhig. »Ich nehme dich mit, also verabschiede dich von der Akademie. Das nächste Mal, wenn du sie wiedersiehst, werden wir ihre Eroberer sein.«

Ben richtete sich auf. »Und wenn ich mich weigere?«

Der Mann lachte wieder. »Als ob du das entscheiden könntest, Benedict. Du hast nur die Wahl, ob du mir freiwillig hilfst – oder ob ich dich zwingen muss.«

Die Drohung legte sich wie Eis um Sorrys Herz.

Der Mann wandte sein Gesicht von ihm ab. Und wieder schien Ben Sorry direkt anzusehen. Doch diesmal flüsterte er, so leise, dass der Mann es nicht hören konnte. »Hilf mir. Finde mich. Denk an das Pendel. Es tut mir leid.« Die Worte hallten in ihrem Kopf nach, und alle Zweifel, die in den letzten Minuten in ihr aufgekeimt waren, alle Vorwürfe, die sie Ben machen wollte, fielen von ihr ab. Sie glaubte ihm. Ben war kein Betrüger. Er hatte nichts Böses gewollt. Er hatte ihr nur ein paar Dinge verschwiegen, um von diesem Mann loszukommen. Weil er niemals an die Akademie gekommen wäre, wenn jemand um seine Beziehung zu den Chievous gewusst hätte. Auch sie hätte ihm misstraut.

»Also, was ist?«, fragte der Mann.

Und dann sagte Ben das, was Sorry schon geahnt hatte. Und doch glaubte sie es erst, als Ben die Worte aussprach: »Ja, Vater.«

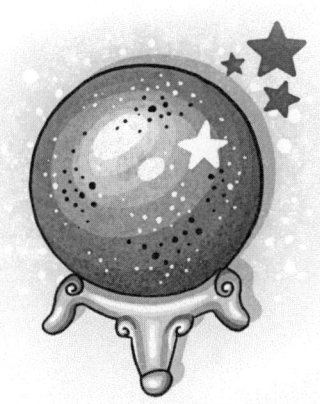

Dank

Als ich mir ein Mädchen namens Sorry ausdachte, das in die Zukunft blicken kann, ahnte ich noch nicht, dass sie einmal die Heldin meines ersten Romans werden würde. Im Gegensatz zu mir hatten einige liebe Menschen aber wohl schon damals in eine Kristallkugel geschaut – auf jeden Fall unterstützten sie mich mit aller Kraft bei der Entstehung dieses Buches.

Danke an Schneiderbuch, allen voran Verlagsleiterin Carina Mathern, meiner Lektorin Isabelle Erler und den Wegbegleiterinnen Sophie Hofmann und Birte Spreng. Danke für das Vertrauen, die Hilfe, das Polieren, die Freude und dafür, dass ihr Sorry so liebt.

Danke an Alica Räth, die die Wahrsagerwelt genau so gezeichnet hat, wie ich sie mir vorgestellt habe: bunt, lustig und ein bisschen düster.

Danke an meine tolle Agentin Paula Peretti, die schon früh Feuer und Flamme für die Geschichte und für mich war.

Ich danke meinen wundervollen Testleserinnen und Testlesern:

Leonie für die Prise Realität in meiner Fantasiewelt, die Hinweise auf Stolpersteine und die Unterstützung in allen Lebenslagen.

Heiko für das Einfühlen, die Begeisterung, die ermutigenden Worte und die Dekoration von Horror's Cope. Ohne dich sähen die Orte in diesem Buch sehr viel langweiliger aus.

Meinem Bruder Raphael für das Prüfen des Magiesystems, das ausführliche Diskutieren von Problemen und den verrückten Humor. Generell den Humor. Überall. Immer.

Helene für das Bewerten, ob die Idee an sich und später auch das Buch etwas taugt, bevor ich es auf ihre Altersgenossinnen loslassen durfte. Und ihrem Papa Malte fürs Vermitteln.

Und allen, die mich unterwegs begleitet haben:

Meiner Schreibgruppe, den NaNoaten, bei denen ich meine Leidenschaft entdeckt und Freunde und Kollegen gewonnen habe.

Der Akademie für Kindermedien und meinem Jahrgang für die ersten Ideen zur *Akademie Fortuna*, fürs Anschubsen und für die Räuberleiter beim Nach-den-Sternen-Greifen.

Johanna, weil sie mit liebevoller Ehrlichkeit meine Gedanken ordnet.

Meinen Montagsschreiberinnen Sarah und Gaby fürs Mitspinnen, Mitfiebern und Motivieren.

Tina, Nils, Lisa und Sofia, weil ich bei euch mein Verständnis von Glück neu definiert habe.

Thomas für die großen Träume.

Eileen für die Beständigkeit.

Und meiner Mama, die mich wild und frei mit Rettungs-
leine hat fliegen lassen.

Danke, dass ihr mit mir gemeinsam in die Zukunft geschaut
habt.

Sarah M. Kempen wurde 1992 geboren und hielt nie viel vom Erwachsenwerden. Deshalb brauchte es keine Wahrsagerei, um zu wissen, dass sie einmal Kinderbuchautorin sein würde. Nach ihrem Studium und einem Stipendium an der Akademie für Kindermedien schreibt sie heute mit Blick auf die Elbe Filme und Bücher für Kinder und die, die es noch werden wollen. Am meisten liebt sie es dabei, sich außergewöhnliche Namen auszudenken.

Alica Räth, geboren 1999 in Norddeutschland, ist mit Leib und Seele Illustratorin. Nach ihrem Studium an der Designakademie in Rostock zog sie in eine kleine Stadt in Bayern. Wenn sie dort, in ihrem Atelier direkt unterm Dach, nicht an ihren liebevollen, dunkelbunten Illustrationen arbeitet, spaziert sie mit ihrem Hund Dexter durch die bergige Landschaft Süddeutschlands.